VOCES DE MUERTE ENTRE LIBROS

SYLVIA LAGARDA-MATA

VOCES DE MUERTE ENTRE LIBROS

Premio Santa Eulàlia
de Novela de Barcelona 2024

afOra | EDICIONS   comanegra
FOCUS

PEFC

PEFC/14-38-00458

www.pefc.es

Primera edición: febrero del 2025
Título original: *Veus de mort als Encants Vells*
Versión castellena de la propia autora

© Sylvia Lagarda-Mata
© de esta edición: Editorial Comanegra

Editorial Comanegra
Fàbrica Lehmann
08015 Barcelona
www.comanegra.com

Imagen de cubierta: Hommu Studio - Jan Sala
Corrección: Nuria Ochoa
Maquetación: Edu Vila
Foto de la autora: Maria Casas
Impresión: Romanyà Valls

ISBN: 978-84-10161-53-5
Depósito legal: B 3207-2025

- ÍNDICE -

—I cometíeu tots aquests crims només
perquè es tractava de llibres?
—Ai, senyor Jutge! Els llibres són la
glòria de Déu!

RAMON MIQUEL I PLANAS
El llibreter assassí de Barcelona

Cuando se mata por un puñado de oro,
el asesino ha de ser alguien ávido
de riquezas; cuando se mata por un libro,
el asesino ha de ser alguien
empeñado en reservar para sí
los secretos de dicho libro.

UMBERTO ECO
El nombre de la rosa

Al estimado y añorado amigo
Miquel Mora i Lladó.
Tú ya no podrás leerlo,
pero te habría hecho tanta ilusión…

«¿Por qué me habrá matado ese hombre?».

Se esfuerza en alzar los párpados agonizantes, que parecen hechos de plomo al rojo vivo. El fuego que precede al hielo. Siente el burbujeo. Sangre brotando de sus heridas, llevándose en cada gota un segundo de su existencia. Una bocanada de aire le resulta un esfuerzo titánico.

Trata de mover los dedos de las manos. Son de cartón. ¿Qué es lo que tiene enredado en ellos? Parecen cuentas de un rosario. ¿Por qué sostiene un rosario, si nunca ha sido demasiado religioso? Quizás sería una oportunidad. Si le quedaran fuerzas… Si consiguiera recordar las palabras de alguna oración.

Padrenuestroquestasenloscielos…

En la oscuridad opresiva, sofocante, de la tienda cerrada y nocturna, ve a la sombra rebuscando en los anaqueles. ¿Qué libro puede ser tan imprescindible como para arrebatar una vida?

Sus ojos ya velados se fijan en la obra que la sombra lleva en la mano. Le parece reconocerla: ¡el libro del francés!

A pesar del tormento de las múltiples heridas, Adelí Bonanova se afana en no dejarse caer en el foso. Sabe que es una batalla inútil, pero su espíritu lucha desesperadamente. Quedan demasiadas cosas por hacer; por saber. No es justo tener que renunciar a ellas.

Nota un hilo de saliva amarga deslizándose por la comisura de los labios entumecidos. El cuerpo, pesado, se deshace sobre la mesa. Ha sido a traición, por la espalda. Punzadas terribles en la carne. Dolor ácido en las sienes.

Sufrimiento que no le da tregua.

Sombras que lo van vistiendo, mientras la agonía lo va desnudando.

Percibe el goteo de su propia sangre. La muerte siempre busca sumergirse en las profundidades de la tierra. Como si partiera en busca de las puertas del infierno.

En realidad, ese último tamborileo que captan los oídos del viejo librero son los pasos de su asesino alejándose.

Luego, el silencio.

La nada.

Los muertos no saben que están muertos.

PARTE I

1

«Existe algo aún más fascinante que un asesinato —le dijo Auguste Dupin a Edgar—: que se mate por un antiguo libro escrito en catalán».

Se lo dijo mentalmente, claro. Porque él estaba en Barcelona (o casi) y Eddie andaba por Filadelfia. Probablemente durmiendo a aquellas horas. Tan pronto pusiera los pies en tierra firme le escribiría una carta para contárselo todo.

«Le asestaron hasta doce puñaladas. Un encarnizamiento. Parece desmesurado que un libro ocasione una muerte tan terrible».

De repente, tras el horizonte, estalló Barcelona, macerada en aquella luz mediterránea, cristalina. Los campanarios de las iglesias asomaron con impaciencia. La geometría urbana empezó a acercarse con lentitud, perezosa, voluble…

Desde la cubierta del vaporcito, C. Auguste Dupin observaba fascinado la metrópoli, medieval, clásica, moderna, que se desnudaba ante él. El viento marino le arremolinaba los cabellos. Acababa de quitarse el sombrero, ante el temor de verlo flotar sobre el agua. Y, encima, le llenaba los ojos de lágrimas. Era un alivio llorar por algo tan tangible como el viento. De manera maquinal acarició el amuleto que llevaba en el cuello: una pajarita que Eddie le había prestado en una ocasión y que no llegó a devolverle. El tacto del satén lo inquietaba. Lo embargó un instante de confusión. Desvió la mirada, dejándose absorber por el abismo sin fondo del mar. Le habría dedicado una contemplación eterna. Pero la vida lo reclamaba.

A su alrededor, los pasajeros, la mayoría con las nasales voces francesas, alguno también en un suave catalán, comentaban alborozados la mágica visión de la ciudad mientras sujetaban con firmeza chisteras, bombines, pamelas y chales. El sol primaveral arrojaba astillas de luz sobre las olas. Una barca con la vela desplegada se apresuraba hacia la línea del horizonte, donde se reanudaba la eterna lucha entre el azul del cielo y el azul del mar. Las gaviotas costeras se acercaban gritando la bienvenida; una nube blanca, espumosa.

Barcelona.

Dupin exhaló un suspiro hacia el aún lejano horizonte de edificios.

Una aventura imprevista.

Si no fuera por el libro robado, por el librero asesinado, por la huida de Edgar… Sobre todo, por esa huida.

Y por el desastroso lance de Charles Nodier.

Con dedos inquietos, palpó en el bolsillo de la levita la carta cien veces doblada y cien veces leída.

«Doce puñaladas. Un ensañamiento. Y tu libro, desaparecido. Es obvio que ha sido el causante, aunque me cuesta aceptarlo. Parece una de esas delirantes historias de terror que escribe tu amigo».

Charles también había conocido a Edgar. Hicieron buenas migas. Los diablos siempre se reconocen entre sí.

¿Qué andaría haciendo Eddie por Filadelfia? Si metía la mano en el otro bolsillo podía acariciar la otra carta, la de Eddie. Podría, incluso, recitarla de memoria.

Querido Auguste:

He llegado ya, tras varias semanas de soledad cruzando el inmenso charco. Ahora necesito tiempo para adaptarme a los nuevos espacios, desgarbados, sin impronta, de esta ciudad que tanto se diferencia de tu hermoso París.

Apenas me he instalado, he comenzado a esbozar la novela que te prometí: aquel misterioso asunto en el que nos vimos envueltos y tu fascinante forma de resolverlo. Estoy convencido de que será un éxito editorial. Tal vez algún día la verás traducida al francés...

Fue un placer compartir contigo tantos días, tantas emociones.

Un abrazo de tu amigo,

Edgar

Estricta, concisa, amarga. Como su evasión. Sin un trazo de añoranza. Sin una lágrima.

C. Auguste Dupin restañó su propia lágrima con la punta del dedo. A su lado, una damisela, embozada en una pañoleta para esquivar el viento —o quizás el hedor de carbón que surgía de la alta chimenea del buque—, le sonrió cómplice con los ojos. El alborozo, los comentarios, incluso algún grito de excitación, habían ido en aumento. También Barcelona aumentaba: una larga línea de edificios de formas y tamaños diversos, con el grandioso telón de fondo de las montañas. Se distinguían ya con claridad las torres que la punteaban, como si fueran dedos señalando aquel cielo de imposible azul cobalto. Torres de iglesias, de fortalezas. Al oeste, un baluarte natural, como una nave inmensa naufragada, volcada sobre la costa, exhibía en la cima un castillo. Montjuïc, levantado violentamente del seno del Mediterráneo para proteger —para *agredir*— a la ciudad, era el único accidente irregular del plano.

Al este, más amenazadora aún, la Ciutadella. La estrella mortífera, la fortificación inexpugnable que aspiraba a Bastilla, levantada para intimidar, con toda la artillería apuntando no hacia el mar sino hacia el pueblo rebelde.

Y, pese a la aparatosa armadura que aprisiona Barcelona —murallas, baluartes, revellines, contrafuertes, glacis—, flotaba en su aire una belleza antigua, fascinante. No en vano —ahora era fácil de comprender— era la ciudad de moda; el lugar donde todo hombre de letras, todo artista, todo aristócrata, debía haber puesto los pies. Él mismo había pensado en más de una ocasión en visitarla. Incluso con Eddie. Pero nunca había encontrado el momento. Y, de repente, las circunstancias: el libro robado, el librero asesinado, la huida de Eddie… Ahora lo atacó una cierta náusea. ¿Era la angustia o el vaivén del barco? En algún rincón de sus pensamientos había asumido que la vida era como era: no podía hacer mucho, salvo esperar algo que no sabía en qué consistía. Cuando la esperanza tambaleante fue sustituida por la espera, más corrosiva aún, tomó la decisión.

Se había inclinado por la travesía marítima a causa del nervioso palpitar de los caminos, agitados por partidas de bandoleros, carlistas, realistas, *trabucaires*, *miquelets*. Ciento veinte reales daban derecho a un camarote de proa, dos almuerzos, una cena y un desayuno en el pequeño buque, cuya rueda de palas azotaba el agua rítmica y cadenciosa.

Dejándose llevar por el balanceo, por la emoción de la propia huida, por el letargo del inmenso azul, a Dupin le parece que el dolor —la traición— se dulcifica.

De espaldas a la brisa que les da la bienvenida desde el lado de la ciudad, se entretiene en encender, no sin esfuerzo, una pipa de arcilla. Aspira con deleite la bocanada de aromática mezcla, clavando la vista ante él, entre las volutas de humo del tabaco y las de la chimenea. *El Balear* lanza ya tímidos silbidos de sirena ensayando la entrada triunfal en el puerto.

Es la mañana cálida y dorada del lunes 6 de abril del año 1840. *Chevalier Auguste Dupin est arrivé à Barcelone.*

2

Desde el muelle venía traqueteando el coche de punto por las calles de lo que parecía una próspera y limpia ciudad. Diez minutos más tarde depositó a Auguste Dupin, baúles y maletas frente al Grand Hotel Cuatro Naciones.

En el modo de bajar del carruaje y en el de conservar el sombrero en la mano, se reconocía en el forastero al aristócrata parisino. Con una estatura superior a la media, su delgadez le hacía todavía más espigado. Su rostro emanaba ese injusto atractivo que la naturaleza parece empeñada en prodigar a quienes provienen de lo más elevado de la escala social. Rematados en firme barbilla, nariz ligeramente afilada y afilados ojos de plata bajo el cabello cobrizo, sus rasgos parecían expresar una incertidumbre que no era sino interés, curiosidad, profunda atención. Esa misma atención con la que contemplaba ahora, con un suspiro de anticipada añoranza, la bordada puerta del Cuatro Naciones. Edificado por italianos, sin duda la gente que más entendía en materia de comodidades, ostentaba el prestigio de haber sido la primera fonda de toda Europa en recibir el calificativo de «hotel». Tal vez el reconocimiento le venía de haber albergado durante medio siglo a los visitantes más distinguidos de la ciudad: Stendhal, Georges Sand, Frédéric Chopin... Y, por supuesto, Charles Nodier. Seducían sus cinco pisos de altura, las ciento veinticinco habitaciones con baño propio, el mobiliario Luis XV, el restaurante *gourmet* y los innumerables balcones que revestían la fachada.

Una vez instalado en la habitación, Dupin salió al balcón, se apoyó en la barandilla de hierro y exploró a sus pies el principal paseo de la ciudad, donde, al menos una vez al día, coincidían los barceloneses. Fuera cual fuese su pelaje: desde el burgués empingorotado hasta el humilde obrero que prefería el aire libre a su mísera morada en alguna sombría callejuela de los alrededores. Desde las bellas *cocottes,* hasta aquellos estrafalarios personajes populares que parecían formar parte del atrezo de Barcelona.

Barcelona.

Según la guía Baedeker, obligada compañera de viaje, era la primera ciudad de España en población, industria, riqueza. Dos kilómetros cuadrados. Casi cuatro veces mayor que Madrid... Casi tres cuartas partes de la superficie de París... Con más de siete mil fábricas y talleres industriales... Con uno de los puertos más transitados del Mediterráneo..., evocaba poco aquel país romántico que el romántico de Nodier había descrito tres años atrás en la novela *Inés de Las Sierras.*

Desde su privilegiada atalaya, el *chevalier* repasaba con mirada absorbente aquel *boulevard* tan parisino. El corazón de una ciudad de prodigios.

La Rambla, escapándose hacia la franja de pura turquesa del mar.

Las fachadas alineadas de los edificios representaban un extraño caleidoscopio de vidas latentes. Palacios de nuevo cuño, algunos aún en construcción, se alternaban con casas de pisos de alquiler, casuchas que se resistían a desaparecer, pensiones de dudosa fama y hoteles de elevada fama.

Fue desde una de las habitaciones del Cuatro Naciones —lo supo por el membrete del papel de carta— desde donde Charles Nodier le escribió contándole lo que había sucedido con su libro.

Su buen amigo gozaba de la virtud de saber apreciar lo mejor —hoteles incluidos— de cada ciudad donde ponía los zapatos. Era un trotamundos incansable: había recorrido prácticamente toda Europa, y aun algunos países de otros continentes, sin arredrarse ante las dificultades de viajar. Dupin, de algún modo, lo consideraba su mentor. Casi como el padre del que nunca logró disfrutar. Que fuera, además, el ilustre director de la ilustre Bibliothèque del Arsenal, añadía valor a esa amistad. Cuando no estaba en París es que andaba recorriendo el mundo a la caza de libros nuevos o antiguos, en los talleres de impresión o en las librerías de lance. Aquella primavera había anunciado que se marchaba a Barcelona y a Lisboa, en misión de arqueólogo de la literatura, y a Dupin le pareció una oportunidad inmejorable para intentar dar salida al raro ejemplar adquirido unos meses atrás: *La Fee Triunfant*, del jesuita Francesc Garau, impreso en Mallorca en 1755 por Ignasi Frau.

Jamás hubiera imaginado lo que sucedería.

Una noticia espantosa. Y que llegaba en el peor momento. O tal vez no.

Dupin no recordaba cuándo comenzó a sentir el peso de la casa vacía, la tristeza de la soledad, el invierno de su descontento. Empezó a evitar la pequeña sala de la biblioteca en la que, en compañía del amigo americano, había pasado tantas horas, gozando de la doble voluptuosidad de la meditación y de una pipa de espuma de mar. En su inmovilidad, se asemejaban a esas estatuas sentadas que adornan algunas tumbas medievales. Las volutas de humo tendían entre ambos una silenciosa conversación que una tarde se truncó de improviso. Eddie decidió que tenía que marcharse. Regresar a su país.

Dupin tampoco recordaba en qué momento comprendió que él también necesitaba huir. Del espacio y del tiempo. De esa íntima sensación de ser un simple personaje más de las torturadas ficciones de Edgar.

Fue todo muy rápido: recibir la carta de Nodier, sentir que una idea se moldeaba en su cerebro, vacilar un instante y vencer la incertidumbre.

3

Auguste Dupin valoró su aspecto en el espejo. La noche anterior se había quedado leyendo hasta una hora avanzada porque la pequeña siesta de la tarde, concesión al trajín del viaje, lo había desvelado. Pero luego durmió de un tirón un sueño reparador. Más reparador aún había sido el desayuno, con aquellas curiosas pastas que nada tenían que envidiar a los croissants de mantequilla de La Petite Pâtisserie. Ensaimadas de Mallorca, le dijeron. Mientras se embutía en los entallados pantalones grises, cortados por uno de los mejores sastres parisinos, se dijo que debería andarse con cuidado o acabaría lamentando el viaje y sus *gourmanderies*.

Eligió con esmero un chaleco de seda malva floreada que resaltara con suavidad sobre la camisa clara. Acentuó aquel aire romántico rodeando el cuello con la caprichosa voluta del pañuelo blanco, algo flojo, que la nobleza tan bien conocía y que contribuía a aquel punto de abandono *pour épater les bourgeois*. Venía ahora la elección más importante. Unos minutos de intensa contemplación de toda su guardarropía le hicieron decidirse por una ligera levita azul de corte inglés con solapas de satén.

Tras otro minucioso repaso frente al espejo, se atusó el cabello con gomina perfumada y el bigote con betún tintado. Por último, introdujo el reloj en el bolsillo del chaleco, recogió el sombrero y el bastón con puño de plata y abandonó la habitación del Cuatro Naciones dispuesto a iniciar las pesquisas.

El servicial conserje de chistera casi tan impresionante como la de Dupin le indicó el camino: a solo cinco minutos del hotel, Rambla abajo, a mano izquierda. Número 10 de la calle Escudellers.

Las alfarerías medievales que habían dado nombre a la calle habían sido sustituidas por edificios modernos y señoriales y por los más lujosos establecimientos. Los carteles anunciaban la feliz convivencia de zapatos, vestidos, sombreros, perfumes, joyas, pelucas, pasteles y… libros. Algunas tiendas mostraban con orgullo los innovadores escaparates que habían contribuido a cambiar para siempre el rostro del comercio. Tras los cristales, como figuras de santos entregados a la devoción del consumo, se exponían los artículos sobre mesas adornadas con mantelerías bordadas o de terciopelo. En curioso contraste, algunos establecimientos aún exhibían la mercancía en la acera: montones de libros sobre arcones adosados a la fachada. Un llamativo letrero rojo con letras negras, encuadrado en un marco barroco, anunciaba: LLIBRERIA ANTIQUÀRIA BONANOVA I FILLS.

Atravesó el umbral con el respeto que le suscitaba siempre la presencia silenciosa y locuaz de los libros ordenados en elevadas estanterías, ocultos en armarios, protegidos tras puertas de vitrinas.

Olía a papel viejo y a polvo. Y a manzanas hibernando en el granero.

En el centro de la tienda se veía un mostrador con una caja registradora. En la pared, una capillita con la imagen de san Juan de Dios, patrón de los libreros de lance, proporcionaba la nota piadosa a la que tan aficionados eran en este lado de los Pirineos.

Los ojos plateados de Dupin taladraron cada rincón, cada metro cuadrado de paredes, suelo, techo. Analizar el escenario de un crimen implicaba considerar todos sus detalles y, al mismo tiempo, su visión de conjunto. Claro que había pasado tanto tiempo… Y el tiempo siempre juega a favor de los criminales: el escenario se modifica, las huellas se borran, los indicios desaparecen.

Y los testimonios se enfrían como una sopa sobre la mesa.

Ni siquiera había *fills* (hijos) a los que interrogar. Solo un socio y su aprendiz. El primero trajeado con una elegante levita de paño pardo; el segundo, con mangas postizas de percal.

El socio, Ignasi Ros, un joven excesivamente delgado, insustancial y de ademanes retraídos, resultó más parlanchín de lo esperado. Se notaba que el nuevo papel de dueño absoluto le venía algo grande y que deseaba impresionar al aprendiz más que al visitante. Cuando Dupin se dio a conocer como el propietario del libro desaparecido en tan funestas circunstancias, la desgana del señor Ros se transformó en una obsequiosidad aliñada con disculpas y condolencias.

—Soy yo quien debe darle el pésame, monsieur —se apresuró a señalar Dupin, con afligida cortesía—. A mí me ha desaparecido un libro; usted ha perdido a su socio.

El librero asintió con la cabeza, tranquilizado por el talante comprensivo del francés, y se lanzó a contarle lo que sabía —lo poco que sabía— del asesinato de don Adelí Bonanova una terrible noche de algunas semanas atrás.

—Ni el valor de la pieza ni la temática pueden justificar este crimen. Incluso en los Viejos Encantes se pueden encontrar obras similares.

—¿Hay encantes de libros en Barcelona?

—Por supuesto que los hay. —El joven se esponjó un poco—. Los más antiguos de Europa. Precisamente hoy es día de encante.

—¿Y caen lejos de aquí? —Dupin ya había decidido que esa sería una visita imprescindible.

Ignasi Ros se apresuró a darle cuatro indicaciones para llegar al mercadillo.

Se despedían en la puerta cuando el librero atinó a proporcionarle una nueva, valiosa, información.

—Sin duda los Mossos d'Esquadra podrán contarle algo más sobre el caso: don Antoni Vidal, el caporal, fue quien realizó las diligencias.

Auguste Dupin enarcó las cejas. En su catalán rosellonés la frase significaba ni más ni menos «los Chicos de la Escuadra».

—*Excusez-moi…*, creo que no le he entendido bien…

—La policía. Hay quien todavía los conoce como «Esquadres de Valls», porque fue allí donde se fundaron —explicó, con repentino aire erudito—, pero actualmente, que ya están desplegadas por todo el territorio, se llaman «Esquadres de Catalunya», y sus integrantes, *mossos*. Mozos. Encontrará el cuartel en el Palau de la Diputació.

Tras asimilar nuevas indicaciones de calles, cruces y giros, Auguste Dupin se despidió del socio de Adelí Bonanova. Mientras se adentraba con paso decidido por el laberinto de callejuelas de indudable sabor medieval, su cerebro trabajaba sin descanso, procesando la información relativa al caso con las pequeñas aportaciones proporcionadas por Ignasi Ros.

La principal pregunta era *¿por qué?* Si se sabía el *porqué*, se podía llegar a deducir el *quién*.

Un latinajo muy elemental: *¿cui prodest?* ¿A quién beneficia esta muerte?

¿Qué quería el asesino? ¿Cuál era su motivación?

El lucro, una de las causas más habituales, quedaba descartado. Demasiado trabajo para tan poco beneficio. El asesino solo se había llevado un libro. Y cuando se mata por un libro, la motivación debe responder al deseo de conocer su contenido. Pero ¿qué podía tener de relevante ese contenido? La descripción de unos cuantos autos de fe llevados a cabo por la Inquisición española ciento cincuenta años atrás no parecía justificar un asesinato tan cruento. Claro que la ira necesaria para cometer un robo puede acabar alcanzando autonomía y el acto de matar puede convertirse en un objetivo por sí mismo. ¿Era eso lo que había ocurrido? ¿Se le había ido de las manos al ladrón?

Demasiadas heridas.

El trayecto hacia el cuartel de los Mossos d'Esquadra desvió sus pensamientos. Mientras remontaba a buen paso la calle de la Ciutat, absorbiendo con ojos ávidos la belleza mediterránea de las fachadas con aroma a decadencia, no pudo evitar asociarla con Perpiñán. Su pequeña ciudad natal había sido, en otros tiempos, la segunda de Cataluña. La sucursal de aquella Barcelona floreciente al otro lado de los Pirineos.

4

C. Auguste Dupin había nacido diez años después del estallido de la Revolución que haría saltar por los aires al mundo antiguo. Y desde que tenía uso de razón recordaba a su madre prometiéndole que él sería una persona especial. No especificaba qué tipo de persona especial, ni qué características especiales lo adornarían.

—Porque naciste de manera excepcional —era su único argumento.

Hasta que no fue adolescente, Auguste no supo que esa manera excepcional fue una cesárea que casi le cuesta la vida a su progenitora.

Dupin padre, por el contrario, nunca mostró demasiado interés por su único vástago.

Dupin padre era el primogénito de una baronía originaria de Clamecy que había visto peligrar sus privilegios feudales con los disturbios de finales de siglo. El mismo año en que, tras el cruento asalto a la Bastilla, la Asamblea Nacional acordó la disolución del estamento nobiliario, el *chevalier* Dupin padre había contraído matrimonio con una pequeña aristócrata provinciana. Mezclados con otros nobles que abandonaban París, los recién casados se refugiaron en el *château* que los padres de Clementina poseían en el Rosellón, cerca de Perpiñán. También sus majestades trataron de huir, dos años después; pero reconocidos en una casa de postas y devueltos a París, los reyes de oros se convirtieron en reyes de bastos y sus cabezas fueron seccionadas, meses más tarde, por *mademoiselle Guillotine*. Cuando parecía que la cosa no tenía remedio para los aristócratas, había surgido de la nada un joven militar de nombre imposible que empezó a poner orden en el caos. Fue el año en que Auguste Dupin vino al mundo. En Perpiñán, en la casa de los abuelos que sus padres no osaron abandonar durante todo aquel tiempo. Cinco años después, Napoleón Bonaparte se coronaba emperador con un poder más absoluto del que jamás había gozado ningún rey. Los Dupin regresaron a la capital, dejando al pequeño Auguste bajo la custodia de la tía soltera que había heredado el castillo rosellonés. Entre viñedos, lagares y amables campesinos meridionales, el niño creció con la supervisión de un par de maestros que le enseñaron lo básico. Y el idioma: el *patois* comarcal, ese catalán de sonoridades atávicas.

Durante los ocho años que vivió con la tía, apenas vio a sus padres en un par de ocasiones, en viajes relámpago que el *chevalier* Dupin se resignó a realizar, a instancias de la cuñada, más por cubrir el expediente que por verdadero deseo de ver a aquel hijo demasiado delicado. Auguste contaba quince años cuando los ejércitos de los países vecinos amenazados por el delirio del Gran Corso entraron en París. La corona se deslizó de la cabeza imperial a la cabeza real del hermano del rey guillotinado. Y con la Restauración, ahora revestida de monarquía constitucional, se produjo otro caos: algunos bribones reclamaron falsos títulos de nobleza que les habrían sido arrebatados durante la Revolución. La alta sociedad se convirtió en una macedonia de vividores que sabían cómo aprovecharse de las estirpes auténticas. El padre de Auguste fue uno de los esquilmados. Firme bastión de aquellos derechos a la vida fácil, se dejó seducir por el encanto de la contrarrevolución: hipotecó la fortuna para financiar conjuras reaccionarias mientras Napoleón intentaba todavía un nuevo asalto al poder. Pero el águila imperial estaba ya herida de muerte, y de la isla de Elba voló prácticamente a la de Santa Elena.

El joven Auguste tuvo la desgracia de heredar de su progenitor el aristocrático hábito del *dolce far niente*. Pero también el amor desmedido por los libros. Leyó a los clásicos —a todos: dramaturgos, poetas, filósofos, matemáticos, físicos—. Leyó a sus compatriotas. Leyó a los ingleses. A los italianos. A los españoles de la Edad de Oro. Lo leyó casi todo. Porque en sus días —en sus noches— no había más asuntos a los que dedicar el tiempo que la lectura y el estudio.

Auguste estaba terminando Derecho en la Sorbona cuando, después de que el rey se pudriera, literalmente, en la cama, los ultramonárquicos recobraron el país. Carlos X, hermano de los dos Borbones anteriores, se encaramó al trono dispuesto a recuperar el feudalismo de los últimos mil quinientos años. La aristocracia se vio de nuevo favorecida. La familia Dupin logró algunas inesperadas indemnizaciones por bienes confiscados. Pero la estrella del impopular Carlos declinaba también: las mieles de la *liberté-égalité-fraternité* se habían convertido en *haute cuisine* francesa.

En los últimos diez años, la historia había avanzado a trompicones, en una especie de frenético contrapás, pasito adelante, pasito atrás. Y quien lo bailaba con mayor brío era precisamente la aristocracia. El rey fue sustituido, una vez más, por otro rey. Y una vez más los nobles, que se habían dispersado con aquel oportunismo que los caracterizaba, pudieron volver a la capital, con la falsa ilusión de que nada había cambiado. Pero el viejo París estaba desapareciendo a gran velocidad, como sus príncipes y sus patricios. Los palacios medievales y renacentistas caían de pura ruina o empujados por la piqueta que democratizaba el paisaje.

Desde muy joven, Auguste había comprendido que los hombres como él como mejor estaban era viviendo solos.

Sin nadie que observara sus movimientos o juzgara sus actos. En una esfera propia; paraíso e infierno.

Cuando su madre murió, Auguste decidió instalarse en una vieja y desvencijada mansión que la familia poseía desde siempre en el *faubourg* Saint-Germain: la casa «lúgubre y vetusta», como a su padre le gustaba describirla. Se acomodó en el piso principal, entre los bajos y la buhardilla, encerrándose en la semipenumbra a disfrutar de la soledad y la precariedad de la pensión que —*noblesse oblige*— le pasaba su progenitor. Cuando fue este quien murió —de una bala extraviada durante una de aquellas redadas contra los conspiradores—, el hijo heredó un montón de deudas y las hipotecas que el padre había aristocráticamente acumulado. Tras sanear la herencia vendiendo con indisimulada alegría el palacete familiar, se instaló de forma definitiva en la casa que a duras penas había logrado salvar de la depredación de los acreedores. Auguste sentía ese caserón como la mejor herencia que su padre había podido legarle. Aunque su vida fuese un tanto estrecha. Los bajos, vivienda y tienda, los tenía alquilados a un alfarero viudo y sin hijos. La buhardilla, a un viejo memorialista soltero.

La muerte de la tía de Perpiñán, un par de años más tarde, le procuró una renta que le permitía vivir con mayor holgura, aunque sin excesivos deleites. Era consciente de que el mundo estaba adoptando una nueva forma, compuesta de fragmentos ajenos, donde no tenían cabida las antiguas prerrogativas que lo amparaban como miembro de la pequeña nobleza. Él mismo empezaba a convertirse en un exiliado de su propio pasado.

Durante años, sus únicas fuentes de ingresos habían consistido en los exiguos alquileres de bajos y buhardilla y algún que otro beneficio económico que le reportaban sus raras habilidades mentales, puestas al servicio de aquel conocido —no se le habría ocurrido calificarlo de amigo—, el prefecto de la policía de París. Un extra de cincuenta mil francos de vez en cuando era lo justo y necesario para tapar agujeros. Y con todo, habría sucumbido de no ser por Edgar.

No es que Edgar disfrutase de mucho más dinero. Más bien lo contrario. Pero para las finanzas de los demás tenía todo el buen ojo que no tenía para las suyas.

—¿Por qué no inviertes en el ferrocarril?

Con Luis Felipe de Orleans ejerciendo de rey de los franceses, en un rocambolesco régimen constitucional apoyado por la burguesía, Francia había entrado en un ciclo económico expansivo: lo que llamaban Revolución Industrial. La consigna era «*Enrichissez-vous*». ¡Y vaya si le hicieron caso! En cinco años, una tercera parte de las inversiones bursátiles fueron a parar a alguna de las veinte compañías ferroviarias de nuevo cuño. Auguste Dupin, quizás porque se había vuelto poco escrupuloso con los gastos, quizás porque lo que decía Edgar era palabra de Dios, aguzó las orejas. Y la bolsa. Invirtió lo que quedaba en su agujereado bolsillo en acciones de la Compagnie de chemins de fer du Nord. Cinco años más tarde, con cuarenta mil francos de renta, podía permitirse el lujo de viajar sin restricciones a la soñada Barcelona.

5

Tras cruzar la plaza de Sant Jaume, Auguste Dupin descubrió el cuartel de los Mossos d'Esquadra en una esquina del imponente palacio medieval que albergaba la Diputació. Frente a la puerta, escopetas largas de bayoneta corta, montaba guardia una pareja con unos elegantes uniformes que les daban cierto aire de personajes de opereta. El gambeto azul brillante forrado de rojo, con manillas y botones blancos, dejaba entrever un chaleco y un pantalón de rayadillo. Calzaban alpargatas y lucían en bandolera faltriquera roja; a la cintura, faja de estambre, y al cuello, pañuelo de seda negra. Sin embargo, su atavío más chocante era el ostentoso sombrero de copa alta, negro, ribeteado de galón de plata y escarapela roja. ¡Toda una innovación, comparado con el enorme y anacrónico bicornio de los gendarmes franceses!

A diferencia de lo que solía suceder en París, en Barcelona no parecía haber ninguna dificultad para ser recibido de inmediato por el jefe de la policía. Tan pronto como Dupin le hubo explicado a uno de los guardias cuál era su aspiración, fue introducido en la comisaría por un tercer agente que lo condujo sin dilación hasta el despacho del mandamás.

El cabo de los Mossos, Josep Antoni Vidal, resultó ser un hombre alto, corpulento, de movimientos más bien lentos y facciones más bien duras enmarcadas por unas espesas patillas. Los ojos de león, ambarinos y desconfiados, bizqueaban un poco. Los numerosos acentos circunflejos de la frente evidenciaban que rara vez se permitía desabrochar una sonrisa. Y por si era necesario disimular aún más las emociones, un gran mostacho de puntas afiladas le enmascaraba la boca. El tono de su voz era el de alguien acostumbrado a mandar y a ser obedecido. La aparente franqueza de los militares no formaba parte de su repertorio, pero sí aquella afectación de superioridad que a menudo los caracteriza y con la que tratan de intimidar a quienes no pertenecen al gremio. Ni siquiera se levantó para recibir a Dupin. Inmóvil tras el escritorio, sin apenas parpadear, parecía una pieza más del mobiliario.

La mirada del francés no reprimió el hábito de curiosear a su alrededor. El despacho era un reflejo inerte del hombre que lo ocupaba. Sobrio, burocrático. Unos aparatosos ficheros de madera flanqueaban un balcón por el que se colaba el impúdico sol matinal. En una de las paredes se veía el único cuadro de la estancia: la reina Isabel, apenas una niña, junto a su madre, la regente María Cristina. El escritorio, grande, de caoba oscura, estaba ordenado de manera impecable. Un informe a un lado, los tinteros y las plumas en el centro, una carpeta de piel equidistante de los ángulos y un cenicero de mármol en un extremo, con una pipa de arcilla. De un perchero pendía un largo sable, amorosamente arropado por aquel sombrero de copa más propio de caballero que de agente del orden.

—¿En qué puedo ayudarlo? —pregunta el oficial con voz clara y perfecta dicción—. ¿O en qué puede ayudarme usted a mí?

Tras aquella especie de invitación, Dupin se entretiene en explicar quién es, de dónde viene y qué desea.

Josep Antoni Vidal no lo interrumpe en ningún momento, ni interrumpe tampoco el feroz escrutinio sobre su persona, su rostro, su ademán, su vestimenta. Solo cuando el francés ha terminado, le responde con evidente desgana:

—Es poco lo que puedo contarle. Se trata de una investigación en curso y no se dan explicaciones a los civiles; ni siquiera a las partes interesadas.

—He venido de muy lejos para recuperar mi libro.

—Lo comprendo. Pero también usted debe comprender nuestros procedimientos.

Las cejas de Dupin forman dos acentos. Si esto estuviera pasando en París, el jefe de policía no solo le contaría todo lo que se supiera sobre el caso, sino que estaría encantado de recibir sugerencias y ayuda por parte de aquel civil que posee una gran experiencia en cuestiones delictivas. En los diez minutos siguientes trata de planteárselo a ese otro jefe de policía con los mejores modales y las mejores palabras que puede encontrar en su vocabulario de forastero. Al final de la exposición, que ha transcurrido de nuevo en atento silencio, el rostro de Vidal es de una dureza mineral, arisca.

—Eso no es… cosa suya.

—Soy un buen investigador. Y solo pretendo ayudar.

—Déjeme su dirección; en cuanto sepamos algo de su libro, se lo comunicaremos.

Auguste Dupin nota que se encrespa. ¿Qué le ocurre a este individuo? ¿Tan prepotente es como para rechazar una propuesta de colaboración? ¿Acaso no lleva semanas sobre el caso sin una sola pista?

—¡Se supone que están ustedes al servicio de las personas, no al revés! —exclama con la vehemencia del ciudadano de un país en el que manda el pueblo.

El cabo lo mira por primera vez con franca sorpresa en vez de hostilidad. Es evidente que no está acostumbrado a que el pueblo le hable en ese tono. Se dispone a replicar cuando, sin mediar más palabras, el gabacho se levanta, se encasqueta la chistera, agarra el bastón de paseo y, tras una seca inclinación de cabeza, da media vuelta y abandona la estancia.

Josep Antoni Vidal se apresura a salir también por la puerta que se abre detrás de él y que comunica con la sala de guardia de la comisaría. De un rápido vistazo se hace cargo de los ocupantes.

—Josep Lluís Teixidor.

—¿Señor? —El interpelado se pone en pie de un salto.

—Tengo una misión para ti.

Auguste Dupin avanzaba por la calle, todavía enfurruñado. También inseguro y algo abatido. ¿Se había precipitado al embarcarse en aquella aventura? Barcelona no era París. Aquí nadie sabía ni quién era ni quién era capaz de ser. Ni siquiera debían saber lo de la calle de la morgue.

«Merde!».

Y acto seguido pensó en su padre. En la opresiva presión que siempre ejerció sobre toda la familia y que lo marcó a él con aquella tendencia a enfadarse, a sentirse inseguro, a ponerse a la defensiva. Apartó de un manotazo los sombríos pensamientos. Hacía demasiado tiempo que su progenitor criaba malvas. Y había demasiados asuntos de los que ocuparse. El fantasma de su padre tendría que ahuecar el ala.

Y aquel fantasmón de Josep Antoni Vidal podía quedarse con su información, sus pistas, sus sospechosos. ¡Y su ridículo disfraz de títere! Claro que, a fin de cuentas, tampoco era una actitud tan descabellada: Dupin no era para él más que un… ¿cómo los llamaban?… un franchute, un desconocido que llegaba del otro lado de los Pirineos con equívocas pretensiones.

Y en un momento como aquel. Porque el hálito de crispación resultaba innegable.

Hacía poco más de media docena de años que había ido a reunirse con sus antepasados el más absolutista de los modernos monarcas españoles; y su hija Isabel y su hermano Carlos María Isidro se habían enzarzado en una guerra con cuartel. Porque don Carlos, más tirano si cabe que don Fernando, consideraba que el país no podía ser gobernado por una mujer. Y menos por una que a la sazón contaba tan solo tres añitos. El carlismo había iniciado su imparable ascensión con el apoyo de todos aquellos que veían peligrar sus privilegios: aristócratas, clero, campesinos acomodados. En Cataluña se lanzó el grito de guerra cuando Fernando VII no llevaba ni una semana pudriéndose en El Escorial. Y en Barcelona, donde dominaban los liberales progresistas, la efervescencia estalló en forma de lo que se conocía con el castizo nombre de «bullangas». En plena canícula, el populacho, persuadido por espontáneos oradores, incendió conventos, asesinó frailes, defenestró —literalmente— al gobernador militar y redujo a cenizas la más moderna fábrica textil del país: el Vapor Bonaplata. Aunque los liberales más exaltados no desperdiciaron la oportunidad de reivindicar el viejo sueño de la independencia de Cataluña, en las elecciones del año siguiente triunfó la candidatura moderada. Parecía que se restablecía cierto orden, pero se trataba tan solo de un espejismo. Incluso los propios burgueses catalanes eran conscientes de que seguían sin encontrar el encaje con España. Y en la lejana capital del reino de los Borbones solo sabían implantar mecanismos represivos de carácter militar. Suspensión de garantías constitucionales. Detenciones. Deportaciones. Fusilamientos. No hacía ni un año desde el último estado de sitio. Auguste Dupin se estremeció levemente. A pesar de ser francés, y con ideas muy distintas a las de la trasnochada nobleza hispánica, él era un aristócrata, nacido en plena Revolución, y le asustaban más los excesos del pueblo alzado en armas que los despotismos de un mal monarca. Pero se guardaría mucho de revelarlo durante su estancia en aquel convulso país.

6

Auguste Dupin observó con interés las Voltes dels Encants, el claustro de la parte baja de los edificios donde los vendedores de lance tenían los tenderetes. Sus oídos fueron inundados por una mezcla de voces, palabrería de mercader, frases truncadas, risas, algún grito infantil.

Desde hacía más de cuatro siglos, los Encantes de Barcelona rumoreaban bajo los soportales que rodeaban la Llotja de Mar. Para evitar el contagio durante las epidemias de peste medievales, las autoridades habían dispuesto que los muebles, las ropas y los objetos de los apestados se revendieran fuera del recinto de la ciudad. La barriada marinera del Regomir, situada por entonces extramuros, había sido la plaza escogida.

Los puestos de las Voltes dels Encants eran, sobre todo, de trastos viejos. Desde traperos hasta *brocanteurs*, pasando por algún que otro con ínfulas de anticuario. Juntos representaban un sorprendente espectáculo de objetos personales y cotidianos o impersonales e insólitos, fuera de contexto, en tránsito hacia una segunda vida. Muebles carcomidos o hinchados por la humedad, espejos empañados, lámparas desportilladas, sillas cojas, sartenes abolladas, vajillas incompletas, zapatos desgastados, cuadros imposibles... Quincalla de todo tipo con aroma a miseria y enormes armarios sin puertas donde los ropavejeros exponían piezas más o menos decentes o más o menos decadentes.

En la plaza del convento de Sant Sebastià se concentraban los revendedores de libros, un curioso oasis entre tanto cachivache desvencijado. La mañana brillante de sol mediterráneo invitaba a pasear por aquel improvisado foro. Dupin sonrió con un punto de nostalgia. Llevaba meses sin dejarse caer por un *marché aux puces*. Había casi olvidado el espectáculo shakespeariano de los hombres que se ganan la vida vendiendo una libra de libros viejos, y de los intelectuales que, a la caza de literatura a buen precio, regatean mientras presumen de la sabiduría adquirida con esos mismos libros regateados. Reconocía el olor polvoriento, a papel húmedo; un efluvio franco, derramado en el aire, distinto del aliento rancio de las librerías cerradas o de las bibliotecas, de los estantes de papel comprimido. Caballeros de aspecto burgués huroneaban entre los puestos en pos de su grial. Jóvenes con capa de estudiante discutían el valor o el coste de una obra que los vendedores harían pagar a su precio intransigente. Los libreros de ocasión son gatos viejos en el arte del regateo. La mercancía provenía, las más de las veces, de desahucios o liquidaciones. Lo que daba nombre al lugar y a la actividad era la venta *en cante*. Desde lo alto de una tarima, el encantador pregonaba el valor decreciente de los lotes. Sus principales clientes eran los vendedores de lance que en la misma plaza plantarían luego sus mesitas para revenderlos al por menor.

Absolutamente fascinado, como siempre que deambulaba entre libros, Auguste Dupin se sumergió en el torrente que remoloneaba por entre los tenderetes. Los había muy sencillos: una astrosa manta en el suelo con montones de libros apilados sin orden ni concierto en vertiginosas columnas de cultura barata y polvorienta. Los vendedores se sentaban en sillitas bajas, con desportillados platillos donde dejaban caer las monedas con tintineo de limosna. En contraste con esos modestos puestecillos, los libreros con pedigrí exponían la mercancía sobre tablas elevadas con caballetes. Algunas incluso tapizadas con colchas. Los libros estaban bien ordenados y de lejos se adivinaban aquellos que poseían valor para bibliófilos y bibliómanos. Los vendedores atendían con lisonja a los clientes, les mostraban los bellos grabados de una obra o la espléndida encuadernación de un ejemplar único.

La visión de los libros enhebraba en la mente del francés preguntas y latidos. ¿Descubriría el suyo sobre alguno de esos mostradores? ¿Había sido robado por alguien que quería revenderlo? ¿O por cuenta de un coleccionista?

Dupin iba manoseando con satisfacción de bibliófilo las obras expuestas, rebuscando nada y optando por nada. Tomaba un libro, lo examinaba. Repasaba los cuadernillos de los intonsos. Preguntaba importes. Regateaba, ritual obligatorio.

—Busco un libro muy especial —iba repitiendo. Y mientras lo decía, acariciaba de forma ostensible el puño de plata de su bastón de paseo—. *La Fee Triunfant en quatre autos*, de Francesc Garau...

7

Las afiladas antenas de Auguste Dupin no habían tardado en detectar que le seguían de cerca. Por el rabillo del ojo había percibido una y otra vez una figura ocultándose tras esquinas, árboles, carruajes. Venía siguiéndole desde los Viejos Encantes. Ahora se fue alejando, quebrando esquinas, con mucha flema, como si paseara.

¿Quién es? ¿Qué intenciones abriga el torpe perseguidor?

Dupin se detiene a la entrada de la calle d'en Carabassa. Pequeños puentes cruzándola por encima, de las casas a los huertos, le proporcionan un curioso sabor rural.

Se adentra en la callejuela y, en el primer portal, con un movimiento felino, se guarece como un ratero al acecho.

No tarda en proyectarse ante él una sombra humana, alargada por la posición del sol en el firmamento. La silueta se escurre con ademán atento por delante del portal donde se oculta Dupin. Un brazo que se alarga y una mano que se posa sobre el hombro del perseguidor.

—¡Monsieur!

La figura se revuelve con rapidez presentando los puños. Auguste Dupin se hace instintivamente atrás, topando con la espalda contra la puerta de madera, mientras con ágil gesto le encara a la barbilla la empuñadura del bastón de paseo.

—¡Atención: soy policía! —exclama el boxeador.

Debía de contar poco más de veinte años —veintidós, supo luego—. Los gestos suaves, pero rotundos, contrastaban con la vivacidad de sus ojos oscuros, dos barrenas que podían penetrar más allá de la fachada de los semblantes, revolver los pensamientos, absorber las almas. En definitiva, unos ojos que inquietaban a quien tuviera algo que ocultar, intranquilizaban a los caracteres apocados y daban seguridad a la gente honrada. También el rostro, de ese color caramelo de quienes han nacido y vivido en el campo durante mucho tiempo, proyectaba la firmeza del hombre de bien.

—¿Existe algún motivo para esta descarada persecución? —preguntó entonces Dupin, con su tono más cortés.

Las enmarañadas cejas del joven se alzaron curiosas.

El acento del caballero le confirmaba que no se trataba de un ciudadano barcelonés, sino de uno de aquellos extranjeros que en los últimos tiempos parecían haberse adueñado de la ciudad.

—¿Cómo se ha dado cuenta de que le andaba siguiendo? —inquirió el muchacho, con una candidez que estuvo a punto de enternecer a Dupin.

—La policía es bastante ciega —contestó con serenidad—. A menudo fracasa por menospreciar la inteligencia de sus oponentes. Los servidores de la ley tienden a creer que los delincuentes tendrán los mismos comportamientos que ellos. No comprenden que el carácter y la astucia de los criminales son distintos. Por eso se les escapan.

Lo que parecía escapársele al joven era todo aquel montón de conceptos que el extraño caballero vertía sobre él sin piedad.

—Entonces, ¿confiesa que es usted un delincuente?

—En absoluto. Auguste Dupin, para servirle.

—¿Un policía extranjero?

Auguste Dupin, que había reanudado sus pasos, sin saber exactamente hacia dónde, negó suavemente con la cabeza. Y mientras lo hacía pensó en las numerosas veces que había considerado que sería un buen prefecto de policía. Mucho mejor que el que controlaba París. Incluso mejor que el famoso Vidocq. Pero siempre acababa conviniendo que aquella no era una profesión apropiada a su estatus. Una cosa era echar una mano y una idea a los pobres agentes perdidos en el laberinto de las investigaciones criminales; otra, estampar su nombre de alcurnia en expedientes policiales.

—Pero trabaja para la policía francesa... —insistió el joven *mosso d'esquadra*, que no había dejado de acompañarlo.

—Algo por el estilo. Soy abogado. Estoy familiarizado con la ley y poseo bastantes conocimientos sobre temas de delincuencia, por eso a veces ayudo a resolver casos.

Entre ambos se depositó un silencio tenso, pastoso.

—¿Y usted? —contraatacó entonces el francés—. ¿Le ha ordenado su jefe que me siga así, sin uniforme, para que no me dé cuenta?

El *mosso* pareció de nuevo avergonzado.

Auguste Dupin suspiró. Y, entonces, le acometió una idea. Tal vez el *mauvais garçon* pudiera, al fin y al cabo, serle de utilidad. Lo evaluó con la mirada. Calibró la posibilidad. Sopesó el coste del intento.

—Bien, pues, en ese caso, será mejor que empecemos a familiarizarnos el uno con el otro —le soltó a quemarropa—. ¿Le apetece un café?

Habían llegado, en su lento deambular, hasta la plaza del Teatre. Dupin reconoció el lugar en el que había empezado horas antes la exploración de la ciudad. Se detuvo bruscamente y se volvió hacia el inexperto y cada vez más desconcertado policía. Y sin esperar respuesta lo tomó del brazo y lo arrastró hacia uno de los cafés de esa parte de la Rambla.

8

En Barcelona, las cafeterías eran todavía una novedad. Pero toda una institución.

Se utilizaban no solo como lugar de recreo, de reunión familiar o de tertulia de artistas, sino también como club político, espacio de inspiración literaria o para aquello que los catalanes parecen tan bien dotados: hacer negocios. Compartían rumor de conversaciones, a veces importunadas por las notas de un piano, damas y caballeros y militares almidonados y artesanos de alpargata y campesinos con la manta sobre los hombros.

El Café de la Noria abría sus grandes portones a la bulliciosa rambla de Santa Mònica. Unos discretos visillos velaban los cristales de puertas y ventanas para evitar que desde el exterior se pudiera reconocer a algún cliente. Sus sombras perfiladas apenas se traslucían.

Remolcando al joven *mosso d'esquadra* por el brazo, Auguste Dupin empujó la puerta con soltura. Al punto los atrapó el murmullo de las conversaciones, el tintineo de las cucharillas, el aroma narcotizante de café recién molido, de pastas calientes… El local exhibía un moderado estilo, con las paredes cubiertas de cornucopias de molduras doradas algo deslucidas. Bajo ellas, un diván corrido tapizado de malva y amparado por largas mesas alineadas. En el centro de la estancia, veladores de mármol y sillas de enea. Desde el techo, una enorme lámpara goteaba luz amarillenta sobre el mostrador policromado de botellas de licores, tacitas apiladas en sorprendentes equilibrios, platillos con montoncitos de azúcar.

Dupin y el policía se encaminaron hacia el fondo del local, donde se abría un saloncito más discreto. Algunos parroquianos conversaban en un tono de voz inaudible o repasaban periódicos frente a sus tazas de café humeantes. Los recién llegados ocuparon una mesita en el ángulo más resguardado de la estancia. Enseguida se les acercó un diligente camarero que no tardó en regresar con un chocolate para el mozo y un café que Dupin había pedido más por curiosidad de catar la famosa fórmula atribuida a los cafeteros catalanes que por que le apeteciera mucho.

—Supongo que no le molesta que fume, ¿verdad, agente...?

—Josep Lluís Teixidor, para servirle —dijo el chico, al tiempo que hacía un gesto de concesión con la cabeza—. Y cuénteme... *mesié* Dupin: ¿en qué consisten sus colaboraciones con la policía francesa?

Dupin reflexionó unos instantes antes de contestar.

—Digamos que... les presto mi capacidad de observación.

Teixidor alzó las cejas, la pregunta agazapada tras ellas.

—La minuciosa observación del escenario del crimen —afinó Dupin.

—¿*Escenario*?

Dupin sonrió. La sorpresa había sido también la reacción del jefe de la Gendarmerie cuando él utilizó por primera vez aquel término.

—¿Acaso un crimen no viene a ser una obra de teatro, con actores y decorados?

Las oscuras cejas de Teixidor observaron con desconfianza al estrambótico francés. ¿Un loco? Pero parecía tan seguro de sus palabras... Claro que los locos siempre parecen seguros de sí mismos. Sin embargo, gravitaba algo en la mirada vivaz de aquel hombre —¿cuántos años tendría?... Rondaría la cuarentena— que no se asimilaba precisamente con la locura. Decía cosas extrañas, pero no carentes de sentido.

—La inspección visual debe servir para detectar las huellas del crimen —prosiguió el posible loco—. Por meticuloso que sea el autor, es imposible que controle todos sus actos, que no haya dejado rastros materiales de su presencia, a veces microscópicos, a veces traídos del exterior: tierra, restos vegetales, ceniza de cigarro…

Dupin calló al ver los ojos pensativos del *mosso* abismados en el vacío. No sabía si no comprendía lo que le estaba diciendo o si simplemente había dejado de escucharlo.

—Comprendo —murmuró entonces Josep Lluís Teixidor—: si el criminal lleva barro en los zapatos y lo va dejando por donde pasa, quizás podríamos saber dónde estuvo antes o qué zapatos llevaba.

El francés lo valoró con la mirada. Tal vez el joven no fuera tan simple como sus rudas cejas parecían sostener. Era consciente de que no era fácil transmitir nuevas teorías. Y mucho menos para alguien que había recibido aquellas habilidades como un don. Él era un hombre cultivado. Leía un centenar de libros al año. Escribía poesía. Hablaba siete idiomas. No obstante, su perspicacia personal no era aprendida. Se trataba de algo innato. Casi instintivo. Sabía que la inteligencia no solo consiste en la capacidad de resolver problemas, sino también —y sobre todo— en la capacidad de plantearlos, de formular las preguntas adecuadas. Porque una vez formuladas es inevitable buscar las respuestas. Todo acto humano, incluso el más terrible, obedece a una lógica. Analizarlo de forma razonada, inferir, deducir a partir de él, puede explicarlo.

—Eso es lo que hace al fin y al cabo un tahúr.

Josep Lluís Teixidor acumuló en la mirada toda la sorpresa que le producía aquel nuevo alegato.

—¿Conoce usted el whist? —preguntó entonces Dupin. Y al ver cómo se acrecentaba el desconcierto en los ojos del *mosso*, añadió—: ¿el bridge?, ¿el póquer? Cualquier juego de naipes.

Teixidor seguía mirándolo en silencio, cada vez más fascinado.

—La habilidad del jugador de fortuna consiste en el gran número de observaciones y deducciones que realiza durante la partida. Examina la fisonomía de su pareja de juego, comparándola con la de sus contrincantes. Presta atención a las miradas que cada uno de ellos echa a sus cartas. Analiza la variación de sus expresiones a medida que avanza la partida: seguridad, duda, sorpresa, disgusto, temor, entusiasmo, triunfo… Estudia la forma en que un jugador recoge una baza. Reconoce la carta jugada en el ademán con que se arroja sobre la mesa, en el comentario casual o irreflexivo, en la inquietud o la indiferencia… Tras las dos o tres primeras manos ya sabe con toda certeza las cartas que tiene cada uno. A la gente corriente le parece casi sobrenatural.

A Josep Lluís Teixidor también se lo parecía.

—Esa es, asimismo, la habilidad del investigador —remachó Dupin—. Analizar todo lo que ve. Comprender la mente del criminal. Por lo general, ninguna policía de nuestros tiempos está preparada para este enfoque racional. Algún día eso cambiará: el estudio del crimen se convertirá en una ciencia.

El francés terminó sus disquisiciones con una sonrisa espontánea. Le proporcionaba una rara satisfacción apabullar a aquel pobre joven con planteamientos de su propia profesión que con toda seguridad jamás se le habían pasado por la cabeza ni a él ni a sus superiores. Dupin no podía evitar sentirse orgulloso de sus métodos. Aunque solían ser incomprendidos, funcionaban.

—Los procesos judiciales todavía se ganan o se pierden según los relatos de los sospechosos y de los testigos. Los jueces consideran que los indicios pueden ser manipulados, y están más habituados a aceptar lo que las personas cuentan que lo que demuestran las pistas o las deducciones que se obtienen.

Teixidor sacudió ambiguamente la cabeza.

—Esto tiene que cambiar —prosiguió Dupin—. Porque la realidad es que las personas pueden mentir o adulterar las declaraciones, pero las pruebas materiales son las que son y es de lo único de lo que podemos fiarnos.

—¿Y usted ha encontrado muchas pistas en la tienda donde se cargaron al librero? —preguntó entonces el *mosso d'esquadra*, entrecerrando levemente los ojos.

Dupin le devolvió la mirada, sorprendido.

—¿Cómo sabe usted que he estado allí?

—Si sigue los métodos de los que habla, era el primer lugar al que debía ir; antes incluso de dejarse caer por los Viejos Encantes.

Auguste Dupin estudió el semblante del joven con una chispa de admiración.

—He averiguado poco —admitió—. Al parecer, tan poco como ustedes. Porque es evidente que la policía tampoco sabe ni poco ni mucho sobre el caso…

Josep Lluís Teixidor avanzó el labio inferior, pensativo, observando a su interlocutor con la cabeza también ladeada, como si fuera un reflejo de espejo. A Dupin le asaltó la rara sensación de que medía sus propias fuerzas con las de él.

—Cierto: casi nada —reconoció el *mosso*—. Ni siquiera se ha asignado el caso a ningún agente, que yo sepa.

—¿Y eso es habitual?

—Le seré sincero: al *quefe* le importa un pimiento su libro. Como mucho, quiere pillar al asesino para que no vuelva a matar. Sospechosos, muchos y ninguno. Primero se pensó en los gitanos. No sé la consideración que se les tiene en Francia…, aquí siempre son los primeros en recibir: la mala fama de andar de aquí para allá… Pero, aunque algunos incluso viven en la ciudad, no se les pudo colgar nada.

Luego se sospechó de los inmigrantes españoles atraídos por la Revolución Industrial que Cataluña estaba llevando a cabo. Pero tampoco nada.

Llegaron entonces las sospechas contra los religiosos hostigados por las bullangas. Contra los judíos, a quienes siempre se les puede atribuir todo. Los masones. Los conjurados. Los afrancesados. Los indigentes. Los locos del hospital.

—El caso se cerró provisionalmente —finalizó Teixidor—. Sin testigos ni pistas no había dónde investigar.

—Sin embargo, usted está aquí por algo…

Josep Lluís Teixidor permaneció unos instantes en silencio, examinando con intensidad el rostro de su interlocutor. Dubitativo. Dupin respetó la pausa.

—Tengo que presentar un informe diario de los pasos que dé usted por Barcelona en los próximos días —confesó al fin el policía—. El *quefe* no se fía ni un pelo de usted, *mesié*. Aquí las cosas no funcionan como en su París. La gente normal no va ofreciendo ayuda a la policía para resolver crímenes. Usted es el primer sospechoso que tenemos por ahora. Me da en la nariz que será el responsable de que se reabra el caso.

Auguste Dupin iba asintiendo con la cabeza. Al final había resultado más fácil de lo que pensaba extraerle información que a buen seguro estaba clasificada como confidencial. Pero a pesar de la perspicacia que lo caracterizaba estudiando a las personas, no acababa de comprender la actitud del joven.

Su forma de andar, de gesticular, el tono de su voz, su sonrisa espontánea, todo delataba en Josep Lluís Teixidor el deseo de confianza en sí mismo. Sin embargo, para Dupin resultaba evidente que aquel fogoso *mosso*, cuya personalidad era realzada por una especie de belleza nerviosa que cautivaba al instante, adolecía aun de la debilidad de la juventud. Esa debilidad de querer implicar a cuantos te rodean a compartir lo que te incumbe. Además, se observaba a sí mismo, calculaba sus gestos. Seguramente solía estudiarse en el espejo para constatar que, en efecto, se parecía a la imagen que se estaba creando.

Desde hacía apenas unos meses —le contó con detalle a Dupin—, él era uno de los dieciocho *mossos d'esquadra* que constituían el puesto de Barcelona, el cual se diferenciaba de los demás porque carecía de integrantes propios. Todos los agentes del cuerpo, unos doscientos cincuenta en total, debían servir por turnos en la capital catalana.

—A la mayoría no les gusta ser destinados a Barcelona. La vida es cara, y encima nos obligan a vestir con toda esa parafernalia. Y los mandamases tienen el vicio de utilizarnos como si fuéramos criados, en lugar de policías. Pero, con todo, a mí me encanta.

Josep Lluís Teixidor era hijo de un pequeño pueblo de la comarca del Bages, Santpedor, junto a Manresa. Barcelona le resultaba tonificante. Le entusiasmaba sumergirse en las costumbres de la capital, meterse en su laberinto, tropezar con los sitios malos y los peores, conocer las posibilidades de cada lugar de recreo, inventariar los repertorios de teatros y de espectáculos diversos. Un abismo separaba la pérfida y libertina ciudad de la rústica y malévola campiña. Allí el trabajo de un *mosso* consistía en la persecución de bandoleros y algún carlista extraviado y en el control de la mendicidad, del juego y de otras buenas costumbres. También se encargaba de la vigilancia en las fiestas, procesiones y durante el paso de las diligencias; de escoltar a las autoridades y los viajeros ilustres; de asistir al verdugo durante los ajusticiamientos y de trasladar los pedacitos de los ejecutados a los lugares señalados para el escarmiento público.

—Como puede ver, trabajos más físicos que mentales. En cambio, en Barcelona tenemos la oportunidad de investigar a delincuentes. Ladrones, asesinos, conspiradores… Yo prefiero trabajar con la cabeza más que con el cuerpo.

Las *esquadras* catalanas —siguió explicando— cumplían funciones de policía judicial. Un comandante ostentaba la autoridad absoluta, controlando los diversos cabos de las *esquadres* locales, que a su vez tenían potestad sobre los agentes. Lo que Teixidor no le contaría a Dupin sería que, pese al bien ganado prestigio —la sola mención de los *mossos* era suficiente para aterrorizar a los criminales—, los obreros de la ciudad les profesaban abierta antipatía; por un lado, por su oscuro origen: habían nacido siendo partidarios del impopular Felipe V, y por otro, porque años atrás, a raíz de los sucesos revolucionarios, los agentes habían disparado indiscriminadamente contra los insurgentes. Y lo que sí le contaría sería que los *mossos* ganaban salarios inferiores a los de cualquier jornalero: menos de seiscientas pesetas al año, complementadas con alguna gratificación.

—Un cabo cobra más del doble que un agente. Y eso es lo que yo quiero.

Las cejas de Auguste Dupin se alzaron, alerta. El instinto le estaba susurrando al oído el motivo por el cual el joven policía se mostraba tan dispuesto a contar secretos de alcoba.

—Le seré sincero —le confirmó entonces el *mosso*—: nuestro *caporal* es de los que odia cumplir servicio en Barcelona. Por eso gasta siempre ese humor de perros. Y también por eso lo ha tratado a usted tan mal. Y por eso mismo me ha delegado un poco el caso…

—¿Un poco? ¿O simplemente le ha ordenado seguirme porque soy un extranjero *tuestahuevos*? Me parece usted muy joven e inexperto para enfrentarse a un caso como este.

—Al *quefe* le importa un bledo si yo soy más o menos inexperto. Si no hay resultados…, si el caso no se resuelve…, nadie se lo reprochará. ¿O no se ha convencido lo suficiente cuando ha hablado con él?

Auguste Dupin frunció el ceño.

—Si hago méritos..., si consigo descubrir al asesino... —Ahora el *mosso* parecía hablar para sí mismo. Su mirada era calculadora.

Apuntó a Dupin con aquella sonrisa de encantador de serpientes.

—Usted y yo podríamos hacer negocios: yo finjo que me he hecho amigo suyo para poder vigilarle mejor y nos dedicamos a resolver el caso entre ambos. Vamos, que yo sí que le acepto la colaboración que le ha ofrecido a mi cabo. Usted pone la cabeza y yo la capacidad de moverme por Barcelona...

El francés lo observó abstraído. El silencio duró un buen rato. El joven lo respetó, sin dejar de examinar con atención el menor cambio en su expresión. Sintiéndose demasiado escrutado, Dupin se levantó de la mesa recogiendo su sombrero y su incomodidad.

—Deje que me lo piense. Sin duda es una propuesta inusual...

—De la que ambos sacaríamos tajada —señaló Josep Lluís Teixidor, levantándose también.

—Es posible. Pero necesito meditarlo.

9

Salieron juntos del establecimiento. De repente, la fluida conversación parecía haberse truncado de manera irremediable. Caminaron en silencio, remontando la Rambla, cada uno absorto en sus pensamientos.

No habían pronunciado una sola sílaba desde hacía al menos diez minutos cuando de repente Dupin observó:

—Está usted en lo cierto, Teixidor. Yo también creo que Barcelona debería levantarle un monumento a Cristóbal Colón.

El *mosso* se detuvo en medio de la acera, clavando los oscuros ojos en su acompañante.

—*Mesié* Dupin —dijo con voz grave—, esto escapa a mi comprensión. ¿Cómo es posible que supiera lo que yo estaba pensando?

Dupin le arrojó una sonrisa socarrona.

—Explíqueme el método —solicitó Teixidor, modulando de forma evidente su excitación—, si es que hay un método... que le ha permitido adivinarme el pensamiento.

Dupin no pudo por menos que admirar el talante con el que el joven asumía aquel hecho que sobrepasaba cuanto pudiera imaginar.

—El frutero —replicó al fin— ha sido quien le ha llevado a usted a la conclusión de que Barcelona tiene una deuda pendiente con Cristóbal Colón.

—¿El frutero? No conozco a ningún frutero.

—El hombre que ha tropezado con usted cuando salíamos de la cafetería...

Josep Lluís Teixidor frunció el ceño, sin atenuar la expresión de contenida sorpresa.

—Sí, ahora lo recuerdo. Pero ¿qué tiene que ver el frutero con Cristóbal Colón?

—Se lo explicaré. Y para que lo entienda todo con claridad, volveremos a seguir el curso de sus reflexiones hasta el momento del choque con el frutero. Los eslabones de la cadena son: el monumento, el cacao, América, Colón, la paloma, el níspero y el frutero.

Teixidor seguía plantado en mitad de la calle, taladrando con la mirada cada vez más oscura a su interlocutor.

—Hemos salido de la cafetería, donde habíamos estado hablando de las delicias del chocolate —reconstruyó Dupin—. Al traspasar la puerta, un frutero, que llevaba una canasta en la cabeza, lo ha empujado a usted haciéndole trastabillar y asustando a una paloma que había en la acera. Tras un corto revoloteo el pájaro ha ido a posarse de nuevo para picotear un níspero que se le ha caído al frutero. Usted lo ha observado con curiosidad.

—¿Me está diciendo que me ha leído los pensamientos en la cara? —lo interrumpió Teixidor, impaciente.

—En sus expresiones faciales, especialmente en sus ojos —admitió Dupin, entrelazando el brazo del joven y obligándolo a reanudar el camino Rambla arriba—, pero también en sus gestos.

Teixidor sacudió la cabeza, dubitativo.

—Ha mantenido usted los ojos clavados en la paloma. El *colom* —prosiguió Dupin—. Y he llegado a un convencimiento: eso le llevaría a pensar que el delicioso cacao que acababa de tomar se lo debía a otro «Colom». En efecto, se ha relamido usted los labios, por lo que he estado seguro de haber seguido correctamente sus meditaciones hasta ese momento.

»El gran descubridor, que hay quien defiende que era de origen catalán, solía firmar *Colom*, que a diferencia de en su versión española significa 'palomo'. Era evidente que usted no dejaría de asociar ambas ideas. Y he visto que las había asociado por el tipo de sonrisa que han dibujado sus labios. Reflexionaba sobre el hecho de que el navegante tuviera nombre de pájaro.

»Entonces ha considerado que gracias a su descubrimiento se conoció el cacao americano. Y, con el ceño fruncido, se ha preguntado si Colom lo trajo cuando regresó de su primer viaje, que, como es sabido, finalizó precisamente en Barcelona. A continuación, ha conjeturado usted que quizás no todo el mundo lo sabe, y que tal vez debería darse a conocer de alguna manera especial. Por ejemplo, dedicándole un monumento.

»Hasta ese momento caminaba usted algo encorvado, pero de repente lo he visto enderezarse y caminar con una ligera rigidez, como si se pusiera en la piel de una estatua; estaba imaginándose lo magnífica que luciría, quizás frente al puerto, quizás señalando el mar... Ha sido en este punto cuando he interrumpido sus meditaciones para hacerle notar que, en efecto, Barcelona debería levantarle un monumento a Cristóbal Colón.

Se despidieron frente a la puerta del Cuatro Naciones, después de que Dupin le asegurara, una vez más, que consideraría su oferta. Ya había decidido aceptarla, pero era gato viejo y quería afianzar un poco su posición dominante.

—Espéreme usted en el Café de la Noria mañana sobre las once. Si acepto, acudiré. Si no...

—Si no, no piense que le dejaré rondar a su aire por la ciudad —lo interrumpió Teixidor, antes de dibujar aquella sonrisa jocosa que conseguía cambiar de arriba abajo su adusta fisonomía.

Auguste Dupin estuvo pensando en él —en su propuesta no era necesario— durante el resto del día. Un buen mozo.

Y más avispado de lo que había creído inicialmente. Y bastante apuesto.

Ahora suspiró, mientras se desvestía para acostarse, atrapado por el cansancio de aquella densa jornada. ¿Qué diría el buen mozo si le hablara de su... de Edgar? ¿Lo miraría con aquellos ojos interrogantes? ¿Lo juzgaría? ¿O sería tan incisivo como su amigo Charles Nodier?

—Si se ha largado, ya está. Deja de pensar en él.

—No quiero dejar de pensar en él.

Si lo mantenía en sus pensamientos, como un simulacro de normalidad, seguiría existiendo.

«Necesito dejar de pensar en él».

Cogió un libro de encima de la mesilla de noche. Uno de los que había comprado en los Viejos Encantes. No supo en qué momento cerró los ojos. Se despertó de repente, las sábanas por el suelo. Había dormido casi dos horas. Probablemente eso sería todo lo que conseguiría descansar si Edgar se empeñaba en seguir aporreándole la memoria.

Recuperó el libro abandonado sobre la almohada y se dispuso a afrontar la vigilia.

10

En el reservado del Café de la Noria, Dupin apuró los restos de la taza. El café del día anterior era bueno, pero el chocolate de esta mañana era excepcional. Josep Lluís Teixidor jugueteaba con el azúcar que le quedaba en el platillo, trazando surcos con la cucharilla, pensativo.

—Es extraño eso de Adelí Bonanova. ¡Matarlo para robarle un libro! Porque el asesino no se llevó otra cosa. Según la denuncia, sobre la mesa había dinero y un reloj de bolsillo. Y el muerto tenía un rosario en las manos. Algo bastante curioso: como si hubiera estado rezando mientras lo apuñalaban por la espalda.

—Imposible —replicó inmediatamente Dupin—. El instinto es más poderoso. Al notar las primeras punzadas de dolor habría soltado el rosario y se habría vuelto hacia el agresor.

—Pues eso solo puede significar que fue el asesino quien se lo puso una vez muerto. ¿Por qué haría algo así?

—Habría sido interesante ver si el cadáver tenía los dedos agarrotados alrededor del rosario —reflexionó Dupin—. Sabríamos a ciencia cierta si lo cogió él o se lo pusieron después.

Teixidor asintió a su vez. Elemental.

—El cadáver ya no estará, pero podemos ver el informe de la autopsia, hablar con el cirujano.

Dupin, que no esperaba sino esa sugerencia, se puso en pie con rapidez.

Más que un hospital, el de la Santa Creu parecía un antiguo convento o una catedral gótica, con aquel claustro rodeando el patio del cual brotaban dos espléndidas escalinatas. En la planta superior se abrían unas enormes naves con elegante estructura de arcos y envigado de madera policromada. Entre los cientos de camas alineadas, pululaban monjas, practicantes y algún médico al que se distinguía más por su porte altivo que por la bata blanca.

—El doctor Daniel Valldigna ya no trabaja aquí —les informó una monja cuando le preguntaron por el responsable de las autopsias—. Hace un par de semanas lo trasladaron a Valencia. Por suerte no ha habido necesidad de sus servicios. —La religiosa se santiguó con fervor, poniendo en peligro de descarrilar la bandeja con apósitos que sostenía con una sola mano.

Al ver la expresión de contrariedad del *mosso d'esquadra* se apresuró a añadir:

—Pueden hablar ustedes con sor Caterina, es la hermana que suele ayudar en esas tareas.

Sor Caterina era una de esas mujeres sonrosadas y blancas, como ciertas rosas tardías, que gracias a los hábitos y a la vida virtuosa parecen mucho más jóvenes de lo que son. Dupin le calculó unos treinta años. Alta, recia, pero de talle esbelto, el ademán era ágil, casi felino. Las facciones estaban impregnadas de esa nobleza de cuna que se ignora a sí misma, bajo una frente algo masculina y a la vez delicada. En los labios se adivinaba el rictus burlón, y la naturaleza insatisfecha en las comisuras levemente oblicuas. A lado y lado de la severa nariz, dos inmensos ojos de animal nocturno perforaban sin piedad. Cada uno de aquellos rasgos armoniosos revelaba el aplomo de una deidad que puede verlo todo o de una mujer que ya lo ha visto todo. Dupin la observaba, pensativo. «Demasiado joven, demasiado hermosa y demasiado lista para ejercer de monja». Los rizos de un rubio oscuro que se escapaban por debajo de la blanquísima toca parecían proclamarlo en voz alta. ¿Expiaba los ardores de una juventud temeraria con aquel hábito negro abotonado hasta el cuello, con aquel escudo de la Congregación de las Hermanas Hospitalarias sobre su generoso seno izquierdo?

—El cadáver ya no está —explicó sor Caterina, en cuanto Josep Lluís Teixidor hizo la consulta con autoridad policial—. Pero hay un informe de la necropsia, por supuesto.

—Nos gustaría verlo.

Sor Caterina dudaba.

—En estos momentos no tenemos médico forense. Ya le habrán informado de que el doctor Valldigna...

—Sí, sí. Pero nos han dicho que usted...

—Que usted es casi tan experta como el cirujano, en materia de autopsias —intervino Auguste Dupin.

La monja lo repasó con unos ojos en los que se mezclaban curiosidad y desconfianza.

—*Mesié* Dupin es parte interesada en el caso del fallecido —intervino entonces el policía.

Dupin brindó una mirada de respeto a su inesperada elocuencia.

—De acuerdo —dijo sor Caterina, tras otra leve vacilación—. Síganme. Los informes de autopsias recientes los guardamos en los archivadores de la sala de disección. —Y echó a andar con ademán resuelto tras soltar todavía por encima del hombro—: Esto queda bajo su entera responsabilidad.

Detrás de la modesta fachada neoclásica, la sala de disección desplegaba una fascinante ornamentación rococó que cubría las butacas, las barandillas, las celosías. El sol se colaba como un rayo justiciero por la linterna cenital que desde el tejado caía sobre la camilla giratoria, el indiscutible centro del escenario. El anfiteatro anatómico del Real Colegio de Cirugía se había construido unos cien años atrás para realizar autopsias y permitir a los alumnos seguir las explicaciones desde las gradas.

Auguste Dupin estudió con indisimulado interés el lecho de mármol, el orificio destinado a escurrir la sangre.

Sor Caterina lo perforó con una mirada de cierto desdén.

—El morbo es la emoción más habitual en esta sala —dijo sor Caterina con sorna y algo de desprecio—. Antiguamente la gente distinguida se instalaba detrás de aquellas celosías —señaló la planta superior del edificio— para poder gozar del espectáculo sin ser vista.

—El mío es interés científico —musitó Dupin con voz demasiado delgada.

Sor Caterina asintió demasiadas veces para que su aceptación pareciera sincera.

—Venga, veamos esa autopsia —intervino Josep Lluís Teixidor. Y al darse cuenta de lo desafortunado de la frase, se corrigió—: El informe, quiero decir.

Tras bucear entre las carpetas de un enorme archivador, la monja le tendió una a Teixidor, pero fue la mano de Dupin la que, con un gesto rápido y elegante, la arrebató. Estaba convencido de que el policía era analfabeto y quería ahorrarle el sonrojo.

Necropsia practicada el 16 de marzo de 1840, 24 horas después de la confirmación del fallecimiento. Estado exterior: cadáver de un sujeto de proporciones atléticas. La piel, pálida en general y lívida en el rostro...

Auguste Dupin tragó saliva. La descripción fría de la muerte siempre le producía angustia.

Se observan heridas de carácter mortal, incisas cortopunzantes, de sentido perpendicular, lineales, con orificio de entrada no lacerado, en forma oval de bordes regulares separados de 15 líneas de longitud y 5 líneas de ancho en la parte media. Paredes lisas y regulares. Penetración de 150 líneas. Sección romboide de vértice inferior. Instrumento mortífero: arma blanca de hoja bicortante y cuatro biseles, con punta aguda.

El francés levantó los ojos del enrevesado lenguaje forense.

—¿Líneas?

En el rostro fino de la hermana Caterina los labios dibujaron una sonrisa de ligera superioridad.

—Es la unidad de medida propia de la jerga. Equivale a unos dos milímetros.

—O sea que el arma tenía unos treinta centímetros —concluyó rápidamente Josep Lluís Teixidor.

—Un cuchillo enorme.

Sor Caterina hizo un gesto afirmativo.

—Se observó que la profundidad de la incisión superaba de largo los instrumentos cortantes habituales. Y que no respetaba las partes duras.

—Los huesos. —Parecía que Teixidor se erigía en traductor.

—Era un arma de un peso considerable, por lo que al efecto cortante se le añadió el propio de una gran fuerza letal —agregó la monja.

Dupin devolvió la vista al informe, con un parpadeo. Tragó saliva un par de veces. Su malestar no pasó desapercibido para los dos pares de ojos que no le perdían de vista. De repente, Josep Lluís Teixidor le arrebató la carpeta y prosiguió la lectura con voz firme. Se interrumpió al advertir el desconcierto de Dupin. Y comprendió. Llenó de ironía la sonrisa.

—De pequeño fui a la escuela, como la mayoría de los hijos de campesinos: lo justo para entender un contrato y echar cuatro números. Pero cuando decidí ir para cabo, me puse al tajo.

Entre las competencias de los cabos de los Mossos destacaba el saber leer y escribir, ya que debían ejecutar las órdenes que les llegaban por escrito, cumplimentar fichas y enviar a la Sala del Crimen informes sobre los delincuentes en busca y captura y sobre los casos resueltos.

Auguste Dupin iba afirmando con la cabeza mientras Teixidor desgranaba sus explicaciones ante la mirada algo desorientada de sor Caterina. Tras una mueca de difícil interpretación, el joven regresó al informe, al apartado en el que se detallaban las lesiones de la víctima.

El cuerpo presentaba nueve heridas. Nueve puñaladas en el abdomen, pecho, cuello, brazos, manos. Incluso una en el omóplato. Quizás la primera, la que lo dejó fuera de combate. En el último párrafo, la necropsia daba cuenta de la más grave de todas; probablemente la desencadenante de la muerte:

Disecados y levantados la piel y los músculos que la rodean se observa que la incisión del tórax penetra a través del quinto espacio intercostal izquierdo, desgarrando las partes blandas, interesando el corazón, con sección del cayado aórtico y la vena cava superior y los lóbulos medio e inferior del pulmón, y en la cual penetra sin esfuerzo una sonda de hasta 35 líneas de profundidad.

—Una estocada de siete centímetros —concluyó Teixidor.

—Muchas heridas —murmuró Dupin—. Demasiadas.

—Pero todas espontáneas —aportó sor Caterina, con un cabezazo hacia el informe—. El asesino no estuvo jugando con la víctima.

Auguste Dupin le tributó un parpadeo de admiración. Por el contrario, en los ojos del *mosso d'esquadra* percibió cierto escepticismo. ¿O era desdén por las aportaciones de la religiosa?

—Las heridas no nos permiten identificar al autor —le explicó al *mosso*, sintiendo una cierta necesidad de indemnización—, pero pueden proporcionarnos indicios de comportamiento. Un patrón de conducta general y su relación con el resto de pistas. Por ejemplo, la violencia de las lesiones…

Con un gesto brusco tomó el informe de las manos del policía y lo repasó.

—La mayor parte son tan profundas que el arma incluso se topó con el hueso o el cartílago.

—Y algunas en zonas donde la piel es muy gruesa —convino sor Caterina—. No es fácil fracturar estas partes del cuerpo.

Y mientras lo explicaba, su mano representaba una y otra vez el símil de acuchillar.

Su mirada se había desplazado hacia el *mosso d'esquadra* con algo de burlona superioridad que Dupin captó de inmediato y Teixidor ignoró por completo.

—Continuó apuñalando de forma maquinal —señaló ella—. El asesino no es un sádico, pero es evidente que quería asegurarse de la muerte de la víctima. Quizás satisfacía una necesidad mental.

—La sorpresa y esa puñalada a traición en el omóplato para inmovilizar al sujeto de forma instantánea indican que el agresor dudaba de sus aptitudes para controlarla —aportó Dupin—. Tal vez sea alguien no muy fuerte, o que se siente incapaz de enfrentarse cara a cara con la persona que ha de matar…

—No lo había relacionado, pero yo he visto antes este tipo de incisión —dijo entonces sor Caterina.

—¿Dónde? ¿En quién?

—Estoy casi segura. No recuerdo cómo se llamaba. Creo que era un nombre extranjero. Hará unas pocas semanas…, tal vez un mes, tuvimos un caso similar. También lo cosieron a navajazos. Y las heridas presentaban la misma forma extraña y la misma profundidad.

11

—*Oh, là, là!* ¡Pero si se trata del mismísimo *chevalier* Auguste Dupin, el terror de los delincuentes… ¡y de los bibliotecarios!

Dupin y Teixidor se giran sobresaltados. Sor Caterina, que hurgaba en el enorme archivador de madera, levanta la cabeza sorprendida.

La figura enmarcada en el umbral, a contraluz, es la de un caballero de poco más de treinta años, que parece querer disimular su juventud con el aire docto de los eruditos. Unas gafas finas no consiguen ocultar sus ojos, que resaltan como faros en un rostro delgado de labios sensuales, nariz potente y frente ancha. Viste con una curiosa mezcla de sobriedad y moda parisina. Alrededor del pantalón gris de cuadros escoceses, se abre el vuelo de un redingote, la alternativa informal a la levita, una prenda afeminada —falda acampanada, cintura estrecha— que siempre ha despertado cierta antipatía en Dupin.

—¡Pere Felip Monlau!

Le viene a la memoria el momento en el que su común amigo, Charles Nodier, se lo presentó en París dos años atrás: un médico catalán estudioso de la frenología, la nueva ciencia que considera que la personalidad se puede detectar en el desarrollo diferenciado de diversas partes del cráneo. Aunque a Dupin no le convencía aquella teoría, enseguida había experimentado una corriente de simpatía hacia Monlau.

El médico penetró exultante en la sala. Era de esas personalidades que cuando caminan desplazan el doble de aire que la otra gente. Mientras encajaba con la derecha la mano del francés, con la izquierda le palmeaba el hombro.

—*Voilà monsieur Monlau!* ¡El terror de los reaccionarios! —exclamó Dupin.

No había olvidado que la causa del exilio en Francia del catalán se debía a sus simpatías por los revolucionarios que habían alzado bandera durante las bullangas. Auguste Dupin había sido de los nuevos amigos que habían brindado por su feliz retorno a Barcelona meses más tarde.

—¿Qué viento le trae por aquí, *mon vieux ami?* —preguntó Monlau.

Y al ver la carpeta de autopsia en la mano de sor Caterina, se hizo una rápida composición del caso. Durante su estancia en París había conocido de cerca las actividades pseudopoliciacas del abogado aristócrata, el cual parecía no tener otra cosa con la que entretenerse más allá de los libros.

—O sea que no le basta a usted con los delincuentes franceses...

—¡O sea que estos son sus dominios! —exclamó Dupin casi a la vez.

—Director del Departamento de Psiquiatría.

—En su elemento —sonrió Dupin—. Le presento al agente Josep Lluís Teixidor, *mosso d'esquadra.*

Pere Felip Monlau hizo una inclinación de cabeza sin dejar de observar al policía. Teixidor, a su vez, compuso un leve gesto como de cuadrarse, mientras se llevaba las puntas de los dedos hacia la sien en un saludo inconcluso.

—Sor Caterina... —dijo Monlau dando un nuevo cabezazo. La monja pareció algo azorada.

—Veo que está usted prestando servicio a nuestra eficiente policía. Supongo que tendrá algo de trabajo extra, hasta que nombren a un nuevo forense.

La mujer asintió, con una sonrisa. Auguste Dupin se dio cuenta de que entre aquellas dos personas existía una afinidad que sobrepasaba la mera relación profesional.

—Veamos dónde se ha metido ahora el *ami* Dupin. —Monlau arrebató la carpeta de las manos de la monja—. Sergius Scalinger… ¿No es ese el cadáver que se encontró en el puerto?

—Hemos descubierto que presentaba heridas similares a las de otro asesinado —explicó Dupin. Y al detectar que el interrogante persistía en los ojos del médico añadió—: Un librero al que nuestro amigo Nodier había traído un libro mío para que tratara de venderlo.

Monlau asintió con la cabeza antes de devolver el informe a la monja. Luego echó una rápida ojeada a su reloj de bolsillo e hizo una mueca.

—Tengo que irme. Un compromiso ineludible. Pero no crea que me voy a quedar sin saber más sobre este asunto. ¿Qué le parece si viene a cenar a casa el viernes? Estaré solo: mi mujer está en Llavaneres, de visita familiar, pero le pediré a la criada que nos prepare algo para picar…

—Será un verdadero placer.

Tras indicarle la calle, el número y el piso, Pere Felip Monlau se despidió con un gesto de todos los presentes, palmeó el brazo de su viejo amigo y desapareció.

—¡Qué encuentro tan providencial! —exclamó Dupin con fervor—. Aprecio muchísimo a este hombre.

Y, al ver las miradas expectantes de la monja y del policía, se apresuró a explicarles cómo se habían conocido.

—Parece un buen tipo —dijo Teixidor, cortésmente.

—Un gran médico —fue la aportación de sor Caterina.

—Veamos ahora esa autopsia.

El informe confirmaba lo que a la monja le había parecido recordar: aunque el cadáver del desventurado fue *pescado* en el puerto de Barcelona, ya estaba muerto cuando lo arrojaron al agua. Cosido a puñaladas. Al parecer, con la misma arma singular utilizada para matar a don Adelí Bonanova.

—Recuerdo vagamente ese caso —dijo entonces Josep Lluís Teixidor—. Hará un par de meses o tres…

Leyó la fecha de la autopsia para confirmarlo.

—Debe de estar en los archivos de los casos sin resolver…

—¡Estupendo! —profirió Dupin, con evidente buen humor—. Vaya a por él.

—¿Ahora?

—¡Pues claro! ¿Cuándo, si no? Le espero aquí.

—Aquí no puede ser —dijo sor Caterina tan pronto como Teixidor se marchó a toda prisa—. Tengo que cerrar esta sala.

—No se preocupe, hermana —Dupin le tendió la mano con afecto—, ya ha hecho bastante por nosotros.

De nuevo en el claustro, se metió por un callejón estrecho al fondo del cual se vislumbraba un recinto custodiado por la imagen de un Cristo de la Agonía. A través de la cancela se vislumbraba un escenario dantesco. Hacinados de cualquier manera en enormes anaqueles se veían ataúdes de basta madera y bultos sospechosos vendados con miserables mortajas de las que escapaban brazos desnudos, pies descalzos, rostros que la muerte imparcial había convertido en mármol. Las manos de Dupin se aferraban a la verja, fascinadas. Sus ojos se percataron, de repente, de que entre los muertos alguien se movía. Era un muchacho de aspecto tan inquietante como el lugar. En lo alto de un cuerpo enclenque, se bamboleaba una cabezota cuadrada y con poco pelo. La mirada y la sonrisa evanescentes avivaron la memoria de Dupin: de camino al hospital, el *mosso* le había explicado que a los deficientes mentales y a los locos pacíficos ingresados en el establecimiento se les confiaban tareas sencillas, tales como encargarse de los cadáveres.

—¿Qué sitio es este? —preguntó Dupin.

—El Corralet —respondió el chico alzado de entre los muertos—. El cementerio de los pobres.

—¿Tantos hay?

El joven soltó una risita.

—Estos son para disección —informó, con palabras doctas que encajaban mal en los labios leporinos—. Para la Academia de Cirugía.

Dupin comprendió que, además de tétrico cementerio, el recinto albergaba también la morgue.

—Son los muertos que nadie ha reclamado y los delincuentes ejecutados —añadió el guarda.

Auguste Dupin no pudo evitar un escalofrío. Pensó en el depósito de cadáveres de París, en la Île de la Cité. Allí también se exhibía a los difuntos hallados en la vía pública, los asesinados, los suicidas, los ahogados del Sena… Perforados, triturados, reblandecidos. En los últimos tiempos el almacén de los muertos se había convertido en un macabro espectáculo gratuito. Hombres y mujeres, pobres y ricos, se acercaban a los escaparates pellizcándose la nariz o cubriéndola con un pañuelo; a veces, acompañados de niños. Y entre los entusiastas de tan morbosa atracción podían estar los mismos asesinos, contemplando su obra con el placer del artista. Y algún poeta.

La morgue.

Edgar.

Auguste Dupin se sintió atrapado por la melancolía. Unos meses atrás, en una de sus colaboraciones con la Gendarmerie, había resuelto un intrincado crimen en un piso de la Rue Aubé, la calle que llevaba precisamente hasta la morgue. Era ese caso el que Edgar había prometido convertir en novela. Con un suspiro, despegó las manos de la verja de esa otra morgue, el Corralet, y dio media vuelta deseando alejarse cuanto antes de allí. Apresuró el paso por el callejón y no se detuvo hasta aterrizar en la calle trasera del hospital. Sin duda era mucho mejor esperar a Teixidor en el amable patio del claustro.

El policía no tardó en aparecer. Venía a paso corto, enfrascado en la lectura de un documento.

—Parece que era un hombre bastante normal —anunció, blandiendo el informe policial—. Representante de una fábrica inglesa que importa productos higiénicos. Se interrogó a su casera, una tal Isabel Cadafal. Según ella, Sergius Scalinger salía poco. No se le conocían enemigos. Ni amigos. Por el momento, no hay culpable. Ni sospechoso. No parece que le quitaran nada. El robo se descartó como… móvil, como lo llama usted.

—¡Qué extraño!

—Hay una coincidencia: era aficionado a los libros. Tenía una pequeña biblioteca.

—*Ça alors!*

El *mosso* le tendió el documento.

—Tengo que devolverlo antes de una hora. El *quefe* nunca regresa a la comisaría más tarde de las tres.

Auguste Dupin abrió la carpeta. Dos cuartillas, un esquema del muelle junto al que se encontró flotando el cadáver y un par de recortes del *Diario de Barcelona*, el principal periódico de la ciudad. El más antiguo, fechado apenas dos meses atrás, era breve:

EXTRAÑO ASESINATO
DE UN SÚBDITO EXTRANJERO EN BARCELONA

Nos ha informado el cabo de los Mossos d'Esquadra, don Josep Antoni Vidal, del hallazgo sobre las 9 de la noche del día 17 de los corrientes del cuerpo de nuestro conciudadano don Sergius Scalinger en aguas del puerto.

Este infeliz caballero era oriundo de Inglaterra, pero residente en Barcelona desde hacía muchos años.

Por el aviso del marinero que lo encontró, acudió con presteza al lugar de la tragedia el alcalde de barrio, con los demás dependientes del tribunal.

Examinada la víctima, se le hallaron cuatro grandes y horrorosas heridas de puñal, no cabiendo duda alguna de que fue asesinado y arrojado al agua ya cadáver.

El cuerpo fue trasladado al Hospital General de esta ciudad para la práctica de la anatomía. Por el momento, se ignoran las circunstancias que ocasionaron este drama. En virtud de las diligencias que se instruyen en averiguación de los autores se previene a cualquiera que pudiera dar noticia acuda prontamente a la Sala del Crimen.

La segunda noticia, aparecida cinco días después, se dedicaba a elogiar el generoso testamento del difunto, el cual legaba su colección de libros, al parecer voluminosa, a la Biblioteca de la Universidad y Provincia de Barcelona.

—La inauguraron la semana pasada —informó Josep Lluís Teixidor—. Con los libros que había en los conventos antes de las exclaustraciones.

Dupin se prometió que no se marcharía de Barcelona sin visitarla.

A continuación, se concentró en el informe policial. Cuando se producían dos asesinatos con coincidencias, sabía que había llegado el momento de preguntarse por las víctimas. ¿Por qué ellas? ¿Qué significaban para el asesino? ¿Qué deseaba de ellas?

—Sería interesante investigar un poco en el domicilio de mister Scalinger. —Dupin seguía reflexionando en voz alta—. Si se trata, como sospechamos, del mismo asesino, valdría la pena intentar localizar patrones de comportamiento, detectar alguna señal característica dejada por él.

71

—Debería ir usted —dijo el *mosso* con decisión—. Como experto en libros, seguro que será más capaz que yo de encontrar… pistas. Yo me dejaré caer por el puerto, para echar un vistazo al lugar donde encontraron el fiambre.

12

La plaza de Palau se jactaba de ser el verdadero centro neurálgico de Barcelona. Como si se propusiera dar al viajero que llegaba por mar una imagen de grandiosidad, concentraba los más majestuosos edificios de la ciudad: la Aduana, la Llotja, los Pórticos de Xifré. El Palacio Real que daba nombre a la plaza, residencia de la primera autoridad militar de Cataluña, era un anciano de cinco siglos que había sido remozado, sin renunciar a sus elementos góticos, con hermosas pinturas neoclásicas. Al fondo de la explanada, empotrado en la muralla, el impresionante Portal de Mar, todavía inacabado, con aquellas portaladas de mezquita de pega, derramaba pomposidad. Josep Lluís Teixidor lo atravesó y salió al otro lado de la muralla. Cien rumores distintos lo atraparon. Hijo de secano, para él el puerto emitía su propia, mágica, sinfonía. El chapaleo del agua, el tintineo de las jarcias, el siseo de las grúas, la corneta de un buque de guerra, los gritos desabridos de las aves marinas, el bramido perezoso de las sirenas imponiéndose sobre todos los demás sonidos. Y, especialmente, aquellas voces minerales impartiendo órdenes y el enredo cantarín de docenas de idiomas.

Los colores creaban su propio cuadro. Banderolas distinguiéndose en el bosque de palos, cofas, vergas, chimeneas. Los cascos de las barcas con sus nombres evocadores… Y sobre los muelles, los barriles de aceite, de vino, los fardos de telas, sacos, cajas, baúles, lonas, todo en contraste sobre el azul intenso del mar lejano en el horizonte y el verde de los légamos del mar cercano al muelle. Los aromas portuarios cocinaban también un catálogo abrumador: sal, humo, bacalao seco, especias…, y los efluvios de pescadito frito que se escapaban de un figón, todo mezclado con el tufo pulposo de la madera pudriéndose y el amargo de la brea. Gentes de todos los rincones de la Tierra, marineros, militares, pescadores, pescaderos, estibadores cargando sobre las anchas espaldas fardos imposibles, caminando en equilibrio sobre las largas pasarelas. Y también vendedores ambulantes de todo tipo de géneros, taberneros, prostitutas, mendigos… A Teixidor le parecía un submundo más fascinante que cualquier representación del Teatro Principal. Atravesó los muelles con ojos insaciables que saltaban de la barquichuela que se alejaba impulsada por morenos brazos, hasta los tenderetes de los consignatarios que rellenaban diligentes sus formularios. De la insondable garganta de una *puda* se escapaba el rasgueo de una guitarra y la voz áspera o ebria de una canción en lengua extraña. Sorteó a dos viejos lobos de mar que se le cruzaron balanceándose al ritmo de una cubierta imaginaria, con sus pipas de leyenda, y apartó la sucia red de pesca que hacía de puerta. Las deliciosas fragancias de los muelles se transmutaron al instante, dando razón del nombre popular que identificaba las pequeñas tabernas portuarias: una *puda* es un manantial de aguas sulfurosas. Tabaco frío, vino rancio, gambas a la plancha, pescado que volvía a moverse solo. Y la mugre y las paredes ahumadas y las gentes malolientes que las frecuentaban, todo conspiraba para hacer el aire irrespirable para quien no formara parte de la comunidad. En los viejos tiempos habían sido almacenes y cobertizos para guardar barcas; ahora se podía comer en ellas, tomar un chato de vino o matar el aburrimiento con canciones marineras, dados o dominó. También eran lugares ideales para cerrar negocios, tan malolientes como su aire, o para contratar, bajo la luz huidiza de sus candiles, a algún canalla para algún trabajillo igual de mugriento. La policía conocía bien aquellos antros donde a cualquier hora del día reinaba el crepúsculo, y habitualmente los dejaba subsistir, porque les convenía saber dónde ir a buscar información —adquirible también por pocos reales— o interrogar a la gente de mala vida.

Eso fue precisamente lo que hizo Josep Lluís Teixidor ese mediodía. Tras pedir en la barra una ración de pescadito frito y un vaso de vino, dejó una generosa propina que el tabernero observó con suspicacia.

—¿Qué anda husmeando el *espardenyeta*? —masculló con voz cazallera.

—Nada que tenga que preocupar a un hombre honrado, Eduardo. Venga, sírvete un tinto, que paga la Diputació.

Auguste Dupin permaneció todavía un rato donde le había dejado Teixidor, frente a la miserable fachada de la catedral: un muro encalado, rezumando humedades, en el que se abrían algunas ventanas ojivales y un modesto portón de regusto románico. No dejaba de sorprenderle aquella Barcelona que, por un lado, se engalanaba como una coqueta *cocotte* y, por otro, olvidaba el vestido exterior de sus monumentos más notorios. ¡Habría que enviarle a monsieur Viollet-le-Duc! Tras un último vistazo desdeñoso, le dio la espalda, cruzó la plaza y se adentró por la calle de la Corríbia con sus casas góticas y sus numerosas tabernas sombrías. Enseguida localizó el callejón que llevaba el sorprendente nombre —¡tan cerca del centro espiritual de la ciudad!— de Infern. Lóbrega, sucia, maloliente, la calle del Infierno parecía querer confirmar a toda costa su denominación.

Dupin fue buscando con la mirada el número del domicilio del difunto Sergius Scalinger. Lo descubrió sobre el portal angosto de una casona, una fachada que alcanzaba apenas una veintena de palmos de anchura y se elevaba dos pisos hacia arriba, perforada por balconcillos en los que ni siquiera cabrían unos zapatos del 42 y una portezuela carcomida. Los nudillos de Dupin golpearon suavemente en el cristal.

Transcurrieron un par de minutos hasta que se escuchó el rumor de unas zapatillas arrastrándose hacia la puerta.

—¿Quién es? —Era una de esas voces ásperas de mujer que siempre consiguen sonar como un reproche.

—¿Doña Isabel Cadafal? Soy Auguste Dupin, para servirla. —Al recordar el plan elaborado con Josep Lluís Teixidor, exageró el acento extranjero—. Vengo de parte de... de los Mossos d'Esquadra.

La puerta se entreabrió dos dedos y la cuarta parte de una cara pálida salpicada de barrillos se asomó a la rendija. Con ella, se asomó un vaho rancio que se mezclaba con la inconfundible fetidez a vieja alcantarilla.

—¿La policía? —susurró el rostro, como si no quisiera ser oído.

—No, señora. No soy policía —susurró a su vez Dupin—. Pero vengo de parte de..., del cabo Josep Antoni Vidal. Ya lo debe de conocer usted...

—Pues no. Se equivoca de casa.

—Señora Cadafal —Dupin se armó de paciencia—, ¿no vivía aquí el difunto mister Sergius Scalinger?

La rendija se ensanchó otro par de dedos.

—Sí que vivía aquí. ¿Lo conoció usted?

Auguste Dupin llenó de aire los pulmones antes de dejarse caer en la maraña de mentiras inofensivas.

—No tuve el placer. Pero vengo por cuenta de un amigo común... —Y añadió, de nuevo—: Y de los Mossos d'Esquadra.

La puerta hostil se abrió otros dos centímetros.

—¿Y qué quieren ahora? En su día ya conté todo lo que sabía. ¡A ver si dejan de dar la lata de una puñetera vez! Esto es muy perjudicial para el negocio. Da mala fama. Primero me asesinan al inquilino... y ahora me toca sufrir a la policía a todas horas. ¿Qué diantre quiere usted?

Auguste Dupin dudó unos instantes, sin saber qué estrategia seguir con aquella mujer tan poco dispuesta.

—Verá, *mestressa* —insistió, recordando una palabra oída a menudo en su juventud, algo así como *jefa*—, es posible que haya aparecido una nueva pista. Una nueva vía para investigar la muerte de su... de mister Sergius Scalinger.

—¿Y usted por cuenta de quién trabaja si se puede saber?

La mujer abre de repente la puerta y se planta en el umbral con aire amenazador.

Es una dueña huesuda, frisando en los setenta, con las manos agrietadas por el trabajo. Facciones envejecidas, mandíbula prominente y boca felina bajo una nariz de loro. Todo ello transmite un aire hosco que se acentúa por la forma en que sus ojos miran de soslayo, sin mover la cabeza, al acecho. Como una raposa.

—¿No dice que por una amistad en común? ¡Pues no me lo creo! Don Sergius no tenía familia, ni le conocí ningún amigo en todo el tiempo que vivió aquí. Cuando lo... mataron, no supe a quién acudir. Nadie ha reclamado nada suyo. Seguro que es usted uno de esos malditos reporteros que siempre andan metiendo la nariz en todas partes.

—Madame, no soy periodista —contesta Dupin sin perder la compostura. Y en un nuevo intento de atraerse sus simpatías añade—: Lamento las molestias que pueda ocasionarle la prensa, créame; sé que suele ser muy molesto.

La actitud de la mujer no varía, los ojos clavados en el intruso y las manos en la cintura, obstruyendo la entrada con su enjuta humanidad vestida de algodón azul marino, pañoleta en los hombros, alpargatas y un delantal bastante sucio sobre la ancha falda.

—Pues dígame de una puñetera vez qué es lo que quiere. No tengo toda la mañana.

Dupin la evalúa durante unos instantes. La cosa no va bien. Se resigna a verter un par de preguntas y dejarlo correr. Al fin y al cabo, él no es la policía; no puede obligarla a colaborar si no le da la gana.

—Verá usted: un amigo de mister Scalinger... y mío —recuerda una vez más que debe exagerar el acento extranjero— tiene mucho interés en recuperar un libro que le prestó meses atrás... —E inspirado de repente añade—: ¿Ha notado si han desaparecido algunos libros propiedad de mister Scalinger?

El cambio de actitud de Isabel Cadafal es fulminante. Mira a Dupin primero con sorpresa, después con alarma, antes de dejar caer los ojos al suelo.

—¿Qué quiere decir? —balbucea—. No lo entiendo.

Dupin, que no ha dejado de percibir todos aquellos signos de desasosiego, se pone alerta, como un gato que en la noche ha visto moverse un ratón entre las sombras.

—¿No me entiende? —La voz se le endurece.

—Yo... No... —De repente, la mujer levanta la mirada del suelo, dirigiéndola rápidamente a un lado y otro de la calle con aquel ademán furtivo de las pupilas. Luego se echa atrás, dejando la entrada libre—. Pero... ¡qué hacemos aquí, en la calle! Pase usted dentro, señor... Dupon, por favor.

El francés se apresuró a seguirla al interior de la casa, que era oscura como una mina de carbón y olía a cocina, a humedad y a colchón viejo. En el zaguán se hacinaba un variado número de cachivaches, zapatos, fardos de ropa. ¿Cómo era posible que un hombre refinado y erudito se resignara a vivir en un lugar como aquel, con una patrona como aquella? Claro que no debía de ser nada fácil encontrar alojamiento en Barcelona, y menos en una calle tan céntrica. Entraron en un pequeño comedor abarrotado de muebles de mala calidad. En la penumbra, Dupin distinguió una cómoda sobre la que se amontonaban una vajilla de loza, botellas, vasos. Una mesa redonda ocupaba el centro de la estancia, complementada con media docena de sillas arrimadas a las paredes. En un rincón se veía una salamandra de hierro. Sobre un papel pintado que habrían rechazado en un hospicio se adivinaban oscuras estampas de santos martirizados, oleografías chillonas de las que se vendían en los encantes y una espantosa Santa Cena de escayola con las figuras en relieve algo desportilladas. Cada elemento arrastraba la marca distintiva de la mediocridad. Una exposición de la vida en estado puro, brusca, fragmentada, mezclando apariencias y harapos, orgullo y vergüenza.

Con un gesto, la casera le ofreció asiento.

—¿Qué me preguntaba usted? —inquirió con voz melosa, mientras se acomodaba en otra silla frente a él.

Voilà La Vérité! No era tonta, aquella mujer: no había sido un súbito afán de colaborar lo que la había ablandado. Probablemente no deseaba que los vecinos escucharan la conversación.

—Le preguntaba si sabía que hubieran desaparecido algunos libros propiedad de mister Scalinger, que se los hubiera llevado alguien.

—¿Yo? ¿Cómo podría saber eso? No sé nada de los libros de don Sergius.

—Pero usted sabe que coleccionaba libros, ¿no? —insistió Dupin, con un toque de ironía en la voz.

—¡Por supuesto! —La mujer incluso sonrió un poco, como si la divirtiera esa ingenuidad—. ¿Cómo no iba a saberlo? Don Sergius me tenía alquiladas las dos habitaciones. En una dormía y en la otra se hizo instalar un montón de estanterías para guardar libracos. Me pagaba algo menos que por el dormitorio, pero ya me iba bien, porque solo había que preparar comida para un huésped.

—Quisiera ver esas estancias —dijo Dupin con audacia, poniéndose en pie. Y aventuró, con firmeza—: me han dicho que los libros todavía están ahí.

Isabel Cadafal no parecía decidirse a abandonar su asiento.

—¿Por qué quiere verlas? Ya las revolvió la policía cuando pasó… la desgracia. Sí, los libros todavía están aquí, pero el dormitorio lo tengo preparado para otro alquiler. Entiéndame, yo vivo de esto.

—¿Y qué ocurrirá con las pertenencias del difunto? —Dupin lo había leído en el informe policial, pero quería escuchar la explicación de la patrona.

—En el testamento legó los libros a la Biblioteca Provincial. Y el resto, a beneficencia. El dinero se lo llevó la policía, junto con algunas cosas de valor. Aquí solo dejaron sus objetos personales. Casi nada: ropa, zapatos, bártulos… Dijeron que vendrían a recogerlo y todavía estoy esperando. ¡Un montón de basura!

—¿Y a usted no le dejó nada?

—¡Qué va! ¡No fue nada agradecido! —La mujer se decidió a levantarse de la silla—. ¡Con lo que yo lo cuidaba! Ya se sabe cómo es la gente…

Tras cruzar el comedor, se remontaron al piso superior por una escalerilla encajonada de bastos peldaños de ladrillos descoloridos. La casera empujó una puerta y entraron en una habitación iluminada tan solo por un ventanuco. El familiar espectáculo de estanterías repletas de libros se ofreció a la vista de Dupin. Se perdió en ellas con mirada de bibliófilo, hasta que le distrajo la voz de Isabel Cadafal:

—Qué mala manera de diñarla. ¡Cuatro o cinco puñaladas y… ¡al otro barrio! ¿Y para qué? Al parecer no le robaron nada. ¿Quién querría hacerle ningún daño a un viejo tonto que no hacía daño a nadie? Con un rosario en las manos lo encontraron…

Auguste Dupin dio un respingo.

—¿Era un hombre piadoso? ¿Lo había visto rezar alguna vez?

La mujerona hizo un gesto de negación, algo sorprendida por el interés que había despertado el comentario. Dupin sintió la emoción trepar por su interior. Elemental: los protestantes consideran el rosario una devoción anticuada.

Deslizó la mirada por las largas hileras de libros colocados con pulcritud, con todos los lomos al mismo nivel, como soldados en formación de revista. Sin embargo, en algunos estantes los volúmenes no estaban tan bien alineados.

—Diría que faltan libros. Aquí y aquí.

Sin compasión, Dupin fue señalando los espacios vacíos. Se volvió hacia la casera y le clavó los afilados ojos.

—Ya le he dicho que no sé nada de los libros de don Sergius.

La voz de la mujeruca exhalaba el aroma inconfundible de la mentira.

Sin duda, aquella desdichada había estado vendiendo algunos libros del difunto. Se había llevado los de mayor tamaño, creyendo que se los pagarían mejor que pequeñas obras de arte, diminutos incunables cuyo valor era incapaz de apreciar. Dupin se la imaginó trasteando, camino de los Viejos Encantes, los pesados volúmenes. Tal vez al anochecer. Recordó que en París las autoridades habían prohibido mucho tiempo atrás a los chamarileros, ropavejeros y buquinistas (vendedores de libros) comprar mercancía después de la puesta de sol, para evitar los hurtos que los sirvientes practicaban en las casas de sus amos o los rateros en bibliotecas públicas y tiendas de libros.

—Está bien, dejémoslo. Pero procure que no desaparezca ni un solo libro más. Podría ser que la Justicia la considerara culpable de no haberse preocupado de un patrimonio que ya pertenece a la biblioteca pública.

La infeliz abrió unos ojos como bandejas. Dupin sintió algo de lástima, pero tensó el alma.

—Por ahora no la molestaremos más, *mestressa*. Comunicaré a los Mossos d'Esquadra que usted no puede aportar más información sobre el caso. Pero haga el favor de vigilar los libros. Ni uno más, ¿entendido?

Por la calle del Infierno, en dirección a la triste catedral, Auguste Dupin tuvo la suerte de no ver sobre su espalda una mirada que no habrían sido capaces de destilar ni las mismísimas brujas de *Macbeth*.

13

Tras una cena frugal en el restaurante del hotel, Auguste Dupin subió a su habitación oscilando entre el peso del cansancio y la insoportable levedad del insomnio que ya parecía estar aguardándole sobre el cubrecama. La soledad lo acechaba cada noche. Apenas menguaba la luz, la sentía reptar sobre el alma como una víbora venenosa.

Tal vez una dosis de lectura, su medicina habitual…

Tomó uno de los libros adquiridos en los Viejos Encantes y lo abrió al azar. Un gesto que ya le estaba indicando que no iba a conseguirlo.

Que Edgar se marchara tan de repente fue algo del todo imprevisto. En ningún momento lo intuyó. ¡Si su situación era perfecta, inigualable!

¿O tal vez no?

Se habían conocido en extrañas circunstancias; y siendo Edgar una especie de exiliado en París, ¿no era lógico que en algún momento aquel compás de espera se quebrase? ¿No había estado temiendo algo así cuando, por fin, esa noche de invierno le anunció su deseo de regresar a América? La amenaza que comportaba aquel pensamiento había sido la causa de que lo rechazara: se trataba de un mal momento, nada más. Demasiado tarde se dio cuenta de que ya había preparado el viaje. Era sábado cuando se lo comunicó y el jueves se embarcaba. Auguste había caído de bruces en un abismo de desesperación, de incomprensión. Al ver las maletas en el recibidor se enfadó, le gritó, lo acusó de deslealtad. Incluso de traición, con un frenesí cercano al pánico. Eddie intentó razonar con él. *Tenía* que regresar a su país. No podía seguir siendo para siempre un falso francés. Esto fue aún peor. Le hizo sentir profundamente herido: Edgar iba a darle un giro a su vida. Una vida en la que él, Auguste, no existiría más que como un grato recuerdo de un tiempo robado al tiempo. Le abrió su corazón. Su alma llena de cristales. Le suplicó de manera vergonzante. Le pidió disculpas por nada. Incluso ensayó la indiferencia, un último, desesperado esfuerzo similar a la violenta energía que despliega un náufrago en su intento de alcanzar la orilla.

Nada le hizo cambiar de opinión. En la mirada de Edgar se había instalado ya aquella distancia gris, definitiva.

Auguste se sintió perdido de forma irreparable.

Durante los meses siguientes a la partida le escribió largas cartas que luego quemaba en la chimenea junto a la que habían compartido tantas veladas. Se quedaba absorto viendo cómo las llamas ensortijaban y ennegrecían el papel. A veces, sus dedos recuperaban trocitos y sus ojos releían frases chamuscadas que se consumían con urgencia.

Y entonces llegó la de Eddie: *Querido Auguste, ya he llegado a Filadelfia…*

Recostado en la confortable cama de su hotel barcelonés, Dupin depositó el libro sobre la almohada. Necesitaba escribir una carta a Edgar.

«¿Para qué?». «¿Le importará saber cómo estoy?».

«Quiero que vuelvas».

«No es posible, tengo otra vida que vivir».

«Sin mí».

Eso lo ponía rabioso. O quizás le provocaba pavor, simple y llanamente.

Tenía que escribirle.

Se levantó de la cama.

«Y luego ¿seré capaz de mandarle la carta?». «¿Por qué no? Voy a escribirle a un viejo amigo. A dos viejos amigos: le escribiré también a Charles».

Se sentó al elegante buró y extrajo de la carpeta de piel que había encima un pliego de papel de carta de color ahuesado, con filo dorado y membrete del hotel. Se acarició la frente, reflexivo, con las barbas de la pluma de oca. La llama del quinqué bailaba dentro de la jaula de cristal al compás de sus pensamientos. Los minutos iban pasando. Dupin no encontraba la forma de iniciar la carta.

Mejor sería empezar por la que quería escribirle a Nodier: aún no le había hecho saber que estaba en Barcelona con la intención de buscar el libro desaparecido… Despabiló la luz, se caló las antiparras que los ojos de fanático de la lectura ya le exigían y mojó la pluma en el tintero. Ese gesto le evocó a Josep Lluís Teixidor y su autodisciplina para aprender a leer y escribir con corrección.

Todo un personaje. Seguro que a Charles también le caería bien…

Sé que tuviste ocasión de entrar en contacto con esos curiosos gendarmes del uniforme elegante y la chistera.

Debo confesar que me han sorprendido.

Me impresiona este país donde los policías visten como dandis y el pueblo baila una danza popular que exige toda una orquesta, ¡contrabajo incluido!

Bromas aparte, a raíz de mis investigaciones he logrado intimar un poco con un *mosso d'esquadra* y puedo constatar que se trata de una especie curiosísima. Los catalanes no son demasiado amigos de instituciones represoras, pero me da la sensación de que a estos se les acepta simplemente por su catalanidad. Porque para ser mosso es imprescindible haber nacido aquí.

El reglamento es muy estricto: los obliga a ir a misa, a no beber ni fumar por la calle, a ser respetuosos con las autoridades y a no intimar demasiado con los paisanos. Por eso mi relación con Josep Lluís Teixidor adquiere un viso tan especial. Eso no significa que no entienda lo que él persigue. Me lo dejó claro desde el primer momento. Pero no quita que cada día que pasa le tome más afecto.

Tras un buen rato mareando la perdiz, con todo tipo de detalles insignificantes, Dupin comprendió que no hacía sino posponer la otra carta.

Porque no sabía exactamente qué le quería decir a Edgar.

No estaba seguro de por qué tenía que compartir con él aquel viaje a Barcelona.

Y entonces se le ocurrió un motivo: le daba miedo que si el americano se decidía a volver, hallase vacía la casa de París. Número 33 de la Rue Dunot, del *faubourg* Saint-Germain.

Evocó con agridulce emoción las vigilias en su biblioteca, ambos sumidos en sus investigaciones intelectuales. Días enteros sin salir a la calle, sin recibir visitas, sin leer los periódicos, salvo algún vistazo a los editoriales políticos y, de vez en cuando, a los sucesos y a las causas criminales.

La más dolorosa de las sensaciones que embargaban a Auguste era la de haber perdido su reflejo en el espejo. A su alma gemela. Al igual que él, Eddie había sufrido la incomprensión de su padre. El de adopción, porque al biológico ni llegó a conocerlo: había abandonado a la familia al año de nacer él, dejándolo absolutamente huérfano. Absolutamente, porque la madre murió al año siguiente y el acomodado matrimonio que lo acogió nunca lo adoptó de forma oficial. Aunque asumió su apellido, Edgar no congenió con su padre adoptivo, cuya tosquedad le impidió descubrir al poeta. Al morir, media docena de años atrás, no le había dejado ni un dólar de herencia, a pesar de saber que Edgar atravesaba uno de los peores momentos de su vida. Fue entonces cuando el joven tomó la decisión: un mes en el mar y un tren que en seis horas lo había depositado en el centro de la capital de Europa. Y, apenas un par de semanas más tarde, en el 33 de la Rue Dunot.

Dupin regresó con un parpadeo nervioso a la habitación del Hotel Cuatro Naciones. Miró con desaliento el papel con membrete, bajo el que solo había conseguido escribir:

Querido Eddie:

Con un suspiro, se obligó a continuar.

Le hablaría de Barcelona. Ese era un tema que podía controlar sin angustiarse demasiado.

Barcelona es una ciudad de contrastes que sorprende gratamente. Pero buscarías en balde el tipo español: si no fuera por las barretinas y los amplios pantalones de terciopelo de colores de sus habitantes, podrías creer que estás en Marsella o en Lyon.

La Rambla, un paseo como no habrá dos en el mundo entero, la divide por la mitad. De bajada, en el margen izquierdo, se encuentra el casco antiguo, un intricado laberinto de calles y callejones vetustos y a la vez burbujeantes de vida. Me recuerda un poco nuestro Quartier Latin. En la vía principal, la calle Ample, los palacios más exuberantes de la nobleza, con sus jardines interiores, se mezclan con bloques de pisos de espaciosos entresuelos, donde viven los burgueses, y estrechas buhardillas, donde viven los obreros. De las avenidas de tono más distinguido parten callejuelas angostas y pestilentes, plagadas de tabernuchas, viviendas precarias, casas de dormir… Barcelona, como París, es una devoradora de hombres.

Constreñida por una severa muralla, está llena de arcadas. ¡Nunca había visto tantas casas construidas sobre las mismas callejuelas! Si quisieras, podrías cruzar casi toda la ciudad por las azoteas, sin pisar la calle.

Estoy convencido de que esta vieja ciudad despertaría tu vena romántica.

Ni qué decir, los Viejos Encantes.

Los lunes, miércoles y viernes, se instalan frente a la Llotja de Mar, el edificio más magnífico de la ciudad, de sabor muy francés, una especie de Petit Trianon. En el mercadillo puedes encontrar todo tipo de quincalla, bibelots y bric-à-brac, a menudo de dudosa procedencia.

¿Te acuerdas del Hôtel des Ventes, en el Quartier Saint-Thomas? Pues algo similar. ¡Ah! ¡Cómo disfrutarías paseando por este rincón de Barcelona, entre traperos, chamarileros, rateros y toda la fauna que convive con ese tipo de mugrienta mercancía! Seguro que te inspiraría alguna de tus morbosas narraciones. Ya me imagino hasta el título: «Voces de muerte en los Viejos Encantes».

14

La buñolería del Tío Nelo se llamaba, en realidad, Café de los Valencianos. Estaba pegada al Portal de Mar y las mesitas al aire libre se abarrotaban de gente de toda condición mientras el tío Manel, Nelo, ataviado con el traje regional levantino, preparaba los buñuelos en enormes calderos en la calle misma, a la vista del público. Chocolate, turrones, helados, granizados de naranja y limón y una bebida lechosa de chufas trituradas compartían la carta de especialidades valencianas.

Auguste Dupin era una rara excepción francesa: no era un *gourmet* empedernido. Le gustaba comer, pero el suyo era un paladar simple que disfrutaba, como los tiernos infantes, con un chocolate con biscuits o un helado. Pese a la desconfianza que, en un primer momento, le generó el olor intenso de aceite refrito, quedó prendado de aquella especie de feria atascada en el tiempo. Rechazó con delicadeza probar la horchata que tanto parecía entusiasmar a Josep Lluís Teixidor; pidió la ración de cuatro buñuelos y medio pocillo de chocolate, e insistió en pagar los cuatro reales de ambas consumiciones.

—No saqué nada nuevo del puerto —le informó el *mosso d'esquadra*—. Lo que ya sabíamos.

Dupin acababa de resumirle la visita a la patrona de Sergius Scalinger.

—Se me hace raro que alguien pueda liquidar a una persona por un simple puñado de hojas y tinta. Por dinero… Por una joya… podría comprenderlo. Pero por un libro…

—Un libro también puede ser un tesoro, Teixidor.

—¡Ya te digo! —exclamó el mozo—. Y el suyo, el que le robaron a don Adelí... ¿por qué quiso venderlo en Barcelona? ¿No tienen libreros de viejo en París?

—¡Claro que los hay!

Dupin deslizó una sonrisa de añoranza por las orillas del Sena, donde, desde el amanecer hasta la puesta del sol, los buquinistas se instalaban con sus famosas «cajas verdes», convirtiéndolo en una gran librería a cielo abierto y en el único río que fluye entre dos hileras de densa cultura.

—¿Pues entonces? —Teixidor lo distrajo de sus evocaciones.

—*Bon*, el libro, *La Fee Triunfant*, está escrito en catalán... Me pareció que aquí tendría más mercado.

—¿Pero es un libro valioso? ¿Un *tesoro*, como usted dice...?

El francés hizo un gesto ambiguo.

—Por supuesto que lo es... Aunque, en mi opinión, no justifica un asesinato: existe más de un ejemplar. Lo he localizado en diversos catálogos. ¡No es un incunable!

Por supuesto que Teixidor no sabía lo que era un incunable. Apenas lo que era un catálogo.

—Son las obras impresas antes del año 1500 —explicó Dupin al ver la expresión interrogante de Teixidor—. Son de gran valor.

—Ahora que lo menciona... No sabemos si el libro estaba en casa del librero el día que lo mataron... Solo lo suponemos. ¿Y si se lo había dejado a un posible cliente, por ejemplo?

A Dupin le sorprendió una vez más la perspicacia del joven agente. *Astucieux garçon*. Y entonces cayó en la cuenta de que no se le había ocurrido preguntarle a Nodier si, antes de depositarlo en Bonanova i Fills, la obra había estado en manos de algún otro librero de lance.

—¿Y usted por qué los colecciona, los libros? ¿Por el aspecto o por lo que cuentan? —Josep Lluís Teixidor interrumpió de nuevo sus reflexiones.

—Por ambas cosas. A veces porque son ediciones valiosas, con encuadernaciones muy bellas. Obras de arte. Como el último que ha engrosado mi biblioteca: una preciosa pieza de la colección del gran tipógrafo del siglo XVI Lodewijk Elzevir.

Ante la expresión de desconcierto de Teixidor, Dupin, erigido aquella mañana en improvisado maestro de bibliofilia, amplió la información mientras preparaba cuidadosamente una pipa.

—¡El mío es el *Diccionario grecolatino*, de Eilhard Lubin!

La mirada chispeante se le ensombreció al recordar el día en que Edgar apareció con el preciado librito y se lo regaló como muestra de amistad por haberle ofrecido acomodo en su casa.

—Es decir —concluyó Josep Lluís Teixidor con aquella irritante oportunidad de interrumpir sus evocaciones—, usted los colecciona por el aspecto.

—¡No, no! —Dupin estaba horrorizado ante la idea de que su afición quedara reducida a una frivolidad estética—. También me interesa su contenido.

Es lo que diferencia a un bibliófilo de un bibliómano, le explicó al chico.

Aunque ambos sienten un acusado amor por los libros como objetos de colección, el bibliófilo no solo desea los ejemplares raros y las bellas ediciones, sino que estima también los conocimientos que contienen. En cambio, el bibliómano antepone la forma al contenido: piezas caras, antiguas, encuadernados especiales, con las que suele crear grandes bibliotecas especializadas.

Como Dupin padre.

Pero él no pensaba cómo Dupin padre.

La duda era un diminuto calambre. Cuando perseguía con tanto interés una obra curiosa —como la vez que conoció a Edgar—, ¿caía en la misma obsesión que su padre?

Edgar...

Auguste Dupin se extravió de nuevo en el recuerdo: sus tardes parisinas en las bibliotecas, entre los buquinistas, en las viejas librerías de ocasión… Fue en una de ellas, la oscura tiendecita de la Rue Montmartre, donde se tropezó con él. Ambos coincidían en buscar el mismo ejemplar raro y notable.

Hacía una semana que Edgar estaba en París investigando sobre manuscritos, incunables y otras valiosas ediciones. La afición común propició el nacimiento de un vínculo. A Dupin le costaba intimar. Era hombre de pocas relaciones. Su humor indolente lo ceñía a una vida de reclusión, refugiado entre libros. Pero aquel americano que hablaba perfectamente el francés, escribía aún más perfectamente el latín y se había educado en las mejores escuelas inglesas enseguida se abrió camino hasta el recóndito rincón donde él atesoraba su confianza y su cariño.

«Volverá». «Acabará volviendo». «*Tiene* que volver».

—¿Y qué tipo de contenidos le interesan?

Auguste Dupin lanzó un suspiro y una larga bocanada de la pipa. No estaba seguro de si las incursiones del *mosso* le irritaban o le aliviaban al impedir que cayera en la melancolía. Observó con interés los ojos vivos bajo las enmarañadas cejas. Sus preguntas, sus reflexiones, sus deducciones no eran, desde luego, las de un vulgar poli callejero.

—A veces me gusta descubrir pequeñas joyas literarias, totalmente olvidadas, o de las que casi nadie sabe nada. Hace unos meses, por ejemplo, encontré una de un autor latino desconocido donde se narra una historia policial. Un senador asesinado y un policía romano que investiga el crimen.

—No entiendo qué interés puede tener nadie en un libro así —replicó Teixidor—. Es sórdido.

A Dupin le sorprendió la lógica que emanaba ese juicio.

Y volvió a pensar en Edgar, en su promesa de escribir una novela sobre los asesinatos de la calle de la morgue.

—No daría usted crédito de lo que gustan a la gente esa clase de cosas.

—Pero tanto como para comprar un libro… No le veo futuro a esa literatura… «policíaca».

—Quizás si lo escribiera un gran autor…, quizás incluso lo haría interesante…

Y quizás le convertiría a él, Auguste Dupin, en el primer detective de la historia de la literatura.

—Pues entonces, ¿por qué con tantos siglos de escritores nadie lo ha hecho? —opuso el joven, triunfal—. ¡Nadie publica novelas sobre crímenes!

Dupin suspiró. Quizás sería ese el motivo por el que Edgar nunca llegaría a escribir aquella novela.

—Y el libro que usted quería vender en Barcelona —dijo entonces el policía—, ¿también va de asesinatos?

Los ojos de Dupin se tornaron reflexivos.

La Fee Triunfant consistía en una minuciosa descripción de cuatro procesos contra varios chuetas, descendientes de judíos mallorquines, falsos conversos al cristianismo. La obra había sido publicada por primera vez en castellano el mismo año en que tuvieron lugar los autos de fe: 1691. La que Dupin poseía era una versión en catalán del año 1755. No revelaba nada que no se hubiera contado ya mil veces sobre la Inquisición española. Y pese a la truculencia de la temática, no parecía que debiera incitar al asesinato. ¿O quizás sí? ¿Podía darse el caso de que, en pleno siglo del progreso, algún fanático asesinara por una obra como aquella? ¿O que creyera que cumplía una misión? ¿No fue el cínico de Voltaire quien señaló que si la religión era buena para algo era para mantener el orden? Un relámpago de lucidez asaltó a Dupin. Cualquier crimen está impregnado de un rasgo distintivo, de una peculiaridad que tarde o temprano se manifiesta y que a menudo constituye la clave del misterio. La característica de este podría ser el fanatismo. El fanatismo de un asesino que mataba por libros. El fanatismo de la Inquisición española. Coleccionistas de libros antiguos; libreros de lance que les dedican toda su existencia; que no viven sino para encontrar tesoros ocultos. ¡Fanatismo!

—Por lo que he leído en el atestado, su amigo Charles Nodier declaró más o menos lo mismo que usted —dijo Teixidor, volviendo a seccionar el hilo enhebrado de las reflexiones de Dupin.

—Es un gran bibliófilo, mucho más instruido que yo.

—¿Y tiene usted plena confianza en él?

Dupin miró con sorpresa al joven, al detectar en su tono una velada intención.

—¿A qué se refiere?

—Bueno —ahora el *mosso* parecía buscar la mejor manera de exponerlo—: se produjo el asesinato, desapareció el libro y su amigo puso tierra de por medio…

—*Oh, bon Dieu!* ¿Por qué debería hacer algo tan rebuscado? Primero: tiene capacidad adquisitiva suficiente para comprar el libro. Segundo: si quisiera robarlo, podría habérselo quedado y contar cualquier cuento, sin necesidad de matar. Y tercero: se marchó porque tenía un compromiso en Lisboa; volverá en unos días.

—Está usted muy seguro de él…

—Pondría la mano en el mismísimo fuego del infierno. Es como un hermano para mí.

—Lástima —se resignó Teixidor—. Parecía una buena pista.

Y sonrió.

Dupin no pudo evitar sonreír también.

—¿Y usted? —volvió a la carga el joven, parodiando el aire erudito con el que se barnizaba Dupin cuando detallaba sus métodos de investigación criminal.

—¿Yo?

—¿Dónde estaba usted la noche del crimen? ¿Puede demostrar que estaba en París?

—*Par ma pipe!* —exclamó Dupin ¿Nos hemos vuelto locos?

Le cogió por sorpresa la carcajada de Teixidor. Pensó que hacía tiempo que no veía a nadie reírse tan a gusto. Y eso lo impregnó primero de alegría y luego de tristeza.

—Hombre, no hay que dejar nada al azar —argumentó el joven policía con picardía.

—Bien cierto. A veces la solución es la más insospechada.

15

Esquivado por carruajes de malhumorados cocheros, mulas con pesadas cargas y viandantes de los que a todas horas parecían ir arriba y abajo, plantado en medio de la calle, Auguste Dupin contempló la muralla marítima que se extendía desde el inacabado Portal de Mar hasta el de Santa Madrona, junto a las viejas atarazanas. Accedió a la parte superior por la Pujada de Framenors, al final de la Rambla. Desde lo alto del paseo se divisaban Montjuïc y el puerto. Infinidad de buques de todo el mundo entrando y saliendo y velas de barcas de pesca que se confundían con las gaviotas, pequeños y blanquísimos icebergs mecidos por el vaivén del agua entre las rocas del rompeolas.

Dupin observó divertido cómo la predisposición de los catalanes al negocio se desplegaba con esplendor sobre la muralla: todo tipo de puestecillos de feria, quioscos de publicaciones populares, tenderetes de venta de trompetas y molinillos de viento y de alquiler de prismáticos y catalejos. Y acarreando sus cajas con tirantes, vendedores de fruta, galletas, manzanas de caramelo, entorpeciendo el paso majestuoso de las calesas, los jinetes y las damas que lucían palmito y sombrilla de seda.

En algún momento del paseo, Auguste Dupin se dio cuenta de que su respiración se había acompasado con la de la ciudad. Porque sin duda Barcelona respiraba. El aire cálido de la primavera mediterránea vibraba no solo en la luz que cabrilleaba en las olas y en los rumores urbanos: poseía también un latido suave, sincopado, como la propia respiración del mar.

Se incautó de uno de los bancos más apartados del bullicio, con la vista abandonada en el inmenso azul y el recuerdo de Edgar abandonado tras la puerta del Cuatro Naciones.

El rincón invitaba al sosiego del espíritu.

Dupin siempre había cultivado un carácter filosófico. A pesar de la sensación de seguridad que emanaba, del pragmatismo con el que parecía manejar los asuntos de la vida, de vez en cuando lo asaltaba la necesidad de buscarse a sí mismo más allá de los horizontes terrenales, a pesar de saber que lo que aquel espacio comprendiera sería, con toda seguridad, algo inmutable. Pero aquellos instantes de meditación, de soledad del alma, aquella calma oculta tras la conciencia de lo inevitable, eran una especie de bálsamo y de recarga de energía, a la vez.

Oscurecía ya cuando renunció al baluarte y se dirigió a paso de paseo al domicilio de Pere Felip Monlau.

Mientras saboreaban los exquisitos platos que les había dejado la criada, Dupin le contaba a Monlau todo lo ocurrido en torno a su libro: el robo, el librero asesinado, el coleccionista pescado en las aguas del puerto, su curiosidad por el caso... Y también su fascinación por Barcelona.

—Hay dos cosas que adoro de esta ciudad: el mar y las murallas. *Bonté divine!* ¡Qué vistas tan maravillosas! No entiendo por qué los barceloneses desean demolerlas.

No sabía que con aquel comentario hurgaba en el nervio: Pere Felip Monlau era de los que creían en la necesidad de derribar aquel corsé que cerraba y encerraba la ciudad. Él, que había sido el introductor en el país de las corrientes higienistas, estaba convencido de que Barcelona necesitaba con urgencia un ensanche. En los estrechos, lóbregos, superpoblados callejones, llenos de viviendas mezcladas con fábricas insalubres y talleres ruidosos, la gente literalmente se ahogaba.

—Las murallas llevan implícita la prohibición de construir en un extenso radio a su alrededor: la distancia que puede recorrer una bala de cañón. Es decir, hasta casi la vecina población de Gràcia. Y eso impide el crecimiento de la ciudad.

—No comprendo estas restricciones tan duras.

—Es por el estado de sitio permanente al que estamos sometidos los catalanes. Las murallas, al igual que el castillo de Montjuïc y la Ciutadella, sirven para facilitar nuestra represión.

Por eso los barceloneses detestaban sus hermosas murallas y no veían la hora de demolerlas. El propio Ayuntamiento, consciente de aquella realidad, preparaba la convocatoria de un concurso de argumentos sobre las ventajas que le aportaría a Barcelona.

—Pienso participar —anunció Monlau, con satisfacción—. Aún no he empezado a redactar, pero ya tengo el título: *¡¡¡Abajo las murallas!!!*

Auguste Dupin hizo un gesto ambiguo con la cabeza.

—Las murallas de Barcelona serán bellas solo cuando sean un recuerdo.

Unos imperativos aldabonazos arrancaron a Dupin de sus reflexiones. Pere Felip Monlau se levantó de un salto de su butaca, componiendo un gesto de disculpa.

—Los inconvenientes de ejercer la medicina…

Su invitado se hizo cargo de la situación.

En la puerta, un *mosso d'esquadra*, pies marcialmente juntos, tieso como la punta de bayoneta que llevaba al cinto, ejecutó un brusco saludo militar.

—¿El señor Auguste Dupin?

—¿Quién lo solicita?

—Agente Rierol, a su servicio —respondió mecánicamente el joven, que aparentaba poco más de veinte años y se le veía muy puesto en su papel policial.

Al oír los pasos que se acercaban, Dupin se había levantado ya de su butaca, todavía con la copa de coñac en la mano.

—¿El señor Auguste Dupin? —repitió el *mosso*, no bien le echó la vista encima.

—Yo mismo —dijo él, sorprendido, dejando el *Napoleón* sobre la mesita.

—Agente Rierol, para servirlo a usted. —El joven se cuadró de nuevo—. Me envía a buscarlo el agente Teixidor. Ha… tenido lugar otro… —pareció vacilar a la hora de calificar el suceso— homicidio.

—*C'est pas vrai!*

—Un tal Jordi Rector. En los Viejos Encantes.

—¡Librero!

—El agente Teixidor es el encargado del caso. Pero hay que apresurarse si quiere usted ver el cadáver.

Auguste Dupin se puso inmediatamente en situación.

—Vamos, Monlau, necesito su opinión médica.

Y ante el gesto de contención del agente Rierol insistió:

—Viene conmigo. Teixidor no pondrá ninguna objeción.

16

No tardaron en llegar a la plaza donde Auguste Dupin recordaba haber visitado días atrás los Viejos Encantes. Siguiendo al agente Rierol se encaminaron a los almacenes de la muralla. La estrechez que padecía Barcelona era la culpable de aquellos curiosos recintos: la muralla de mar estaba hueca, los almacenes ocupaban toda su anchura y se abrían a un callejón, hundido media docena de metros por debajo del paseo, que llevaba el apropiado nombre de Sota Muralla. Durante el día era habitual la presencia de carros cargados de mercancías embarcadas o desembarcadas en la Riba. Durante la noche se convertía en el lugar de esparcimiento de desvergonzadas ratas, gordas como conejos. La canallesca vida nocturna del barrio transcurría sobre el baluarte. Junto a las escalinatas de la rampa dels Lleons había algunos bancos de piedra que eran ocupados por rateros y busconas. Instaladas cerca de los accesos, las pequeñas farolas de aceite apenas arrojaban una mancha amarillenta sobre el océano de sombras que envolvía la zona. Tampoco la linterna sorda empuñada por el agente Rierol conseguía disiparlas.

—Bien poco veremos, si esta es toda la luz de la que disponemos —observó Pere Felip Monlau, el cual trajinaba su propio farol, un diminuto destello en la tiniebla.

—Si se trata de algo que requiera mi reflexión, lo examinaré mejor en la oscuridad —dijo de repente Auguste Dupin, que había permanecido en silencio buena parte del corto trayecto—. Con la luz del día veo, pero de noche entreveo.

Lo que no vislumbró fue la expresión de reverencia del agente Rierol, ni la de escepticismo de Monlau. Tampoco ellos pudieron ver la excitación que embargaba al francés: en aquella serie de asesinatos relacionados con libros y libreros era la primera oportunidad que se le presentaba de examinar su ponderado *escenario del crimen*.

El almacén del crimen era el más cercano al baluarte que Rierol había llamado de Sant Sebastià. Su fachada exhibía una pronunciada inclinación hacia atrás, resiguiendo el contrafuerte del lienzo interior de la muralla. Incrustada en ella, la puerta de acceso de recia madera. A la derecha, protegidos por rejas, dos ventanucos de cristales empolvados ambicionaban proporcionar algo de luz durante el día. Los zócalos mostraban ese tono entre el verde, el amarillo y el negro mugriento con el que la humedad tiñe la piedra.

Apenas penetraron en la lóbrega estancia, los atrapó el aroma un tanto agobiante del polvo de libros viejos, que es un aroma particular, con efluvios ácidos de papel y de tinta.

—*Mesié* Dupin. —Josep Lluís Teixidor se materializó entre las sombras con una linterna sorda—. Ha sido usted bastante rápido en venir…

—No tanto como usted en localizarme —replicó el francés, con algo de ironía—. Por suerte me encontraba cerca, en casa del doctor Monlau —añadió, cogiendo al aludido por el brazo para manifestar su presencia.

Teixidor sonrió, ligeramente ufano.

—Oí al doctor darle su dirección. Ya me perdonarán la falta de tacto. Deformación profesional.

Una tosecilla que pretendía hacerse notar se infiltró en el diálogo.

—¡Oh, vaya! Les presento al señor Joan Abat, sobrino de la víctima.

—Lo acompaño en el sentimiento, monsieur.

El francés estrechaba la mano del joven examinándolo sin disimulo; tanto como le permitía la mezquina luz de la linterna. Diecinueve o veinte años. Estatura media, mirada franca de ojos oscuros, labios débiles, cabellos rojizos. Vestía al estilo de los universitarios, una trasnochada indumentaria que parecía sacada de una estampa del Siglo de Oro: jubón negro abullonado en los hombros, calzones cervantinos, medias oscuras y capa tunera. Unos zapatos con hebilla parecían caminar a toda velocidad hacia la ruina. Dio unas gracias flácidas, sin carga emocional alguna.

Dupin se quitó el sombrero y se aflojó los botones de la levita; Monlau levantó la farola por encima de sus cabezas, en un intento de desvanecer un poco las tinieblas, y Teixidor agarró a Abat por el brazo para hacerlo avanzar hacia el fondo del almacén.

Encima de un escritorio ardían un par de velas de apestoso sebo en candeleros de plomo. A su danzante luz se intuía lo que debía ser el despacho. Exhibía el mismo aspecto polvoriento y anticuado que el resto de la estancia: mesas carcomidas repletas de libros viejos, sillas de enea reventadas, una alfombra agujereada y el cadáver de un butacón de respaldo ancho con el relleno de crin escapándose por los descosidos.

Josep Lluís Teixidor manipuló la pantalla opaca de la linterna y enfocó al muerto.

—Este hombre era, en vida, don Jordi Rector, de profesión librero de viejo. He pensado que querría ver el cuerpo en el lugar del crimen antes de que llegue el juez de guardia.

Auguste Dupin observó el cadáver tendido en el suelo, sobre la espalda, con el desaliño propio de la muerte. Se trataba de un hombre de cierta edad —setenta, setenta y cinco años—, de cabellos de un blanco amarillento. Arrugas profundas le surcaban el rostro y la boca dibujaba un rictus amargo, provocado probablemente por la agonía. Vestía un guardapolvo de color gris, por debajo del cual aparecían unos pantalones pardos un poco descoloridos, arrugados. A lo largo de todo el cuerpo el guardapolvo mostraba varias manchas de sangre, medio coagulada, que denunciaban la brutal razón de la muerte. Dupin apretó los labios, compungido. Junto a la sensación de irrealidad, le invadía el pecho una honda emoción. Era como si su propia sangre se volviera más espesa y le produjera dolor al circular por las venas. El escenario era peor de lo imaginado. Mucho peor. Casi tan aterrador como aquellos cadáveres destrozados en la Rue de la Morgue de París. Sintió náuseas. Esforzándose por disimular su flaqueza, se inclinó sobre el cuerpo y, tras unos instantes de silenciosa observación, se incorporó y sondeó con la mirada a Josep Lluís Teixidor.

—¿La misma arma?

—Creo que sí.

—Monlau. —Dupin se apartó, ofreciendo su puesto de observación.

El médico extrajo del bolsillo superior de la levita una pluma de ave, de las que se usaban para escribir, y con un movimiento preciso hurgó entre los labios de una de las puñaladas.

—Romboide, no muy profunda, estrecha en la parte más honda y ancha en la parte más superficial —aseveró después de una somera inspección.

—Y ya van tres —murmuró Dupin.

—Sin duda es un arma poco convencional. Estoy harto de levantar cadáveres y de hacer autopsias, y les aseguro que esta herida es extraña.

Auguste Dupin y Josep Lluís Teixidor asintieron al unísono.

—No es un cuchillo. Tampoco una navaja —siguió monologando Monlau, pensativo—. Se trata de una hoja bicortante. La herida es limpia y a dos bandas. No se aprecia desgarro brusco…

—¿Una daga, tal vez?

Todos los presentes se volvieron hacia Joan Abat, que era quien había pronunciado las cuatro palabras. Hasta entonces parecían haber olvidado su presencia.

—¿Una daga? —repitió Dupin como un eco.

—Quiere decir... ¿una de esas armas antiguas? —terció Teixidor.

—Verá… —titubeó Abat—, lo que explica este señor me lo sugiere. Una hoja de doble filo, fina, que hace una incisión en forma de rombo…

—No está mal pensado —admitió Monlau.

—¿Entiende usted de armas monsieur Abat? —preguntó con rapidez Auguste Dupin.

—Verá…, soy estudiante. Me gusta la historia. En particular, la historia medieval. Conozco las costumbres de esa época, sencillamente.

Y con cierto nerviosismo pintado en el rostro aniñado dio un par de pasos atrás, como si buscara la protección de las sombras, arrepentido de su intervención. Fue entonces cuando se oyó el crujido y Joan Abat se tambaleó de forma extraña.

—¡Cuidado!

Instintivamente el *mosso d'esquadra* dirigió la luz de la linterna a los pies del joven.

Dupin ya estaba en cuclillas, recogiendo del suelo las cuentas de madera de un rosario de aspecto sencillo, pero bastante nuevo.

—*Ma pipe!* —exclamó, alzándolo para que todo el mundo lo viera.

El espeso silencio que se había dispersado por el almacén fue quebrado por la voz apremiante del agente Rierol, desde la puerta en la que montaba guardia.

—Teixidor: ¡ya vienen!

—¡Rápido, a despejar! —Cogiendo por los brazos a Dupin y a Monlau, Teixidor les transmitió la urgencia—. Vienen a levantar el cadáver. Será mejor que no los encuentren aquí.

—Monsieur Abat, ¿podríamos vernos mañana, en algún momento? —preguntó Auguste Dupin—, me gustaría que me refiriese sus impresiones.

El joven compuso un gesto de agotado asentimiento.

—Ya me encargo yo de la cita, *mesié* —exclamó Teixidor tirando del brazo de Dupin—. ¡Venga! ¡Lárguense!

El aire fluido del callejón de Sota Muralla, con su carga de piedra y sal marina, les despejó la frente. Camuflados como búhos, Auguste Dupin y Pere Felip Monlau observaron la llegada de las autoridades: el juez de guardia, el secretario, el escribano y el médico forense. Aquellos chapuceros levantadores de cadáveres eran por lo habitual médicos generalistas y no se les exigía que estuvieran formados en disciplinas como heridas provocadas o venenos. Apenas que determinaran si el muerto estaba realmente muerto y si el fallecimiento se debía a las lesiones que presentaba.

—Un arma ciertamente singular —admitió Monlau, pensando en las de la víctima—. Lo que dice el joven estudiante es muy sensato: una pieza antigua.

Dupin asintió, abstraído. Sin duda Monlau tenía razón. Razón y conocimientos sobre el particular. No en vano lo habían propuesto para director del futuro museo de arqueología.

—Pero su singularidad es providencial —concluyó—. El hecho de que no se corresponda con ningún arma común es ya en sí mismo una pista importante.

17

Dupin se sentía incómodo, aquella mañana. Una incomodidad que no sabía cómo afrontar. Se había despertado en la madrugada de la Rambla, oyendo el trajín de los primeros carros sobre el empedrado. Y se dio cuenta de que había estado soñando con el joven *mosso*. Soñaba con Josep Lluís Teixidor y su sonrisa contagiosa. Un escalofrío. Incomodidad. Para postres, un retortijón en el estómago: algo de lo que había comido en casa de Monlau no había combinado bien con la visión del cadáver ensangrentado del pobre librero en su oscura cueva de debajo de la muralla. Vomitó un par de veces. La cena, la copa y una mezcla de ira y tristeza. Luego se durmió de nuevo. Se despertó ligeramente mareado y estuvo tentado de enviar recado a Teixidor de que aquella mañana no se encontraba bien.

Pero se levantó y empezó a vestirse.

Un cuarto de hora más tarde, en ayunas, con el rostro ligeramente ceniza, empujaba la puerta de cristales de la botillería.

El modesto Café de Sotamuralla se vanagloriaba de ser de los más antiguos de la ciudad. En sus mesas solía hallarse a los libreros de los Viejos Encantes y a algún coleccionista que no había podido esperar a llegar a casa para examinar la adquisición del día.

Auguste Dupin se aproximó a la mesa donde ya se estaban acomodando Josep Lluís Teixidor y Joan Abat.

—Así que es usted estudiante…

—En la nueva Universidad de Barcelona —respondió el joven con cierta desgana.

—¿Tiene alguna idea de quién podía… querer tan mal a su tío? —Dupin iba al grano.

—Mire, debido a su carácter se había ganado muchas antipatías. Era un hombre…, cómo le diría…, era hosco y siempre creía tener la razón en todo. Hablaba con pedantería y ofendía a quien no estuviera de acuerdo con él… Pero no creo que eso sea suficiente para…, quiero decir que…

—¿Sabe si últimamente había adquirido algún libro singular o antiguo? —lo interrumpió Dupin.

—Es curioso que lo mencione: fue lo primero que me dijo ayer por la mañana: «¿Sabes que he conseguido los *Furs de Valencia*?». Verá: es un libro difícil de encontrar, una de las primeras obras que se imprimieron en el país, en el siglo xv. Un incunable. Si quieren verlo…

—Luego, luego —dijo Dupin, con un gesto de la mano—. ¿Y no le habló, en ningún momento, de un libro titulado *La Fee Triunfant*?

Joan Abat sacudió negativamente la cabeza.

—No me suena de nada.

—¿Y dónde estaba usted ayer, cuando mataron a su tío? —intervino Josep Lluís Teixidor, que o hacía el papel de malo o incubaba alguna manía al estudiante.

—Estuve todo el día en casa, estudiando. Al anochecer, al ver que no regresaba, me inquieté. Verá: los Encantes no son un sitio recomendable cuando cae la noche. Decidí venir a echar un vistazo. A veces, si mi tío compraba algo interesante, se entretenía. Enseguida vi la puerta del almacén entornada. Entré y… —por primera vez parecía que la emoción lo embargaba— lo encontré...

—¿Qué hora era cuando llegó al almacén? —preguntó Auguste Dupin, atajando el previsible estallido de emociones.

—Debían de ser las diez, más o menos.

—¿Y alguien lo vio entrar? —volvió a intervenir Teixidor. El joven lo miró con acritud.

—Todo eso ya lo conté ayer. No sé por qué me lo hace repetir.

—¿Qué hizo entonces —lo cortó de nuevo Dupin—, cuando halló el ca…, a su tío muerto?

—Verá, al principio pensé que podía estar vivo todavía y salí corriendo, gritando. En la calle me encontré con un sereno. Él se hizo cargo de todo: fue a buscar a un médico. Y a los Mossos.

Se detuvo para tomar aliento, como si estuviera reviviendo la agitación de horas antes. Josep Lluís Teixidor hacía gestos vigorosos, confirmando las explicaciones.

—¿No le comentó su tío que estuviera esperando a alguien ayer?

—Por supuesto, si lo hubiera sabido, ya lo habría contado. Verá: a veces sí que recibía visitas, en el almacén o incluso en casa. No tenía tienda. Vendía en los Encantes, pero también de forma particular, a varios coleccionistas de nivel.

—Así pues, es posible que estuviera esperando a alguien, aunque usted no lo sepa.

El joven se encogió de hombros.

—Cuando venía hacia aquí, ¿no se cruzó con nadie?

—No.

—Y la puerta del almacén estaba abierta…

—Ya se lo he dicho.

—Sin embargo, nadie podía entrar, a menos que le abriesen desde dentro, ¿no?

—Puede que el atacante aprovechara que él estaba guardando el tenderete para colarse.

—Pero el mercado cierra a la una de la tarde. Si hubiera sido así, ¿no le parece que el intruso se arriesgaba demasiado, siguiendo a su tío al interior del almacén a plena luz del día?

Joan Abat se encogió de hombros de nuevo, abstraído. Luego asintió pesadamente.

—Todo indica que él mismo dejó entrar a su asesino sin sospechar nada.

—Es la única explicación lógica —convino Josep Lluís Teixidor—. Además, coincide con el caso Bonanova.

—¿Qué caso? ¿Qué significa que coincide?

—Don Jordi Rector no es el único asesinado en los últimos tiempos en estas circunstancias.

—Ya es el tercer caso en Barcelona.

Dupin y Teixidor fueron pasándose el balón para informar al joven de todas las coincidencias. La mirada del estudiante iba saltando de uno a otro cada vez más perpleja.

—Ahora veamos esa obra que su tío adquirió hace poco —sugirió entonces, Dupin.

—Iré a buscarla.

Abat se levantó con presteza. Era evidente que lo acuciaban unas ganas tremendas de salir de allí.

—¿Qué opina? —preguntó Teixidor en cuanto el joven cruzó la puerta.

Dupin reflexionó, antes de contestar con otra pregunta:

—¿Acaso sospecha de él?

Teixidor se encogió de hombros.

—No le creo culpable —sentenció Dupin—. Algo vivo de carácter, pero nada más. Y si tenemos en cuenta las circunstancias de los otros asesinatos…

Diez minutos más tarde regresó el joven. Venía caviloso, con las manos y los ojos vacíos.

—¡Qué cosa tan extraña! No lo encuentro…

—¿El libro? —Auguste Dupin se incorporó; del presentimiento a la certeza en medio segundo.

Joan Abat sacudió la cabeza. Su aire ensimismado se volvía acongojado.

Dupin se puso en pie con decisión.

—Muéstrenos dónde estaba la última vez que lo vio.

18

El almacén permanecía casi tan a oscuras a esa hora de la mañana como la noche anterior. Bajo el dintel, Josep Lluís Teixidor encendió la linterna. Dupin se estremeció, y no por el frío del interior. Unas manchas más oscuras sobre el pavimento indicaban los rastros de sangre. El *mosso* levantó la linterna por encima de la cabeza y al instante las estanterías saltaron hacia ellos, desde el fondo de la oscuridad. Sin acabar de acercarse a él, como si le provocara respeto aquel lugar donde parecían suceder cosas tan extraordinarias, Joan Abat señaló el escritorio.

—Estaba ahí.

Dupin lo examinó. Papeles con notas dispersas, un tintero, un par de plumas y unas gafas con las varillas abiertas de par en par. Las rozó con la punta del dedo. Nada le resultaba tan deprimente como unos viejos lentes por los que ya nadie preguntaría. Junto a ellos se veía un montoncito de dinero. Un plato de loza desportillado con algunas migas de pan rancias flotaba por encima de todo. Pero ningún libro.

—¿Sabe quién se lo vendió a su tío, monsieur?

—Ni idea. No me lo comentó; ni a mí se me ocurrió preguntárselo. Verá…, no tenía ninguna importancia… en ese momento. Puede que en la ficha lo ponga…

—¡Abría una ficha, claro!

—Si me permite…

Joan Abat se decidió a acercarse. Se agachó junto a la extensa librería, detrás mismo del escritorio. En el estante inferior se veía un espacio sin libros. Depositó un cajoncito de madera sobre la mesa. Estaba lleno de cartulinas con la misma letra pequeña y pulcra que la de las notas esparcidas en el escritorio.

Dupin extrajo la primera ficha.

```
AR
Anónimo
Art e technica de armes de foch
Papel de hilo. Dos tintas.
Cubiertas de piel. Volutas doradas.
168 pp.
Estampa Pedro Palau. Barcelona 1778
In-8º
EST. 2 LIB. 3
COMP: Joan Antoni Argent 18/V/1832
VEND: 22/VI/1838
```

—Deduzco que «Est. 2 Lib. 3» significa la ubicación del libro en el almacén.

—Por supuesto: «Estante 2 de la librería 3». Pero la tachadura indica que ya no está. Lo vendió, como dice la ficha, hace un par de años.

—¿Guardaba las fichas de los libros vendidos?

—Y con los datos del comprador, si podía. En este caso no debía de saberlo. Verá, el tío Jordi tenía una clientela fija que le pedía cosas como esta: títulos concretos, piezas de coleccionista…

—Muy meticuloso —observó Dupin—. Veo que también anotaba el nombre de quien se lo había vendido.

—Una referencia más. Libreros o coleccionistas que podían proporcionarle otras obras interesantes.

—Y de la última adquisición… ni siquiera sé el título exacto… ¿Había abierto ya ficha?

—Creo que estaba a punto de hacerlo.

Abat señaló sobre la mesa uno de los papeles garabateados y Teixidor lo leyó en voz alta:

Furs e ordinacions fetes per los gloriosos reys de Aragó als regnicols del regne de Valencia.

Letra gótica.

230 + 5

Lambert Palmart. 1482

—¡Mil cuatrocientos…! —exclamó Dupin. El coleccionista poseyó por unos instantes al investigador—. Lambert Palmart fue el introductor de la imprenta en España.

—Un incunable —se apresuró a observar Teixidor.

Dupin le lanzó una mirada de admiración. Aprendía rápido, el *garçon*.

—Mi tío me contó que posiblemente era un ejemplar único.

—Quizás lo asesinaron para robárselo —aventuró Teixidor.

—No lo creo. Apostaría a que ese dinero es la evidencia. —Dupin señaló el montoncito sobre la mesa—. ¿Recuerda que en el caso de Bonanova también había monedas junto al cadáver? Me da la sensación de que, por algún motivo, el asesino no quiere ser tenido por ladrón y siempre abona el importe del libro que se lleva. ¿Cuánto dinero hay aquí? Todavía no me he familiarizado con su moneda…

—Doscientas treinta libras —dijo Abat, después de contarlo—. Podría ser el valor del libro; por supuesto, comprado a buen precio. Ni caro ni barato.

—¿Cabe la posibilidad de que falte algún otro libro? —preguntó Dupin.

—No lo había pensado… No sería difícil averiguarlo. Podríamos ir comparando las fichas con los volúmenes de las librerías…

Dupin soltó un suspiro de frustración al evaluar la cantidad de libros que había allí dentro. Incluso en la semipenumbra generada por la luz exigua y hosca de las linternas se advertía que en uno de los estantes los ejemplares habían sido removidos. Tomó la lámpara de manos de Teixidor y la enfocó: obras religiosas.

—¿Comprobamos si falta algún otro? —insistió Joan Abat.

—Vamos a ello —dijo Dupin empezando a desabotonarse la pulcra levita.

Un par de horas más tarde, Joan Abat cerró con un golpe seco el último fichero, después de recitar el último título y su ubicación.

—Está —respondió Teixidor, recolocando el volumen en el nicho mortuorio de la estantería.

Una nube de polvo de libro removido flotaba en el ambiente.

Los tres hombres estaban exhaustos. Auguste Dupin se había quitado la levita y deshecho el lazo del pañuelo de cuello que más que blanco parecía plateado. Sus manos estaban negras, y los puños de la camisa, astrosos. Josep Lluís Teixidor se había desabrochado la chaquetilla y hasta el chaleco, y tenía el pelo desgreñado y recubierto de una finísima neblina, como si en el transcurso de la mañana le hubiesen brotado canas. De los tres, el joven estudiante era quien ofrecía mejor aspecto. En los estantes, los volúmenes se veían removidos y remetidos un poco de cualquier manera, sin guardar ya aquel aspecto pulcro de los lomos bien alineados.

Dupin se dejó caer en la vieja butaca, que resultó ser sorprendentemente cómoda. Blandió con aire teatral la única ficha de la cual no habían logrado localizar la obra y la soltó sobre la mesa.

REL
Sprenger, Jakob – Kramer, Heinrich
Malleus Maleficarum ex variis auctoribus concinnatus
Vitela.
Cubiertas de piel.
354 pp. 4 grabados.
Sello Inquisición de Barcelona
Lugduni: sumptibus Petri Landry, 1614
In-8º (17 cm)
EST. 6 LIB. 5.
COMP: Ignasi Ros 18/VIII/1837
VEND:

Abat y Teixidor observaron en silencio cómo el francés llenaba con parsimonia su pipa de brezo, como si nada a su alrededor abrigara más importancia que la negra cazoleta y la aromática picadura que le iba embutiendo.

Terminada la operación, alzó la cabeza y los miró.

—Ahora, al menos, tenemos otro indicio: el *Malleus Maleficarum*, que podría traducirse como *Martillo de las brujas*.

—Es el manual más importante utilizado por la Inquisición —aportó Joan Abat, con un cierto entusiasmo intelectual.

—En efecto —corroboró Dupin—. Se publicó por primera vez a finales del siglo xv, pero a lo largo de doscientos años se realizaron docenas de ediciones en toda Europa.

—Y todo eso ¿qué diantre tiene que ver con los asesinatos? —interrumpió Josep Lluís Teixidor, algo mosqueado.

—Recuerde que mi libro, *La Fee Triunfant*, el que le robaron a Adelí Bonanova, también trata de la Inquisición.

—¡No puede ser una coincidencia! —exclamó el joven estudiante, poniendo en palabras el sentir de los tres.

Josep Lluís Teixidor se dejó caer en una silla.

—O sea que, en este caso, el asesino se ha llevado dos libros.

—Veamos: ¿por qué un cliente conocido por don Jordi —dijo Dupin exhalando una calada— querría robarle libros pudiendo adquirirlos con toda tranquilidad? Y no solo robarle, sino asesinarlo...

—Quizás no tenía dinero para comprarlo —sugirió Joan Abat.

—Pero aquí hay muchas obras tan valiosas como las desaparecidas. ¿Por qué robó esas dos unicamente?

Teixidor sonrió. Dupin estaba utilizando la inocencia del joven para explicar la teoría que ya debía de haberse formado en el cerebro.

—Y si era tan pobre, ¿por qué no se llevó dinero? No solo no se lo llevó, sino que dejó una buena cantidad de monedas en la mesa...

—¿Y bien? —intervino Teixidor, esperando una conclusión a todas aquellas deducciones.

Dupin miró al sobrino del difunto como si le transfiriera la pregunta.

—Quizás... —El joven parecía sentirse obligado a encontrar una solución inmediata—. Quizás no venía con ánimo de robar. ¡Eso debe de ser! Quizás no se pusieron de acuerdo en el precio...

Dupin entornó los ojos.

—¿Y entonces lo mató? ¿Lo asesinó porque no se ponían de acuerdo en el precio?

El estudiante asintió lentamente, pero la expresión de su rostro delataba la falta de convicción en su propia teoría.

—Quizás en un momento de locura, en el fragor de la discusión...

—En el fragor de la discusión... —Dupin se incorporó un poco para seguir más de cerca el diálogo— ¿sacó un puñal y se lo clavó varias veces? ¿Y por qué un cliente que viene a comprar un libro antiguo llevaría un arma como la que le causó la muerte a su tío? Por lo general, la gente no anda por ahí trajinando una daga o lo qué diantre sea.

—Una que ya se ha utilizado para cargarse a otras personas —añadió Teixidor.

Ahora el estudiante hizo un gesto de afligida negación.

—Lo que *mesié* Dupin quiere decir es que el asesino ya venía dispuesto a matar a don Jordi Rector —remachó el policía.

El francés soltó una bocanada de humo y un suspiro.

—¿Cuánta gente sabía que don Jordi había adquirido el *Furs e ordinacions*?

—No creo que se supiera demasiado, todavía —apuntó Joan Abat.

—Quizás el ladrón se enteró a través de la persona que le vendió el ejemplar a su tío —sugirió Teixidor.

—Lástima que no llegara a abrir ficha. ¡Ahora tendríamos mucho trabajo avanzado!

19

Auguste Dupin y Josep Lluís Teixidor cruzaron la plaza de Palau con paso reflexivo. Los últimos quince minutos habían transcurrido en absoluto silencio.

En esta ocasión, Teixidor insistió en mostrar a Dupin —que ya se dirigía por inercia a la buñolería del tío Nelo— la pequeña joya de la restauración barcelonesa: el Cafè de las 7 Portes.

La imagen próspera y burguesa de Barcelona se veía reflejada en el más flamante de los edificios de la plaza. Josep Xifré, un indiano procedente de Cuba, había adquirido un solar frente a la Llotja y se había hecho construir una suntuosa casa de pisos. Dupin contempló el espléndido claustro porticado que le daba acceso.

—Se parece al de la Rue de Rivoli de París.

Una vez en el interior del claustro, llamaban la atención las siete puertas rotuladas con letras doradas en siete idiomas, incluido el árabe. El cafetero italiano Andrea Caponata había convertido el establecimiento en una efusión de lujo, decorando las salas con cuadros, tapices, cornucopias. Fastuosas arañas de cristal tachonadas de bujías resaltaban los colores de tapicerías y cortinajes, el cincelado de los metales, los artísticos frisos de maderas nobles. Cada detalle respiraba la elegancia sin pretensiones de un salón de palacete parisino. Josep Lluís Teixidor y Auguste Dupin, tomaron asiento en uno de los largos divanes de terciopelo, tras un velador de mármol. En un ángulo de la sala, un piano mudo a aquellas horas de la tarde y un billar concurrido.

Un camarero ataviado con impoluto chaleco blanco, pajarita escocesa y mandil hasta los bruñidos zapatos les ofreció un despliegue de *gourmanderies*. Además de café, té y chocolate, se servían refrescos helados, repostería de todo tipo y una larga carta de cervezas, vinos, ponches y licores. Josep Lluís Teixidor recomendó una de las especialidades de la casa: el helado Aurora, de leche de almendras y canela. Dupin, goloso impenitente y con el estómago aún vacío tras el voluntario ayuno matinal, se dejó convencer.

—Debo reconocer que ni en París se ven cafés como este —exclamó ante la satisfacción de su cicerone.

Durante un buen rato, compartieron consumiciones y silencios, con ojos ausentes que ni siquiera veían el movimiento continuo en la plaza de gente, coches y petimetres pavoneándose en hermosos caballos de silla.

—¿Usted cree que la gente es buena o mala, por naturaleza? —preguntó de repente el *mosso d'esquadra*, con aquella llaneza que no dejaba de desarmarle.

Dupin sopesó la pregunta durante unos instantes. Parecía algo ingenua, pero viniendo de un policía no lo era en absoluto.

—Al cincuenta por ciento —sentenció al fin—. Ya lo dice la Biblia: Caín y Abel. Pero la maldad, como la bondad, abarca un amplio abanico de grados: desde el abuso del miserable hasta el asesinato más espantoso.

Ahora fue Teixidor quien reflexionó durante unos instantes.

¿Qué empuja a un ser humano a cruzar la línea invisible que separa a los que no matan de los que matan? Es un acto horrible. Y es horrible y a la vez fascinante que alguien pueda maquinar la manera de llevar a cabo este acto, el más irreparable.

—Y los hombres son más malvados que las mujeres. Basta con ver a los huéspedes de las prisiones.

—Entonces, ¿es una cuestión de género?

—No necesariamente. Puede que haya mucho de cultural. Pero tampoco estoy seguro de qué parte del cuerpo, o del alma, incita al crimen. El sistema nervioso masculino…, la histeria femenina…

—Cada sexo debe matar por motivos diferentes…

Dupin asintió con la cabeza.

—Sin embargo, existe otro grupo: los asesinos sin motivo, gratuitos.

Josep Lluís Teixidor frunció el ceño. El francés se apresuró a esclarecer sus palabras.

—Hace algunos años un médico psiquiatra paisano mío, Philip Pinel, definió de forma muy acertada en qué consistía la anormalidad de esa clase de asesinos: *manie sans delire*, «locura sin delirio». Actúan como locos sin estar locos.

—¿Cómo se sabe que no lo están?

—Porque en todos los demás aspectos se muestran perfectamente cuerdos. No existe ninguna lesión en su funcionamiento intelectual ni en su aptitud para comprender. Poseen la capacidad de saber que sus actos son ilegales, inmorales, dañinos. Y pueden razonar sobre cualquier tema que se les plantee. Pero no tienen conciencia. El sufrimiento ajeno no los conmueve. En el mejor de los casos, les produce indiferencia. Es como si su… psicopatía… afectara solo al ámbito de los sentimientos o del temperamento. Algunos psiquiatras lo llaman «locura moral».

Auguste Dupin inspiró profundamente. Siempre que meditaba sobre aquel tipo de trastorno no podía evitar pensar en su propio padre. ¿Había estado loco o loco sin delirio? Se habían pasado la vida discutiendo por todo, desde las cosas más nimias a las más importantes. Jamás fueron capaces de mantener una conversación civilizada. Todo giraba en torno al ego desmesurado y a menudo irracional del padre. Dupin se sintió, como siempre que pensaba en ello, profundamente deprimido. Desde un oscuro recodo de su cerebro, el pasado le hacía señas.

El rostro amargo de su progenitor, siempre enfadado, siempre dominante, siempre buscando dónde lastimar. Se arrepintió de haber permitido que sus reflexiones escorasen hacia él. Sabía que, inevitablemente, las próximas horas estarían encharcadas por la tristeza; y también por la culpabilidad, recostada siempre a sus pies, como una pantera peligrosamente herida.

—¿Significa eso que no lo hacen por causas concretas? —La voz amable de Teixidor lo rescató de la tenebrosa marisma.

Una vez más Dupin se dejó sorprender por la rapidez con la que el joven asimilaba conceptos. *Astucieux garçon*.

—Creo que por encima de todo está su ego. —De un certero manotazo, Dupin echó a rodar calle abajo el recuerdo ingrato de su progenitor—. Obran movidos por los deseos más inconfesables.

—¿Y eso es de nacimiento?

—No lo sé. No creo ni que los propios psiquiatras lo sepan. Es posible que a lo largo de su existencia —otro manotazo al rostro cínico del padre— hayan acumulado circunstancias o motivos que les produzcan una profunda insatisfacción. Tal vez fueran maltratados en su infancia, o vivieran un incidente crítico que los haya llevado a perder el control y a liberar a su monstruo interior... Se encuentran inmersos en una especie de anestesia moral. A veces le cogen el gusto a matar. Adquieren una sensación de omnipotencia y llegan a creer que son imparables, más listos que el resto de los mortales. Y, por supuesto, que la policía.

—¿Y usted cree que nuestro asesino puede ser...?

Dupin hizo un gesto de negación.

—No olvide que él sí parece tener un motivo: los libros antiguos.

—Libros sobre la Inquisición.

¿Era una casualidad? Los engranajes del cerebro de Auguste Dupin no dejaban de trabajar, ni siquiera mientras saboreaba aquella deliciosa Aurora helada que habría merecido el elogio del mismísimo Brillat-Savarin. ¿El *Malleus Maleficarum* de Jordi Rector también había sido robado o eran otras las circunstancias? Quizás el librero se lo había prestado a alguien. Lo había sugerido su sobrino. Claro que él mismo había reconocido que no le parecía probable. Y en el caso de Adelí Bonanova, ¿cabía la posibilidad de que también le faltara alguna otra obra y que el socio no lo supiera? Del pobre Sergius Scalinger no valía la pena ocuparse: era del todo imposible saber qué libros no le había birlado la patrona.

—Habría que comprobar si también a don Adelí le robaron algún otro libro —dijo entonces Teixidor, interrumpiendo sus reflexiones.

Dupin lo miró con franca admiración. Era evidente que el joven había seguido la misma cadena deductiva.

—Debería usted encargarse de eso. Si vuelvo a presentarme en la librería tal vez entren en sospechas y le vayan con el cuento a su... *quefe.*

Unas horas más tarde Josep Lluís Teixidor se hacía anunciar en la recepción del Cuatro Naciones y, poco después, él y Dupin se instalaban en la cafetería del establecimiento.

—En la librería Bonanova i Fills falta otro libro, además del de usted. El último que compró don Adelí desapareció misteriosamente. Y tenía mucho valor.

—Dígame que sabemos quién se lo vendió.

—Por desgracia, aunque hacía fichas, no era tan meticuloso como don Jordi.

—¿Una obra sobre la Inquisición?

Teixidor negó con la cabeza.

—Pero sí un libro religioso. Por cierto, también se dieron cuenta de que toda la estantería de ese género estaba bien revuelta.

Le alargó una ficha a Dupin:

Martirologi d'Usuard (o de Poblet)

Alrededor de 1450.

Manuscrito.

Talleres reales de Bohemia.

Pergamino de oveja. Infolio 460 × 320.

Encuadernación en tafilete rojo, esgrafiado en fili-
grana de oro, enmarcando el escudo de armas de
don Pedro de Aragón.

Marginalias.

705 miniaturas góticas de santos

—El socio de Bonanova me ha explicado que es una *recopilación* —Teixidor pronunció cuidadosamente la palabra— he-
cha desde antes del año mil por varios curas. Una especie de
catálogo sobre mártires y reliquias.

El *Martirologi*, conocido por el nombre de su primer autor
—el fraile Usuard— y que en su origen había sido propiedad
del rey de Praga, había ido pasando por varias manos hasta
llegar a las del virrey de Nápoles, Pere Antoni d'Aragó. Y este
lo había legado, junto con toda su biblioteca, al monasterio de
Poblet.

—El socio de Bonanova no tenía ni idea de dónde lo sacó
su socio, aunque reconoce que con el saqueo del monasterio
de hace cinco años muchos de los libros de su biblioteca van
dando tumbos por todo el país.

Ante la mirada interrogante de Auguste Dupin, se apresuró
a ampliar las explicaciones:

—Era uno de los monasterios más importantes de Cataluña. Ahora está casi en ruinas.

Dupin asintió, recordando algo de lo que había leído sobre las bullangas.

No sabía —no podía saberlo todavía— la importancia que esa nueva pista estaba a punto de adquirir en el caso.

20

La hermana Caterina observaba sin disimulo alguno al curioso francés que por segunda vez se cruzaba en su camino. En esta ocasión, directamente apadrinado por el doctor Monlau.

—Permítale ver el informe de la autopsia del pasado viernes —la había instado aquella misma mañana—. Me gustaría estar presente, pero me es del todo imposible.

Por algún motivo que no sabía explicarse, Auguste Dupin despertaba en la monja una simpatía que rara vez sentía por el sexo contrario. Quizás porque había en él algo discretamente suave. Tierno. Melancólico. Una actitud que no se oponía, sin embargo, al carismático temperamento. Sin ser consciente de ello, la dama estaba reconociendo en aquel hombre de finos modales al aristócrata ligeramente *démodé* que la Revolución Francesa había diluido entre la ciudadanía. Observó la suave elegancia con la que las manos cuidadas volvían las hojas del documento forense.

> Heridas penetrantes a través de las intercostales… Aorta… Atraviesa el hígado y el diafragma… Píloro… Hemorragia… El instrumento vulnerante ha interesado los vasos pulmonares… Dos de las columnas de la válvula auriculoventricular aparecen completamente seccionadas, lo cual provocó la contracción extrema del corazón, la pérdida considerable de sangre y la muerte instantánea.

A Auguste Dupin lo acometió el *déjà vu*. Como en el caso de don Adelí Bonanova, era evidente que la agresión se había producido de forma rápida. Pero en esta ocasión por delante de la víctima, desde una posición situada un poco a la derecha.

—Teniendo en cuenta el eje corporal, el ángulo de entrada y la trayectoria de las incisiones, se puede deducir que el asesino es un hombre de altura y de complexión medias —señaló sor Caterina.

Auguste Dupin levantó la vista del informe y asintió, admirando una vez más los conocimientos tan *masculinos* de aquella mujer. Estirada, seca, como queriendo castigar su propia hermosura, evocaba la imagen misma de la eficiencia.

—Y hubo intento de oposición —añadió ella, ignorando la mirada.

El informe detallaba las heridas defensivas: lesiones en los antebrazos y en las palmas de las manos, recibidos al intentar esquivar el cuchillo del atacante. Incluso se describían profundos cortes en los dedos de la mano derecha; quizás la víctima consiguió agarrar el arma agresora. Bajo las uñas de la mano izquierda se habían descubierto algunos restos biológicos: piel arañada y cabellos arrancados. El asesino era rubio o canoso.

—Tampoco en esta ocasión hubo sadismo, aunque sí ensañamiento —concluyó sor Caterina, con la autoridad que dan muchas horas de convivir con muertes violentas—. Parece un depredador muy feroz. Es posible que su forma de actuar exprese el deseo de control o la ira por no ser nadie importante. Incluso la necesidad de reconocimiento.

Dupin hizo un gesto afirmativo, con complacencia.

—Por otra parte, es posible que su conducta o apariencia muestren los efectos de la presión por ser descubierto —prosiguió la monja—. Puede que esté adelgazando, que tenga un aspecto más desaliñado. O incluso que manifieste un interés excesivo por comentar las noticias sobre los delitos…

—Una de nuestras mejores bazas es el arma del crimen —aportó Dupin, deseoso de compartir sus propias impresiones con un cerebro tan brillante, que parecía tan en sintonía con el suyo—. El doctor Monlau cree que se trata de una pieza antigua. Y el agente Teixidor sugirió que es como las bayonetas cortas que llevan los Mossos d'Esquadra.

—Pues a mí me recuerda uno de esos cuchillos que se utilizan en la matanza del cerdo —aportó ella con una mueca.

—En cualquier caso, una pieza singular.

—¡Tengo una idea! El mejor sitio para investigar sobre un arma blanca es precisamente los alrededores del hospital.

Y ante la mirada perpleja de su interlocutor, se apresuró a ampliar la información.

Diez minutos después, siguiendo sus instrucciones, Auguste Dupin abandonaba el establecimiento por la calle del Hospital, popularmente conocida como *Ferrers de Tall*. La calle de los cuchilleros. La hermana Caterina le había contado que los especialistas del gremio de armas y herramientas cortantes solían situarse en las vías cercanas a las puertas de la muralla. Dupin caminó, como le había indicado, en dirección al Portal de Sant Antoni. A ambos lados de la calle se vislumbraban, sepultadas en las fachadas, roñosas tiendas que exhibían la polvorienta máscara del tiempo. Una encarnizada discusión familiar, letanía de alaridos y golpes, caía, rutinaria, desde un ventanuco abierto.

En la plaza del Pedró, al batir del sol, el aire había adquirido el color azulado de las humaredas generadas por los herreros. Un concierto de chirridos que sacudían los nervios y el espectáculo chispeante de las fraguas configuraban un escenario wagneriano. Alrededor de toda la plaza, en obradores fijos o en tenderetes ambulantes, docenas de herreros y afiladores interpretaban la melodía. Cuchillos, navajas, puñales, bayonetas, hoces, sables…, hojas finas, anchas, curvas, dentadas… Todo el arsenal de las armas blancas se exhibía sobre los mostradores.

126

Una hora más tarde, y tan de vacío como ha llegado, Dupin abandona el mercadillo de los cuchilleros. Ninguna de las hojas examinadas acababa de coincidir con la del asesino de los libros. Se parece a un abrecartas. Se parece a una bayoneta. Y se parece a un cuchillo de matarife de cerdos. Pero no se parece lo suficiente a ninguno de ellos.

Perdidos los pasos por la calle de Avinyó, salpicada de enormes portaladas de vetustos palacios y minúsculas puertecillas de famosos prostíbulos, Auguste Dupin va a parar a la de la Mercè, justo frente al número 26, donde un inesperado cartel se columpia en la fachada:

GABINETE DE ANTIGÜEDADES
D. JOAN CORTADA
2.ª. Planta

No se hace repetir la invitación. Empuja el portón y remonta unas elegantes escaleras que lo depositan ante la puerta del Gabinete.

21

Joan Cortada resultó ser un hombre inesperadamente joven, en contraposición al aire de viejo erudito que le proporcionaban los gestos atentos y las atentas palabras. Vestía una levita larga de color bronce, de buen paño y mejor sastre, de la que sobresalían con encanto las puntas del chaleco de un blanco puro. La camisa, también blanquísima, finísima y almidonadísima, decoraba su alto cuello con una corbata negra de tisú muy fino. El rostro, de una sólida dignidad vertical, con bigote y perilla, estaba coronado por un puñado de cabellos partidos por minuciosa raya sobre la frente levemente abombada. Se le veía bastante pagado de su criterio y de su buen gusto, vanidad que acentuaba al pontificar ocultando una mano a la espalda, bajo el faldón de la levita, y agitando la otra para enfatizar, empinando la figura no muy alta. Dos minutos después de presentarse, ya le estaba contando a Dupin que hacía cuatro años lo habían nombrado, junto con un tal Pi i Arimon, comisionado para la recopilación de libros, documentos y objetos artísticos de los monasterios desamortizados, con vistas al establecimiento de un museo. Como otros intelectuales, Cortada se había dedicado a crear su propia colección de objetos curiosos, una afición que se estaba poniendo de moda en los últimos tiempos.

La mirada de Dupin, más rápida que la palabra, otorgó un tributo de admiración al conjunto, una promiscuidad de objetos y épocas que aturdía un tanto: ídolos egipcios, estatuillas griegas, un águila de bronce de Napoleón, utensilios godos y árabes mezclados con vasos de piedra y ánforas, lámparas, retazos de mosaico romano, monedas, medallas y medallones… Un confuso decorado en el que se combinaban lo divino y lo humano. Imágenes remotas, cercanas, bellas, terribles, luminosas, oscuras, hablando al mismo tiempo. Y, por supuesto, armas. Instrumentos de muerte de todos los momentos de la humanidad: lanzas, espadas, estoques, mazas, adargas, cascos, flechas y una armadura medieval entera.

En un cuadro-panoplia revestido de terciopelo morado, una bella colección de armas cortas enseguida llamó la atención de Dupin. El anfitrión se apresuró a proporcionarle todo tipo de detalles.

—Esto es un cuchillo medieval. Esto otro, un espadín de los salvajes de las islas del mar del Sur. Este, de hoja fina y mango trabajado, un estilete morisco. Y esta curiosidad, un puñal templario.

—¿Y este espacio vacío? —Dupin señaló las bridas de cuero que abrazaban la nada, casi en el centro de la panoplia.

Le pareció que Cortada titubeaba.

—Había una daga goda, con una hoja muy antigua… El óxido la estaba desintegrando y la he mandado a restaurar antes de que sea demasiado tarde.

El francés lo observó en silencio, esperando más información, que no llegó. ¿Eran imaginaciones suyas o el coleccionista se sentía incómodo? ¿Por qué, si no, se había apresurado a mostrarle una vitrina cercana a la dichosa panoplia de los cuchillos?

—Esto son piezas procedentes de Poblet.

Auguste Dupin se puso en guardia. Como si le leyera el pensamiento, Joan Cortada prosiguió:

—Se trata de objetos salvados de la barbarie de hace cinco años, algunos bastante estropeados, como esta losa de alabastro con testas de querubines.

Dupin contempló la pieza rota a través del cristal.

—Algunas proceden del interior mismo de los sepulcros reales: este pañuelo y esta sortija, o estos sellos de cera de los condes de Barcelona.

—*Sacrebleu!* ¿Hasta las tumbas saquearon?

—No dejaron piedra sobre piedra. El cuadro de la Virgen María salió de la sacristía. Y la Biblia es un manuscrito del siglo xv proveniente de la biblioteca.

Los ojos expertos de Dupin examinaban las bellas miniaturas del libro abierto en el centro de la vitrina cuando, de repente, tropezaron con un puñado de pequeñas esferas esparcidas alrededor. Tardó unos instantes en identificar de qué tipo de objetos formaban parte.

Rosarios.

Cuatro o cinco.

Con cuentas de diversos estilos y materiales: madera, alabastro, plata…

Parpadeó varias veces, notando un cosquilleo inquieto en el estómago. Un libro religioso antiguo, una daga goda ausente del lugar donde debería estar… y varios rosarios procedentes del monasterio de Poblet. ¿Casualidades? ¿Un montón de tremendas casualidades?

Se apresuró a alcanzar al coleccionista, que ya se había situado frente a otra vitrina. En aquella, el puñal sí estaba. Tenía unos veinticinco centímetros de longitud y empuñadura de nácar. Junto a él se veía la vaina, de cuero muy ajado. Dupin se inclinó con emoción sobre el abismo profundo del pasado. Doble filo. Bastante puntiagudo. Una hoja enmohecida con manchas, tal vez de una sangre antigua.

—¿Este también es de Poblet?

—No sé muy bien de dónde proviene, pero se trata de un ejemplar medieval. Probablemente un arma corta de las que usaba la infantería, a medio camino entre la espada y la daga.

Viéndole tan versado en armas antiguas, Dupin se planteó la posibilidad de consultarle sobre las marcas que dejaba el cuchillo del asesino de los libros. Pero desistió. ¿Quién podía asegurarle que aquel hombre…? Dejó errar los ojos pensativos por el fantasmagórico bazar del pasado; las ruinas de cincuenta siglos le devolvían la mirada. Un arsenal de despojos del genio humano. Un cementerio de naturalezas muertas que se vivificaban, resucitaban, sobrevivían.

—Por cierto: hará cosa de medio año hubo un caso curioso de asesinato cometido con una daga de estas características —dijo entonces el anticuario—. El difunto era hijo de un cliente mío: un joven universitario. Lo cosieron a puñaladas.

Auguste Dupin maldijo mentalmente a Josep Lluís Teixidor por no haber descubierto la coincidencia del caso.

—Y no sabrá usted… —dudó unos instantes la forma de plantear la pregunta, pero no había demasiadas opciones— si le robaron algún libro cuando lo mataron.

Joan Cortada parecía sorprendido. Observó al francés con atención. Un hombre culto. Lo traicionaban la manera de hablar y el interés que mostraba por sus explicaciones. Un hombre rico. El traje, los zapatos, el corte de pelo, el bastón de paseo, hablaban de dinero antiguo. Y también un hombre particularmente interesado en puñales y armas blancas. Y ahora, en libros.

—Es curioso que lo mencione —dijo, escrutándolo con ojos penetrantes.

Dupin se sintió interpelado, pero no estaba dispuesto a dar más detalles. Se limitó a sacudir la cabeza.

—No sé si le robaron ningún libro —dijo Cortada, tras un compás de espera algo tenso—. Lo que sí recuerdo que me contaron es que llevaba en el bolsillo uno de cierto valor adquirido poco antes a un librero de lance: la *Crònica* de Puigpardines.

—¿Es una obra religiosa?

—En modo alguno. Una crónica histórica. Pero sí es cierto que el chico estudiaba en el seminario. Y que se pagaba los estudios haciendo de farolero.

Y aunque Dupin no se lo pidió, el anticuario le explicó con todo detalle el oficio: al anochecer los operarios pasaban por cada farola y por medio de una cuerdecilla arriaban el candil para prenderlo. Al amanecer lo apagaban y lo sustituían por otro lleno de aceite. El combustible se guardaba en enormes tinas en la *Casa dels Gegants*, una especie de almacén de trastos del Ayuntamiento.

—Fue en el interior de uno de esos depósitos donde se halló el cadáver.

Auguste Dupin no pudo evitar boquear al imaginarse la inmersión y la asfixia en el viscoso líquido. Una agonía espantosa.

—Ya estaba muerto, cuando lo arrojaron —se apresuró a añadir, perspicaz, su anfitrión—. Lo habían apuñalado a conciencia. Los Mossos indicaron que no lo habían asaltado para robarle, porque en el bolsillo le encontraron, además del libro, dinero y la cédula de identificación. Y un rosario de plata en torno al cuello.

22

Auguste Dupin abandonó el Gabinete de Antigüedades algo enardecido.

Más asesinatos. Y más sospechosos. Rememoró el análisis psicológico del criminal que había trazado horas antes sor Caterina. Aquel hombre, Joan Cortada, era bastante agradable y culto y no parecía mala persona. Pero no solo era un experto en dagas y libros valiosos, sino que conocía de primera mano uno de los crímenes. Y había mostrado… ¿cómo lo había definido la monja?… Un excesivo interés en comentar los crímenes. ¿Era posible que fuera uno de esos asesinos que se recrean recordando sus proezas, hablando de ellas, absolutamente convencidos de que no despiertan sospechas? Para complicar un poco más las cosas, ahora habría que analizar un escenario donde el crimen no solo se había cometido demasiado tiempo atrás, sino que probablemente ni siquiera podría examinarlo. Difería ligeramente de los demás: ni librería ni biblioteca particular. Se parecía más bien al caso de mister Scalinger. Lo que sí tenía en común con el resto era que junto al cadáver se había encontrado un libro antiguo. Existía la posibilidad de que el agresor hubiera arrojado el cadáver al depósito de aceite sin darse cuenta de que el desgraciado lo llevaba en el bolsillo interno de la chaqueta. O quizás se había llevado el que le interesaba y había dejado el otro.

Y estaba la cuestión del rosario.

Sor Caterina no pareció extrañarse de ver de nuevo al tenaz extranjero por los pasillos del Hospital de la Santa Creu. Lo que sí le sorprendió fue que, en vez de contarle los resultados obtenidos en el mercado de los cuchilleros, solicitara un nuevo documento de autopsia. Uno que se refería a un homicidio cometido al menos seis meses atrás. El difunto respondía al nombre de Pere Anglà, tenía veintidós años y era, al parecer, la primera víctima del asesino de los libros. A los diez minutos, Dupin estaba descifrando una vez más los términos médicos que describían con frialdad la muerte del seminarista: puñaladas, ahogamiento en aceite, asfixia… El documento no contenía referencias al rosario ni al libro que se habían hallado en el cadáver. Quizás en el informe policial…

—Ese Joan Cortada parecía saber mucho sobre este caso —le explicó a sor Caterina, en un arrebato de franqueza—. Demasiado.

—¿Joan Cortada? —Ella permaneció pensativa durante unos momentos—. Me parece que el doctor Monlau lo conoce. Me suena habérselo oído mencionar. Barcelona es una ciudad pequeña…

—¡Y letal! —exclamó Dupin en otro arranque de espontaneidad.

Porque si algo resultaba evidente era que el criminal vivía en Barcelona. Todos los asesinatos habían tenido lugar durante la noche, en el interior de aquel recinto amurallado que al ponerse el sol cerraba los portales impidiendo una posible huida. Todos los cadáveres habían aparecido en calles muy cercanas las unas de las otras. Los lugares donde se habían descubierto dos de las víctimas, las aguas del puerto y el almacén de los faroleros denotaban que el asesino conocía bastante bien aquellos parajes. O quizás en esos dos primeros casos había actuado por impulso. En ellos se percibían marcas de improvisación. Los crímenes posteriores se habían ejecutado de forma más experta y en lugares más discretos. Probablemente habían sido planeados con mayor cuidado.

Sea como fuere, Dupin lo tenía claro: se encontraban ante un asesino sistemático.

—Sistemático —murmuró sor Caterina—. Me parece una definición insuperable.

Auguste Dupin no pudo evitar sonreír, halagado.

—Un asesino de estas características suele desarrollar una serie de hábitos y patrones.

—Un... *modus operandi* —propuso sor Caterina.

—Una buena definición —le devolvió el cumplido Dupin—. Y sin embargo, los rosarios no forman parte de los métodos de ejecución. Habría que incluirlos entre los rituales que no son imprescindibles para llevar a cabo el asesinato pero que quizás satisfacen motivaciones íntimas.

—Su sello personal. La *firma*.

—Con todo esto, casi podría dibujarse un perfil personal. Es decir: ¿qué sabemos sobre el criminal?

—Un *perfil psicológico* —sor Caterina le andaba buscando a todo la calificación precisa.

—Pues voy a lanzarme —dijo entonces Dupin, con renovado entusiasmo—: estamos ante un individuo con algún interés religioso. Católico, a juzgar por el rosario. Culto, puesto que conoce el mundo de los libreros de lance.

—De sexo masculino. Violento. Fuerte —aportó sor Caterina.

—Que tiene en su poder un arma fuera de lo común.

—Que planea los crímenes de antemano, puesto que la lleva consigo...

—No es pobre: no roba dinero, solo determinados libros.

—Y las víctimas lo conocen.

—Probablemente un individuo introvertido y solitario, que suele pasar desapercibido.

—Es posible que sea un fanático.

—Tal vez un antiguo inquisidor...

23

Josep Lluís Teixidor le había enviado recado por el agente Rierol de que le sería imposible encontrarse con él aquel lunes para compartir sus últimos descubrimientos, de manera que Auguste Dupin decidió retirarse temprano. Tal vez cenar algo frugal en el restaurante del hotel y dedicar la velada a una buena lectura.

Al pasar por delante de la recepción, el encargado le tendió un sobre. Un gesto que le pareció mágico.

¡Edgar!

«*Bon Dieu*, Eddie! ¡Cómo te he echado de menos!».

Eufórico, impaciente, avanzaba por el pasillo a zancadas, rasgando el sobre de cualquier manera. Sobreexcitado.

¡Saluda al nuevo colaborador de la mejor revista para gentlemen de Filadelfia! Ya sabes que mi gran sueño ha sido siempre editar mi propio periódico. Estoy convencido de que este es el primer paso para cumplirlo. Me siento entusiasmado. Incluso feliz.

Por otra parte, mi prima, de la que ya te hablé, parece bien dispuesta hacia mí. Aun siendo quince años más joven que yo, está inspirada por esa naturaleza consoladora y maternal que ni siquiera mi hermana supo prodigarme. Sí, en verdad ella sería para mí como una hermanita, más que una compañera.

Estoy seguro, querido Auguste, de que comprenderás estos sentimientos y mi nueva situación.

El querido Auguste tragó una saliva terriblemente amarga, como si se le hubiera colado por la garganta un pegote de tabaco de mascar. Cada palabra era un puñetazo en el corazón. Y, sin embargo, en los pliegues de su alma sabía que todo aquello no debería producirle sorpresa alguna. Edgar era un personaje tan poco enamoradizo como él mismo. Para él, el amor, con sus recovecos y sinuosidades, era destructivo por naturaleza. Había que protegerse contra el amor.

Ahora, ¿por qué la primita?

«*Mauvais salopard!*, ¿por qué me haces esto?».

Lo sospechaba: quería ocultar ciertas cosas.

«No va a regresar».

Arrojó la carta sobre la cama. La rabia competía con la melancolía.

En un intento de luchar contra ambas, Dupin escapó a la calle. Adentrarse en la noche, como cuando Edgar formaba parte de su vida y, al caer las sombras, se perdían por las calles desiertas cogidos por el brazo, continuando la conversación del día. Era esa común rareza de carácter, la nocturnidad, una de las afinidades que los unió tan íntimamente. Y como la oscuridad no podía estar siempre presente, solían fingirla. Al amanecer cerraban los macizos postigos de la casa lúgubre y vetusta y encendían un par de bujías. Con esa luz leían, escribían o conversaban, hasta que el reloj los avisaba de la llegada de la verdadera oscuridad. El recuerdo de aquellas veladas felices hurgó en la herida ardiente que Dupin sentía a la altura del corazón. La noche le pareció el mejor escenario. A la melancolía, como al placer, le gusta crearse sus atmósferas.

Llovía con pereza cuando salió del Cuatro Naciones. El crepúsculo robaba claridades proyectando sombras húmedas sobre las fachadas de las casas. Se encasquetó el sombrero y, tras dudar unos instantes, enfiló Rambla arriba. El chirrido de las ruedas de los coches y el tamboreo de los cascos de los caballos se entremezclaba con el rumor de pasos, componiendo una sinfonía del movimiento inconfundiblemente urbana. A lo largo del paseo, dos hileras de acacias sombreaban puñados de sillas de alquiler que se repetían hasta el horizonte, ocupadas por efímeros inquilinos, los más, ardientes filósofos de la política y la sociedad. Pero a pesar de la molesta llovizna, los habituales corrillos de chismorreo se resistían a deshilacharse. Caballeros repeinados y señoronas a la moda francesa, tocados, sombreritos, chisteras, oscilaban bajo los primeros paraguas que se abrían, introduciéndose en los teatros o en los cafés, donde las lámparas multiplicaban la luz en la superficie de los grandes espejos con una frialdad de lejanía ilusoria. La oscuridad se iba tragando el día. En algunas ventanas, detrás de los cristales, brillaban candiles. Las gotas de lluvia parecían salpicaduras de luz.

Al pasar junto a la Boqueria, el mercado de barrio destinado a convertirse en el más famoso del mundo, un tufo agridulce le golpeó la nariz. Mendigos enfermos de escrófula o de miseria pululaban rescatando tesoros: el suelo estaba tapizado de restos de comida, fruta estropeada, entrañas de pescado, plumas de ave, huesos. Incluso flores. Dupin había observado que todas las mañanas, frente al mercado, media docena de payesas sentadas en el suelo vendían flores en vez de verduras; ramos envueltos con hojas de col. Ellas eran las responsables de que ese tramo del paseo fuera conocido popularmente como la rambla de les Flors.

Un poco más arriba, del interior de la iglesia de Betlem, se escapaba el murmullo monótono de las novenas. Y al fondo, en la semipenumbra, se alzaban las torres de Canaletes, cilíndricas, medievales, adustas, coronadas de almenas y de celdas desde donde se oía gritar o cantar a los reclusos.

Allí terminaba la Rambla.

Y Barcelona.

Los jornaleros de los campos y las huertas de los alrededores de la muralla venían del Portal de l'Àngel cruzándose, inesperada contradanza, con los menestrales de talleres y fábricas que salían con destino a las poblaciones cercanas. Silenciosos y apresurados como hormigas, los barceloneses se perdían por las calles plateadas y eran engullidos por los portales.

Al girar por la calle Tallers, un bajante escupió un chorro de agua sucia sobre el brazo izquierdo de Auguste Dupin.

—*Sacrée merde!* —murmuró, sacudiéndose la manga empapada.

El deambular insomne es un estado morboso del alma, teñido de duelo, que no hace sino acrecentar la sensación de pérdida, paralela a la pérdida de destinación o destino en la ciudad dormida. Dupin dejó que la irritación condujera sus pasos hacia la oscuridad de las callejuelas estrechas y embarradas que apestaban a estiércol de los animales de tiro y de los rebaños de ovejas y vacas que transitaban durante el día. Junto a las fachadas de las casas se amontonaban los desperdicios, a menudo arrojados desde las mismas ventanas y arrinconados por el paso de los carros. Los gatos montaban guardia, dueños absolutos de la noche, esperando que de las alcantarillas surgieran las ratas hambrientas. Ni siquiera la desagradable posibilidad de tropezarse con ellas detuvo el paso falsamente decidido de Dupin. No le parecía oír el trotecillo de sus repugnantes patitas. En cambio, sí se oía el silbido fúnebre de las lechuzas encaramadas en los arbolillos de los patios interiores, los cuales vertían por encima de las tapias sus hedores a orina.

Los ruidos nocturnos declinaban. Las farolas parpadeaban, amenazando con expirar. Empezaba a oírse el áspero tintineo de las llaves que los serenos llevaban colgadas al cinto y su voz aún más áspera:

—*Alabat sia Déu. Les nou han dat. I serenu.*

Además de cantar la hora y las variaciones del clima, los serenos tenían por cometido abrir a los vecinos los portales de las viviendas. También se les utilizaba para avisar al médico o a la comadrona y para mediar en las riñas de borrachos, transmitir alarmas de incendio e incluso perseguir ladrones. Con sus amplios capotes, recorrían las calles blandiendo el amenazador chuzo de hierro en cuya punta centelleaba la linterna sorda, creando su propio juego de luces y sombras, como arrancados de la mismísima *Ronda de noche* de Rembrandt. Auguste Dupin rezagó el paso al divisar a uno de ellos. Le vino a la memoria que una docena de años atrás estaba prohibido caminar de noche por algunas ciudades europeas. No era el caso de Barcelona, aunque nadie hubiera negado que era una ciudad fieramente oscura. A Dupin le había asaltado esa oscuridad la primera noche que pasó allí. Entonces había descubierto que para paliar la deficiente iluminación pública la gente transitaba por las calles con farolillos. Al día siguiente se apresuró a adquirir uno, un modelo plegable de papel que podía llevarse con comodidad en el bolsillo. Cuando preguntó si tenían de algún otro color que no fuera el blanco inmaculado, le explicaron que no estaban permitidos.

—Podrían ser utilizados por conspiradores, para mandarse señales.

Al francés le había sorprendido, una vez más, el hálito de peligrosa conjura que bañaba a todas horas aquella ciudad que parecía tan pacífica. Parecía.

En la cochambrosa calle d'en Robador, de nombre más que inquietante, numerosas ventanas arrojaban luz y rasgueo desafinado de guitarras y canciones humildes, coplas y jotas, revelando la presencia de cafetines y tabernas, parientes pobres de los cafés de la Rambla.

Por momentos, el sirimiri se convertía en lluvia que iba y venía a rachas. Pese a la laxitud de los sentidos, Auguste Dupin empezó a notar la humedad traspasándole la ropa. Tomó una rápida determinación. Avanzó los últimos metros hasta la entrada de uno de aquellos establecimientos, brincando sobre los charcos, sujetándose el sombrero sobre la cabeza. Empujó las puertas medio ajustadas, que parecían no tener intención de ser jamás cerradas, y se coló en el interior.

En la pared de espejo desazogado se reflejaba una opacidad sórdida, atestada, de gente humilde reunida en el afán de evadirse durante un rato de las miserias: estibadores del puerto, obreros, carreteros, incluso algún soldado. También de encuentros clandestinos: barateros, contrabandistas, macarras y prostitutas en busca de negocio fácil. Tabernarios todos ellos de edades desdibujadas por los ojos apagados o enrojecidos por el vicio. Retratos sombríos, trágicos, a la sanguina. La humareda espesa de caliqueños baratos brumaba la claridad de los quinqués. Se mezclaban con su olor, el del aguardiente, el del vino, el de los cuerpos sucios. El pastoso murmullo de las conversaciones y el tintineo de copas y tazas sofocaban los *quejíos* de una *cantaora*. Ante la sorda indiferencia general, la mujercilla, morena, escuálida, desgreñada, apenas ataviada con camisa y enaguas, escanciaba a gritos un obsceno estribillo, acompañada por la triste guitarra de un ciego. Entre verso y verso, que solo conseguían transmitir angustia y afonía, daba un trago a la copa de licor que el dueño de la cantina rellenaba de manera sistemática de camino hacia otras mesas.

De aspecto aún más espantoso, esmaltando los oscuros trajes de los hombres con sus ajadas pero coloridas galas y sus mejillas pintarrajeadas, otras *demoiselles* tentaban la suerte nocturna con mohines de carmín, especialmente hacia los soldados y los marineros solitarios.

Bajo una empalizada de toneles grandes y oscuros, se veía el mostrador, atestado de botellas de brillantes contenidos y doradas etiquetas. La estridencia nunca pierde la oportunidad de mostrar su trivialidad.

Auguste Dupin escogió uno de los rincones más apartados, se sentó en una ordinaria silla de madera encarnada y pidió aguardiente. Le urgía la cariñosa caricia del alcohol. Notaba sobre sí las miradas de reojo o abiertamente curiosas. Presentía que a los clientes habituales les chocaba la levita, la chistera y el bastón con puño de plata sobre la mesa. Quizás incluso les molestaba. Dupin se fijó enseguida en un rostro de ojos penetrantes que no perdía detalle de toda la escena desde un rincón: un miembro de la policía o uno de sus confidentes. No supo ver, sin embargo, tal vez porque se había solapado con las sombras, el semblante bravío y algo siniestro de un gitano que había entrado detrás de él y que no lo perdía de vista. El alcohol le había entumecido la capacidad de olfatear amenazas.

Edgar.

Comprende que la ausencia es ese regusto áspero y vacío.

El alcohol le incendia la garganta, deslizándose como plomo fundido por las venas.

Eddie.

Los ojos se le empañan de lágrimas. Y esto le hace sentirse patético.

Echando la cabeza atrás vacía el tercer vaso. El panorama cambia. Se zambulle en un lago de dulzura que anestesia los dolores del alma.

24

Después de un par de horas largas bebiéndose la noche, Auguste Dupin abandonó la tabernucha cuando la *cantaora* fue sustituida por un hombrecillo tullido que contaba historias de crímenes horribles acompañándose de aburridos acordes de guitarra. Cuando se levantó notó que le rodaba un poco la cabeza y que su estabilidad no era del todo firme, como si caminara por la arena de una playa. Sobre la pintura desportillada de la mesa, de un azul problemático, se habían acumulado hasta cinco vasos que apestaban a alcohol barato. Le dolía el estómago. Le preocupó que la vieja úlcera que aborrecía las bebidas fuertes se estuviera quejando con razón. Notaba una presión en los oídos, como si unos dedos gigantes trataran de taponárselos. En la puerta del establecimiento retrocedió de improviso sobre sus pasos. El gitano de verde luna que lo observaba con paciencia infinita desvió los ojos. Dupin buscó con mano nerviosa, en el bolsillo de aquella levita que tanto calor le estaba dando, el farolillo de papel. Acababa de recordar que no llevaba fósforos. Indagó con la vista dónde prenderlo. Sobre algunas mesas, en el interior de vasos con aceite y agua, chispeaban chinchetas.

—*Au revoir, disait Voltaire, se promenant le long de la Loire* —murmuró al traspasar la puerta acristalada, con pie ingrávido y el farolillo encendido.

Le vino a la mente un cuadro de Velázquez en el que Baco coronaba con pámpanos a uno de los borrachos que lo rodeaban: un poeta inspirado por el vino divino. Se rio, tratando de dilucidar si él era ese poeta o aquel otro personaje, el del sombrero campesino, que sonreía feliz mirando a quien lo mirara. Sus disquisiciones filosóficas fueron resquebrajadas por un puñetazo en la nariz: el hedor de meados de la calle d'en Robador. Con la singular destreza de los beodos, un pie delante del otro, con tensión de funambulista, inició el regreso a casa por la ratonera de callejuelas difuminadas en una tiniebla espesa tan solo rasgada, de manera intermitente, por los cirios que ardían en las hornacinas de algunas fachadas. Tras las puertecillas de cristal, las figuras fantasmales de los santos, con sus túnicas de escayola y sus ojos de cristal, parecían vigilarlo. Mientras caminaba, Dupin alzaba con mano temblorosa el preciado farolillo. Intuía, sin palparlo, el roce de la inseguridad.

¿Qué hora sería?

Y lo que era más importante aún: ¿dónde diablos estaba?

Recordó que Josep Lluís Teixidor le había dado a la zona el curioso nombre de Raval. Es decir: suburbio. Simple y llanamente.

Aunque la antigua muralla que fluía Rambla abajo había sido demolida mucho tiempo atrás, era cierto que aquella parte de la ciudad conservaba la indiscutible fisonomía de arrabal, de barrio extramuros. Tras la desaparición de la mayor parte de los conventos que lo poblaban, se había convertido en el distrito de los inmigrantes que llegaban a la ciudad, huyendo del campo para caer en las fauces aún más terribles de las «fábricas de Satán» que iban dibujando contra el cielo su perfil humeante. Anárquicamente mezclados con ellas se conservaban masías, corrales, cuadras, graneros; sorprendente tilde rural obstinada en desmentir el estallido industrial de Barcelona. Angostas veredas que no tardarían en transformarse en calles discurrían entre los extensos huertos de patatas y de lechugas o de cuidados árboles frutales.

Los ojos de Auguste Dupin, empañados de noche y de alcohol, observaban sorprendidos a su alrededor. Apenas había caminado un centenar de pasos por la calle d'en Robador cuando la ciudad se había abierto de repente para mostrar tras el telón aquel decorado campestre. Dudando de su lucidez, se volvió para comprobar lo lejos que se encontraba de la puerta de la taberna. El gesto fue tan inesperado que la figura que lo seguía a cierta distancia no tuvo tiempo de esconderse. Pese a la falta de luz y a la falta de agudeza de sus sentidos, Dupin percibió su silueta y una chispa de advertencia brincó en su enturbiado cerebro. Trató de enderezar el paso para regresar cuanto antes a la civilización. La lluvia había cesado. Una luna tímida, parpadeando detrás de las nubes, arrancaba destellos de los charcos que embarraban el suelo. Al fondo, donde la calle de la Lluna se descomponía de nuevo en camino rural, descubrió un campamento gitano, con los carros emplazados en círculo, su pequeña hoguera, sin duda sofocada una y otra vez por la lluvia, y sus mustios farolillos. Josep Lluís Teixidor le había contado que aquel vecindario cercano al portal de Sant Antoni era feudo de los gitanos barceloneses. Los Gitanos del Portal se habían mezclado muchos siglos atrás con la población autóctona, sin renunciar a sus costumbres, no siempre honorables. Algunos eran sedentarios. Otros llegaban cada mañana, provenientes de las faldas de Montjuïc, con los carros cargados de mujeres, churumbeles y mercancías con las que armar mercadillo de telas, utensilios varios, cestería, perros o gallinas tal vez robadas no muy lejos. Otros tan solo pernoctaban o pasaban algunos días en compañía de sus compadres.

Auguste Dupin se volvió de repente. Los ojos y la mente, que empezaban a aventar los efectos del alcohol, percibieron una vez más la sombra huidiza disuelta en un portal. Se apresuró en dirección a una calle lateral, el latigazo del aguardiente en el cerebro, los dedos esqueléticos del pánico en la nuca, los faldones de la levita aleteando a sus espaldas.

—*La putain de sa mère!* —Le venía a los labios un ramillete de tacos digno del arrabal.

Empezaba a darse cuenta de su imprudencia. Según Teixidor, esa parte de la ciudad no resultaba recomendable a puesta de sol. Constituía una crónica constante de robos, asesinatos, prostitución. Los delincuentes de toda Barcelona solían buscar refugio allí porque sabían que la policía era poco amiga de introducirse en sus turbios ambientes.

Desorientado por la persistente oscuridad y la llama cada vez más tenue de su farolillo, se adentró por una larga callecita, algo empinada, sin darse cuenta de que en lugar de encaminarse hacia la Rambla avanzaba en paralelo a ella. Ni supo cómo se metió por un pasaje donde la negrura era más densa. Tras titubear unos momentos, decidió seguir adelante. El pasaje lo condujo al interior de un extenso patio adormecido en un silencio de ataúd.

En la penumbra, las siluetas de enormes volúmenes acechaban amenazantes. Ni siquiera la escasa claridad de la luna conseguía arrancar tono alguno de aquellas enormes cajas; solo extraños destellos. Dupin se acercó un poco más, intrigado. La luz vacilante del farol reveló la tétrica realidad: carrozas mortuorias. Hasta una docena. Madera negra acharolada y cristales anchos que permitían exhibir el féretro durante el cortejo. Perdido por las calles del Raval, sus pasos lo habían remolcado hasta la Casa de la Caritat que, desde que se había impuesto el uso de coches fúnebres, ostentaba el monopolio de la muerte. Dupin se quedó petrificado. Aunque no era nada supersticioso, aquella noche su estado de ánimo no era el más apropiado para sentirse a gusto entre aquellos macabros vehículos con destino al otro mundo. Para colmo, el estruendo inconfundible de uno de ellos acercándose por el pasaje le tensó los nervios como cuerdas de violín. Alzando el agonizante farolillo, buscó con la mirada una abertura en el otro extremo de la plaza. No la había: el único acceso a la cochera era el callejón por el que se acercaba el miedo con rumor de carruaje.

«*C'est fini!*». «Voy a morir». «Me van a apuñalar, por meter las narices donde no debía».

Todo sucede muy rápido.

Los caballos lo acorralan contra la pared.

El farolillo da una última boqueada antes de apagarse.

Dos granujas descienden del pescante, lo cogen por los brazos y lo arrojan al interior sin contemplaciones.

Una oscuridad sin fisuras lo abraza impidiéndole ver absolutamente nada; pero por la pestilencia que flota alrededor de su nariz, si se trata de una carroza fúnebre, el muerto todavía debe de estar de cuerpo presente. Se encoge en un rincón. El pánico tiene una consistencia viscosa. Tarda un buen rato en atreverse a palpar en torno a él. Sus manos topan con lo que parecen recipientes metálicos, tal vez cubos, y mangos de madera de herramientas. Nada de féretros. Suspira algo aliviado.

Superado el primer sobresalto y bastante desvanecidos los efluvios alcohólicos, intenta que su mente razone sobre la situación.

Está siendo secuestrado. En un vehículo maloliente.

La parte positiva es que no podrán sacarlo de la ciudad. Al anochecer, Barcelona se recluye en sí misma, abrigada por las murallas. El Capitán de Llaves recorre el camino de ronda y va cerrando los portales uno tras otro. Quince minutos antes, el vigilante de cada uno de ellos redobla un potente tambor, avisando a la gente que todavía se encuentra en el exterior de la proximidad del cierre. En la catedral tañe la campana popularmente conocida como *Seny del lladre* (Sentido común del ladrón), anunciando que a partir de ese mo-

147

mento nadie podrá abandonar la ciudad. A cada hora, los centinelas instalados en las garitas dan la voz.

—¡Centinela alerta! —grita el primero.

—¡Alerta! —responde el que vela más cerca, a su derecha.

Y así uno tras otro, hasta que el aviso da la vuelta alrededor de toda la ciudad.

Dupin oyó el inquietante grito apenas unos diez minutos después de haber sido arrojado al interior del carro. Sonó tan cercano que llegó a la conclusión de que se estaban acercando a algún portal. No comprendió por qué. Intentó consultar el reloj, pero la oscuridad era tan espesa que le resultaba imposible. En cualquier caso, le pareció que era demasiado tarde, o demasiado temprano, para que el carro pudiera salir del recinto amurallado. Calculaba que, entre las idas y venidas, persecuciones y extravíos por aquel maldito rabal podían haberse hecho las tres; como mucho las tres y media de la madrugada.

Se preparó para gritar a pleno pulmón.

Cuando el carro se detuviera cerca del portal —porque era incuestionable que le tocaría esperar— gritaría. Gritaría tan fuerte como le fuera posible para hacer oír su voz al cuerpo de guardia.

Lo que el pobre Dupin no sabía era que en el horario de las puertas de la muralla se daba una excepción. A las dos en punto se abría el Portal de l'Àngel y, después de consignarlos, se daba entrada a los carros de los *guardemprius*. A las cuatro se abría el Portal de Sant Antoni para dar salida, contabilizados al detalle, a todos aquellos malolientes vehículos.

Durante la época medieval el antiguo alcantarillado romano de Barcelona había sido sustituido por pozos negros individuales, cubiertos con recias tapas de madera, donde convergía una tubería de teja proveniente de la letrina de la casa. Su contenido era considerado por los hortelanos barceloneses una valiosa materia de abono. La extracción, que corría a cargo del maestro pocero, o *guardemprius*, solo podía efectuarse en plena noche. Para cada operación entraban en la ciudad varios carros con depósitos, acompañados de otros que transportaban los cubos y las largas pértigas con las que los poceros removían las heces para trincharlas. Auguste Dupin no podía saberlo, pero era precisamente en uno de esos vehículos auxiliares que lo estaban sacando de la ciudad. Los guardas de los portales jamás se molestaban en registrarlos. Ni siquiera en detenerlos. Se limitaban a tocarse la gorra con una mano, mientras con la otra se pinzaban la nariz.

La sorpresa embargó a Dupin cuando se dio cuenta de que el carro no se detenía. Peor aún: el clop, clop hueco de los cascos de los caballos y el rodar estrepitoso de las ruedas despertando el alma de la madera le revelaron que el vehículo estaba circulando por encima del puente levadizo. El hedor de las aguas estancadas del foso y el crujido metálico de las grandes bisagras y de las fuertes cerraduras se lo confirmaron: la suerte estaba echada.

25

—Hace veinticuatro horas que nadie sabe nada de él —dijo Josep Lluís Teixidor, con el ceño fruncido—. No vino a la cita y no durmió en el hotel. Lo he buscado por todas partes. Después se me ha ocurrido que quizás usted sabía algo…

Sor Caterina sacudió enérgicamente la cabeza.

—Seguro que lo han secuestrado. Conmigo también lo intentaron.

Teixidor la miró estupefacto.

—La pasada noche. Eran tres.

Cuando oscurecía sor Caterina no solía abandonar el Hospital de la Santa Creu, o su residencia de la contigua calle de Egipcíaques. Sin embargo, la víspera había hecho una excepción: quería visitar a una paciente dada de alta unas semanas atrás con la que había trabado amistad.

—Apenas había salido por la puerta de la calle del Carme cuando me interceptaron un par de bellacos. Enseguida me di cuenta de sus intenciones porque tenían un carro parado muy cerca.

Lo que no sabían aquellos pobres bellacos era con quién se las habían. A pesar de que uno de ellos la retenía por los brazos, la religiosa se las ingenió para arrearle un rodillazo en la entrepierna al que tenía delante, mientras pedía auxilio a gritos. Los aullidos de dolor del agredido se unieron a la serenata vespertina.

—No tardaron en presentarse conserjes y celadores —prosiguió sor Caterina, con una sonrisa triunfal—. Y hasta un sereno.

Los atacantes no dudaron en encaramarse al carro, en cuyo pescante había un tercer individuo, y huir a toda prisa.

El policía contempló a la monja con indisimulada admiración.

—¿Recuerda algún detalle, de esos... bellacos? Algo que nos permita identificarlos...

—Iban todos embozados como *tempranillos*. Una verdadera lástima porque nunca olvido una cara. Del que me sujetaba por detrás, no alcancé a ver nada. Pero oí su voz y puedo asegurarle que hablaba caló.

—¡Un gitano!

—Del que le aticé, tampoco le sé decir gran cosa. Lo único que lo puede identificar en estos momentos es que debe de sufrir una inflamación testicular de padre y muy señor mío.

Teixidor sonrió. Con su temperamento seco y algo masculino, la hermana Caterina era una monja de lo menos convencional.

—Por lo que respecta al que estaba subido al carro, debía de ser un poco lerdo porque se había situado justo debajo de una farola y conseguí ver alguno de sus rasgos. Me fijé en que tenía los ojos pequeños, como dos rendijas. ¡Ah!, y su acento, cuando les gritó a los otros que había que largarse, no era de Barcelona, sino de Lleida o de Tarragona.

Fueron aquel par de detalles los que encendieron la luz en la mente de Teixidor.

—¡Jeroni Tarrés!

La Ronda d'en Tarrés.

En aquella Barcelona de bullangas y conspiraciones, las autoridades habían resuelto crear una organización que operara en paralelo a los Mossos d'Esquadra con el objetivo de patrullar de noche por la ciudad, controlar las mafias de la prostitución y del juego, e infiltrarse en los ambientes criminales para obtener confidencias y delaciones. Para estas labores, optaron por contratar a delincuentes que conocieran bien los bajos fondos. El gobernador civil solía justificarlo con filosofía. Crear cuerpos de paisanos siempre es complicado: si son buena gente, desconocen las astucias de los criminales; en cambio, si son como ellos, les resulta fácil ponerse en su lugar. Como el célebre Vidocq, el delincuente elevado a jefe de la Sûreté precisamente por su familiaridad con el hampa de París.

Aunque no era precisamente Vidocq, Jeroni Tarrés, chulo de navaja, ladrón, proxeneta y asesino reincidente, había desarrollado una fructífera carrera criminal: había sido condenado varias veces, había sufrido prisión y había delatado a algunos compañeros de oficio. Era carne de tribunal. Pero su carisma y su personalidad lo hacían especialmente apto para dirigir la patrulla. Se le encomendó el reclutamiento de un puñado de proscritos dispuestos a todo por dinero. Se empleó a fondo: compañeros de fechorías y de presidio, bandidos, homicidas… La peor purria de todo el país. La policía los conocía como La Ronda d'en Tarrés, la prensa como La Patuleia Organizada y los barceloneses como La Partida de la Porra, que era su arma principal. La Ronda gozaba de carta blanca para hacer lo que considerara oportuno con el objetivo de contener la ilegalidad en un nivel social aceptable. Y, como cabía esperar, no tardó en convertirse en un órgano de represión clasista y político. Pasó a proteger los intereses del gobierno, la Iglesia, el ejército y la burguesía. A porrazos, a patadas o a navajazo limpio, los ronderos agredían a los líderes obreros y asaltaban tabernas, cafés o domicilios particulares para detener con arbitrariedad a todo aquel que les parecía sospechoso —o ni siquiera eso— de las actividades típicas del momento: organizar mítines o manifestaciones, incendiar conventos y fábricas, asaltar cuarteles… Y figuraban en todos los procesos; a veces como delatores, a veces como capturadores, a veces como testigos... La sola mención de La Ronda d'en Tarrés ponía los pelos de punta a una población permanentemente atemorizada.

Josep Lluís Teixidor no experimentaba el placer de codearse con su cabecilla, pero estaba al tanto de su jeta y de sus maneras porque alguna vez se lo había cruzado en las dependencias policiales. Y sabía que el cabo Josep Antoni Vidal no tenía reparos en servirse de él. ¿Y si Jeroni Tarrés estaba obedeciendo órdenes de su superior? ¿Pero por qué? ¿Tan grave era la situación? ¿Estaba Dupin metiendo demasiado su augusta nariz en algo que iba más allá de libreros asesinados y libros desaparecidos? ¿Pero eso justificaba utilizar aquellos métodos? ¿Utilizar a aquel bellaco? Tarrés era una bestia feroz. Tenía muertes en la conciencia. ¿Y si no estaba trabajando por cuenta de nadie? ¿Y si era él el asesino? ¿Y si había decidido poner punto final a las pesquisas de Dupin?

Comprendió que había que ponerse en marcha inmediatamente.

Recorrió metódicamente los lugares posibles y probables. Cuando no se hospedaban en la cárcel, los de La Ronda hacían vida en las tabernas más rancias, en los tugurios de juego, entre prostitutas y macarras. El sótano disimulado de una casucha de la calle de Sant Ramon. La dantesca taberna del Brut de la plaza del Pedró. El burdel de la Rossa, en una barraca de Trentaclaus.

No los encontró en ninguna parte.

Cayó en la cuenta de dónde debían de haber llevado al infeliz Dupin.

«Si en cuarenta y ocho horas no tiene noticias mías —le mandó recado a sor Caterina—, vaya al cuartel de los Mossos d'Esquadra, pregunte por el cabo Josep Antoni Vidal y cuénteselo todo».

26

Había dejado de llover y un espejismo de luna blanca difuminaba los jirones de nubes. En las angostas y silenciosas callejuelas la lluvia había formado charcos y el viento apagaba las escasas farolas de aceite. Josep Lluís Teixidor se adentraba a tientas en el crepúsculo. Conocía el camino y no quería gastar el combustible de la linterna porque sabía que allá donde iba la necesitaría mucho más.

No había dudado ni un instante en meterse por la peligrosa calle de la Cera, siempre frecuentada por gente de mala vida y por gitanos de sospechosas actividades. A pesar de hallarse desierta, porque la noche no invitaba a deambular, a medida que avanzaba, furtivo, en dirección a la muralla, le parecía sentir las miradas hostiles asaeteándolo desde las ventanas en sombras. Si los habitantes de las miserables viviendas supieran la profesión de aquella silueta que se deslizaba por su calle, no dudarían en salirle al encuentro. Si hubiera tenido más tiempo, se habría agenciado una capa para embozarse. Pero no había querido entretenerse. Y no le quedaba otro remedio que tomar aquel camino. El portal de Santa Madrona era el que daba acceso a Montjuïc, pero a aquella hora de la noche ya estaba cerrado. La calle de la Cera moría bruscamente ante la muralla con olor a prisión. Sin embargo, hacía ya tiempo que los gitanos le habían quitado algunos sillares, abriendo una brecha en el muro que permitía escabullirse al otro lado.

El *mosso* salió a la ronda exterior, paralela a la muralla, y empezó a recorrerla con cautela, esquivando charcos e irritación, mientras se entregaba a las especulaciones. Bisoño e impulsivo, en aquel primer momento de ofuscación no había calculado ni el peligro ni los obstáculos de la misión. Era la primera vez que se enfrentaba a un escenario como aquel y solo había imaginado el éxito. Se había dejado llevar por el deseo desenfrenado de sorprender a Dupin demostrándole que podía sacarlo del embrollo. Aquel hombre singular lo tenía subyugado; era capaz de penetrar en la mente de cualquiera, leer en sus emociones, escarbar en su corazón, en tanto él mismo permanecía herméticamente cerrado como una pitonisa cuyos ojos lo ven todo, lo intuyen todo y proponen enigmáticas conclusiones.

Mientras se adentraba más y más en las sombras de la noche y del temible paraje, el joven se dedicaba a hacer cábalas. Esbozaba mentalmente la situación que se produciría una vez se enfrentase al jefe de la Ronda. Inventaba las frases de una conversación figurada. Preparaba las respuestas como lo haría un diplomático al que se le hubiera encargado una delicada gestión.

Continuó bajando por la ronda, avanzando hacia el mar, una llanura de oscuridad que se intuía latiendo allá abajo. Atravesaba un paraje insalubre, lleno de lagunas cenagosas: el Cagalell. Entre el camino de ronda y la montaña se abría un barranco profundo y seco, el Fossar del Jueu, que discurría en dirección a les Hortes de Sant Bertran, una especie de ceñidor de primorosos campos de cultivo con acequias, pozos y norias, junto a las barracas de los hortelanos. Fue un recorrido lento, pesado, porque tenía que caminar iluminándose las maltrechas alpargatas, intentando evitar que acabaran hundidas en algún barrizal. Frente a él se alzaba una montaña artificial, negra, que con la lluvia emanaba un aire grueso, amargo, peor que el que solía expeler cuando le daba el sol. La carbonera, el depósito del carbón importado de Inglaterra, había ocupado antiguas huertas junto al muelle. A su alrededor se habían levantado precarios almacenes. Y en torno a estos, todo un pueblo de mugrientas casitas, talleres, infames tabernas y cafetines indecentes en callejuelas mal trazadas que morían en la falda de Montjuïc. Montones de basura, auténticos vertederos donde se mezclaban escombros, trastos, cadáveres de animales, despojos de todo tipo, constituían la calzada de aquellas calles sin aceras ni dignidad. En aquel suburbio viejo y podrido, sin duda el peor de la ciudad, reinaba la miseria sin poesía. Allí solo vivían, se cobijaban, los peores delincuentes: asesinos a sueldo, proxenetas y prostitutas y rufianes de variado pelaje. Era también el lugar ideal para cometer un homicidio y abandonar el cadáver.

Teixidor avanzó hacia Montjuïc. Un mar negro y cansado salpicaba las estribaciones de la montaña en el Morrot. La punta abrupta que le daba nombre era el inicio de la tortuosa carretera que bordeaba la colina en dirección al barrio de pescadores de Fraga y a los terrenos agrícolas de Can Tunis. A sus pies, la Terra Negra. A sus espaldas, tras la muralla, las casas de la ciudad, bultos en la noche con algunos brillantes ojos de farol, se apelotonaban unas junto a otras como si buscaran protección.

Apenas había puesto las empapadas alpargatas sobre la calzada de tierra apisonada, una cortina de agua gruesa se abatió sobre su cabeza y el viento le apagó la linterna. Con la cara picoteada de lluvia, Josep Lluís Teixidor iba revisando con mirada inquieta las cavidades de la montaña. Montjuïc estaba agujereada como una esponja. Muchas de las grutas se conectaban entre sí. Incluso se sabía de una que la cruzaba de punta a punta: la Cova dels Argenters. En la semioscuridad cortada por las incisivas gotas de lluvia, que parecían poseer luz propia, parpadeaban en las laderas de la altiva montaña las velas de sebo y las hogueras que revelaban las cavernas habitadas por indigentes. Junto a las familias humildes, se ocultaban perseguidos por la justicia y contrabandistas que establecían allí sus oficinas entre ratas y tabaco escamoteado. Aquella especie de chabolas excavadas por muchas generaciones de marginados eran célebres por servir de escondite de botines o de prisión de infelices ricachones secuestrados por bandoleros. Teixidor había grabado en la memoria los senderos de esa ciudad subterránea cuando, un par de años atrás, tuvo que meterse en ellos para levantar el cadáver anónimo de un niño asesinado.

No tardó en encontrar la entrada que buscaba.

Para introducirse bajo el techo inclinado de la cueva, era preciso descender algunos escalones de tierra resbaladiza. Un aliento putrefacto, como a animal muerto o a tumba profanada, surgía de aquellas profundidades donde la luz tenía prohibida la entrada y el aire la salida. Arañas e insectos recorrían la piadosa oscuridad. Los ratones se deslizaban silenciosos entre los pies. Teixidor hizo una mueca al imaginarse a Dupin obligado a sortearlos con sus elegantes zapatos parisinos. Al adentrarse unos metros en la montaña, comenzó a respirar con fatiga; la atmósfera estaba saturada de miasmas y de miedo. En el fondo del túnel que emergía de esa primera cueva vio temblar la luz enfermiza de una antorcha. Guiándose por el fulgor, se fue acercando con cautela, tratando de no producir ruido alguno. Un centenar de pasos después desembocó en otra cueva de dimensiones más reducidas. Probablemente uno de los antros ocupados por chatarreros: hierros, cachivaches, madera mohosa, trapos sucios, naranjas podridas y degradación se disputaban el privilegio de ser el hedor más destacado. Josep Lluís Teixidor se tapó la nariz con la mano.

«Bienvenido al infierno».

27

Auguste Dupin yacía sobre un sucio jergón de paja, descalzo, en mangas de camisa y con los botones desabrochados.

Con los ojos cerrados.

A ambos lados, custodiándolo, dos individuos de aspecto patibulario dormían sobre mantas apolilladas, vestidos y con las armas al cinto. A su alrededor, desparramados, botellas de vino vacías y restos de comida que no tardarían en atraer a aquellos otros pequeños e indeseables habitantes de las cuevas. En un rincón, más que sentado encaramado a una sillita de esparto, estaba el gran jefe: Jeroni Tarrés, fumando una pipa que contribuía a llenar el espacio con tufo a tabaco de pacotilla. Iluminaba la escena una tenue antorcha incrustada en una oquedad de la pared. Aunque no podía ver a Teixidor, era evidente que su sexto sentido de felino había puesto en alerta a Tarrés. Se levantó de un salto y con gesto rápido desenvainó el espadín que llevaba al cinto.

—¿Quién anda ahí?

Con una punzada en los pulmones, Josep Lluís Teixidor aspira el aire cálidamente fétido. De pie, el jefe de La Ronda no es mucho más alto que sentado. No obstante, su aspecto de bestia feroz despierta una alarma instintiva. Viste una levita corta desabotonada, que se ve bastante nueva, y pantalón de pana negra. Por la camisa de lino entreabierta asoma un manojo de pelos hirsutos de un gris verdoso. Del respaldo de la sillita cuelga el sombrero de ala ancha con el que le gusta crearse imagen en los bajos fondos. Calza zapatos de lona de color ceniza en los que se marcan los dedos en relieves de sudor y suciedad. Aunque ronda la treintena, el alcoholismo y, probablemente la sífilis, le han estragado el rostro, ya de por sí poco agraciado, echándole encima veinte años más. La torva expresión de estas facciones sin afeitar revela al depredador de corazón helado, sin conciencia. Tal vez al loco. Locura moral. Josep Lluís Teixidor rememora los perfiles psicológicos que Auguste Dupin y sor Caterina se entretienen en trazar cuando analizan los crímenes recientes.

La exclamación de Tarrés había despertado y levantado de un salto a los otros dos facinerosos. Josep Lluís Teixidor los reconoció de inmediato: uno de los malajes más famosos de Barcelona, el Coix del Born, y el gitano del Raval Antonio Seriñena, alias *Xurdé*, que en jerga caló significaba nada menos que «ladrón».

—*Atxalem, que ve la pastinyí! Un espardenyeta! Ens pisparà marron!* (¡Huyamos, que viene la policía! ¡Un *mosso d'esquadra!* ¡Nos pillará in fraganti!).

—¡No *armis polca!* (¡No grites!) —le respondió inmediatamente Tarrés, también en jerga caló de acento tarraconense—. ¿Va *empalmat?*

Esta era de las pocas palabras que Josep Lluís Teixidor entendía: empalmado significaba «armado», o sea que optó por levantar las manos y adentrarse en el miserable círculo de luz que rasgaba las sombras.

—No voy a sacar el arma, Tarrés —dijo con tono conciliador—. ¡Que soy de los vuestros, hombre!

Los ojos de lobo de Jeroni Tarrés lo escrutaron de arriba abajo, con manifiesta desconfianza pese a distinguir el inconfundible uniforme de los Mossos d'Esquadra, que chorreaba con generosidad. Aunque no dejaba de ser consciente de su patético aspecto, sacando pecho, Teixidor fue bajando poco a poco los brazos.

—Ni te imaginas el lío en el que te has metido —dijo, como si la situación le divirtiera.

—¡Manos arriba o *t'adinyo una surdinyi*! (te arreo una puñalada) —ladró el gitano, un evidente manojo de nervios.

Con gesto aburrido, el *mosso* se volvió hacia el grupito que minutos antes dormía. Auguste Dupin se había incorporado en el jergón. Un rostro ojeroso, con las pupilas hundidas. Había perdido su aura de protagonista; se le veía abatido, confuso; ni rastro de desafío en el mentón. Y, sin embargo, sonreía levemente. Nunca se había sentido tan feliz de ver una cara familiar. Casi la de un amigo. Porque era evidente que aquel hombre que había aparecido por la boca de la cueva, solo, en plena noche, con el uniforme brillante de lluvia, era ya un amigo.

Josep Lluís Teixidor le dedicó un leve gesto de reconocimiento, sin perder de vista a los peligrosos individuos que lo custodiaban. Su catadura era similar o peor que la del caudillo. Parecían modelos para un cuadro de Goya: pantalones ceñidos, zapatillas de lona como las que los vagabundos rescatan de las cunetas, casacas de las que se pueden encontrar en los ropavejeros de los encantes. Exhibían en las jetas las inequívocas marcas de la depravación: ojos apagados, enrojecidos, arrugas sucias, barbas mal cuidadas... En aquel breve intervalo de tiempo habían logrado desenvainar las navajas. *Xurdé*, además, empuñaba las *cachais*, las tijeras de esquilar cabras y perros a las que tan aficionados eran los gitanos.

—Yo a ti te conozco —dijo Jeroni Tarrés, rompiendo con su voz turbia la tensión que chispeaba en el aire—. Eres el inútil que tenía que vigilar al gabacho.

—¡Por eso estoy aquí, *coi*! —replicó Teixidor, tras unos instantes de desconcierto superados con soltura—. Porque lo vigilo.

Auguste Dupin se incorporó un poco más en el jergón, interesado. Gimió levemente al notar en las sienes el pinchazo de la resaca y el entumecimiento de brazos, piernas, músculos, huesos. Notaba los labios resecos y le dolían los ojos. Y ese dolor se unía al dolor del alma que lo corroía desde que había caído en aquella vergonzosa situación.

«¿Cómo has podido comportarte con tan poco sentido común, *maudit couillon*?». «Como un adolescente borracho que se deja sorprender por un puñado de malnacidos».

Tarrés parecía cavilar la respuesta.

—¿Qué quieres tú de él? —inquirió el *mosso*, con rapidez, antes de que al jefe de La Ronda le diera tiempo a reflexionar.

—Que cante —respondió Tarrés, tras una ligera vacilación—. Es un afrancesado.

Josep Lluís Teixidor lo miró atónito, antes de prorrumpir en una carcajada que levantó ecos y murciélagos de todos los rincones de las cuevas.

—Jeroni: no es un afrancesado, es un FRANCÉS.

En aquellos años, todo perfume francés despertaba sospechas a las fuerzas del orden y, por lo visto, a las del desorden. Durante la dominación napoleónica algunos intelectuales, altos funcionarios e incluso aristócratas habían visto en la presencia francesa una oportunidad para iniciar las reformas liberales que España pedía a voces. Los referentes culturales e ideológicos generados por la Revolución del país vecino los había impregnado de un nuevo concepto de vida. Por el contrario, los partidarios del absolutismo, que de repente gozaban del apoyo popular gracias a la oposición a los invasores, tildaban de traición cualquier propuesta de ilustración o de cambio político y utilizaban el calificativo de *afrancesado* como sinónimo de renegado. Cuando logró regresar a España, el propio Fernando VII ordenó que los afrancesados fueran detenidos. La mayoría se había marchado con el ejército de Napoleón, tan pronto como la fulgurante ilusión se había disuelto en la luz de cada día; pero poco después los franceses los conminaron a abandonar el país. Su regreso a España coincidió con la aparición de sociedades secretas antimonárquicas compuestas por afrancesados y revolucionarios franceses. Para perseguir a unos y otros, los mandos de los Mossos d'Esquadra utilizaban redes de espías y confidentes que abarcaban todo el Principado. Y en Barcelona, la flamante Ronda d'en Tarrés.

El cabecilla se encogió de hombros ante las aclaraciones de Josep Lluís Teixidor. Era evidente que no veía mucha diferencia entre un afrancesado y un francés.

—¿Y cómo es que habla catalán?

—Porque en Perpiñán también lo hablan, hombre —respondió Teixidor, mientras se hacía rápidamente una composición del asunto—. ¿El cabo Vidal te ha ordenado detenerlo o solo te ha ordenado vigilarlo? ¿Sabes que esto es un secuestro?

Los hombros de Tarrés se encogieron de nuevo. A los dos sicarios ya no se les veía tan gallos.

—Te la cargarás a base de bien —dijo entonces el *mosso*, con un gesto como de comprensión hacia el caudillo—. Te has equivocado de objetivos. Porque sabemos que anoche también intentaste secuestrar a una monja del hospital…

Pareció que Jeroni Tarrés se encogía un poco más.

—Pensábamos que era una cómplice del gabacho. Sabemos de buena fuente que él le consulta cosas.

—Pues tienes un doble problema —rio de nuevo Teixidor, con fingida despreocupación—. En estos momentos puede que ya andes a la greña con el Vaticano y con dos casas reales: si le hacéis el menor daño a este francés os las veréis con el rey de Francia y con la reina de España.

Auguste Dupin disimuló una sonrisa.

Astucieux garçon!

Los dos rufianes de La Ronda miraban desconcertados a su jefe. Pero, por obtuso que pareciera, Jeroni Tarrés sabía perfectamente de lo que hablaba el *espardenyeta* tuestahuevos.

Porque en los últimos tiempos había sido noticia.

El hijo menor del monarca francés, Antoine de Orleans, duque de Montpensier, era, a sus dieciséis gallardos años, moneda de trueque. Corría el rumor de que, como pacto de estado, Francia e Inglaterra iban a negociar su boda con la hermana de la reina de España, la infanta María Luisa Fernanda.

28

Aún era noche cerrada cuando Josep Lluís Teixidor y Auguste Dupin ganaron la libertad.

—¡En paces! —había zanjado el jefecillo de La Ronda, sin el más mínimo embarazo, sin levantarse siquiera de su trono de esparto.

Teixidor había agarrado a Dupin por el brazo y lo había arrastrado fuera del laberinto del Minotauro.

—No me fío ni de la sombra de este tío.

La nube de la lluvia nocturna se había desplomado sobre la montaña, cubriéndola como una bruma de ceniza. Se adentraron en ella sin detenerse. Dupin sintió un escalofrío. Había permanecido durante horas en el antro del monstruo, la frontera que separa las pesadillas del averno.

Teixidor lo arrastró montaña abajo. El francés estaba entumecido y le costaba caminar por los senderos embarrados. A sus pies, Barcelona lucía ese aspecto gris de nubes inmóviles en el firmamento que esperan tan solo un leve trastorno para descargar. Olía a humedad. Las acacias goteaban agua y hojas en un espectáculo más propio del otoño que de la primavera. Todo parecía recién lavado y la frescura del aire resultaba estimulante. Traía fragancias salobres de mar encrespado y sucio. La tormenta debió de arrastrar basura hasta las playas.

El pasaje de la Vinyeta atravesaba un suburbio de espeluznantes barracas, colgadas en la ladera de la montaña como extraños nidos de monstruosas aves. Montones de chatarra esculpida en forma de hogares, tablones de madera vieja, somieres oxidados, tejas mohosas… Largas escaleras de ladrillos desiguales, con pegotes de argamasa, salvaban los desniveles de las torrenteras hasta las puertas, a menudo tan solo apolilladas telas a modo de cortina, por cuyos desgarrones brotaba la palabra miseria. A aquella hora del amanecer dormitaban sumidas en una penumbra y un silencio de cementerio. Solo se oía el débil ladrido de algún perro. Al final del caminillo, en los muros de un chamizo de paredes encaladas, brillaban con mordaz alegría dos faroles de aceite a ambos lados del rótulo descolorido donde se leía: Figón del Chato.

—¿Ha comido algo en las últimas horas, *mesié*? —preguntó de repente Teixidor, que había permanecido en silencio desde que habían abandonado las cuevas.

—Me han dado un poco de chocolate crudo y un vino tinto que… —Dupin se estremeció.

—Pues vamos.

—No tengo dinero —dijo Dupin, en un murmullo. Y al ver la mirada de asombro del *mosso*, añadió—: Esos tipos me han aligerado de la cartera, del reloj y de mi preciado bastón de paseo.

—¡Vaya! ¿Por qué no lo ha dicho antes?

—Lo único que quería era salir de allí. Una reclamación de bienes no habría hecho más que retrasarlo. Y esa gente es demasiado peligrosa.

Teixidor sacudió la cabeza.

—Yo llevo algo de suelto.

Y lo arrastró a través de una puertecilla estrecha y baja que daba al interior de un cuartucho de paredes impregnadas de humedad, con bancos y mesas desvencijados. Más que aposento de humanos parecía covacha de bandoleros o guarida de fieras. Olía a vino barato, queso rancio y velas de sebo, todo en uno. Detrás de una barra armada con un par de barriles y un tablón, el Chato, enjuto, vidrioso y chato, les disparó una mirada colérica.

—¡Huele a mierda!

Auguste Dupin enrojeció hasta la raíz del cabello. De repente adquirió conciencia de que el hedor que desprendían sus ropas era mucho peor que la de aquel tugurio. Al bajar la mirada, avergonzado, descubrió una enorme rata que con garboso bamboleo se acercaba desde el fondo de la tabernucha. Con una exclamación, se soltó del brazo de Teixidor. Y con media zancada ya estaba fuera. Oyó las frases agrias intercambiadas por el policía y el tabernero. Decidió aprovechar la ocasión: rodeó la barraca, se desabrochó los pantalones y orinó contra el muro con absoluta delicia. Luego regresó a la puerta y se dejó coger de nuevo por el brazo. Josep Lluís Teixidor todavía se volvió una vez hacia el interior del figón para soltarle al dueño:

—¡Dejémoslo para otro día!

Dupin no pudo evitar emocionarse. Aquel chico no solo lo acababa de sacar de la maldita cueva del psicópata, sino que parecía dispuesto a batirse en duelo con cualquiera que se atreviera a molestarlo. Tendría que disculparse con él por causarle tantos quebraderos de cabeza. Se sentía febril, desgraciado. La vergüenza se mezclaba con la ira y la indignación, con el cansancio y el hambre. También la angustia parecía impregnar el paisaje gris. Lo contempló, pensando en Edgar. Y le dio rabia y tristeza pensar en él. Manoseó en su cuello el corbatín que le había pertenecido, hecho un guiñapo. Y, sin embargo, el brazo firme de Teixidor no le dejaba abandonar el paso ni dejarse caer bajo un castaño, junto a una mata de retama. Se obligó a caminar a pesar de los desniveles, las piedras y los hierbajos y el hedor de su traje, con la misma dignidad que si estuviera paseando por los Champs Élysées. Una sola obsesión le dominaba la mente: habría dado la cartera, el reloj, el bastón con empuñadura de plata y hasta los calzoncillos por una maldita pipa.

Por la carretera de Montjuïc llegaron al camino principal de las Hortes de Sant Bertran. A lo lejos, bajo el alba, Barcelona tenía cierto aire de maqueta. Sobre la lámina todavía en sombras del mar se oía deslizarse el pitido de los barcos de vapor. Entre dos luces, el barro grisáceo de la Terra Negra y el polvillo de la carbonera que impregnaba los edificios dormidos, el paraje ofrecía un aspecto desolador. Muerto. Dupin y Teixidor se internaron por la sucia callecita que con más audacia cruzaba entre las casuchas y los almacenes cerrados. Al final de la calle, junto a un carro negro atado a fatigadas caballerías, unos mozos todavía más negros por la nube que todo lo enturbiaba cargaban carbón.

—Ya casi hemos llegado —lo animó Teixidor, viendo la expresión exhausta de Dupin. Y señaló ante él—: Fíjese.

La mole hostil del cuartel de las Drassanes, sus muros, sus torres, sus fosos y sus calabozos obstruyendo la Rambla, en el extremo de la muralla de mar, clareaban con una luz cruda de amanecer. El eco recogió el tañido lento de cinco campanadas de la torre de la vieja catedral y lo mezcló con la corneta cuartelera tocando a alborada. Amanecía con decisión cuando alcanzaron el Portal de Santa Madrona. A pesar de ser el más leproso de toda la fortificación, el que recogía los desechos humanos arrojados por la ciudad, era también el más animado, a aquellas horas de la madrugada. Lo cruzaban hacia uno y otro lado una recua de vehículos y de peatones. Los obreros que se encaminaban a las fábricas del Raval, cuyas chimeneas vomitaban ya penachos ondulantes de humo. Las mulas de los albañiles, con las grandes alforjas de mimbre llenas de escombros, en dirección a la montaña. Los carruajes y diligencias, conducidos con destreza por los mayorales. Los carros de los transportistas de mercancías. Las carretas que traían a los mercados verdura, fruta, aves, sobre los cuales se distinguían los hortelanos con aquellas barretinas rojas que a Dupin le recordaban el gorro frigio de Mademoiselle République. Filtrándose en sus pensamientos sintió como aguijones las miradas curiosas —o de reprobación— de la mayor parte de las personas que pasaban a su lado, cuyo olfato no se dejaba engañar por la mezcla de olores que se entrecruzaban en el portal. Durante el precipitado descenso de Montjuïc, Auguste Dupin, avergonzado, había intentado soltarse más de una vez del solícito brazo de Josep Lluís Teixidor, pero este parecía convencido de que soportar el olor a caca formaba parte de sus competencias.

Bordeando el desfallecimiento, se adentraron a paso vivo en la ciudad.

Como si quisiera mantener el tono del otro lado de la muralla, el Portal de Santa Madrona abría sus fauces a las calles más infectas de Barcelona. El callejón d'en Cirés, un corredor estrecho y sombrío por cuyo centro se deslizaba un hediondo reguero de aguas grises, era el lugar preferido por los truhanes para dirimir a garrotazo limpio o a limpio navajazo las diferencias originadas en los garitos de cartas y en los burdeles.

—Aquí vive su amigo Jeroni Tarrés —dijo Teixidor indicando un sórdido edificio de tres pisos—. Abajo tiene la tienda de empeños de objetos robados, y en el primer piso, un prostíbulo que regenta su hermana.

—¡Menuda pieza! ¿Se ha fijado usted en el puñal que llevaba al cinto?

Teixidor asintió, abstraído.

—El espadín de Tarrés es famoso en toda Barcelona. No había pensado en él…

En la calle de Trentaclaus, los prostíbulos más desgarrados de la ciudad, instalados en barracas o en lóbregos caserones, cerraban sus negocios hasta la hora del último ángelus. Estremecedoras vaharadas de indigencia y de sexo barato surgían de los tenebrosos portales. Y con ellas, gente equívoca: aspectos patibularios, mujerucas con maquillajes excesivos, en contraste con otras que entraban, pálidas, vestidas de pobreza, que probablemente iban a los dormitorios a limpiar los restos del trabajo nocturno de las que se marchaban. Se intuían, tras aquellos muros, antros espantosos, rincones de negro misterio donde la policía nunca ponía los pies salvo si la justicia lo requería. En las aceras, arrimados a los muros de las casas, sobresalían sospechosos bultos inertes.

—No están fiambre —respondió Teixidor a la pregunta no formulada de Dupin—. Simplemente, duermen.

En violento contraste por las dimensiones y el aspecto luminoso, la joven vía del Conde del Asalto era un baño de tímido sol. Cada casa, una tienda. Comercios de todo tipo abrían diligentes sus portones con rumores metálicos. Los aprendices barrían las aceras o colocaban el género en escaparates de cristales. Pero, casi de inmediato, la calle de Sant Ramon devolvía el barrio, sin piedad, a su condición de arrabal. Allí también había comercios. Pero de otro estilo. Un herrero regaba el polvo oscuro de su portal junto a una vaquería de la que sacaban un estiércol fétido que nada tenía que envidiar al propio Dupin. En algunos portales, las amas de casa se procuraban un sobresueldo: mesitas con pimientos encurtidos, escabeches, buñuelos de bacalao, platillos de alioli. Con sus deliciosos aromas, que le hacían la boca agua al hambriento Dupin, se mezclaban los tufos a rancio, a arenque y a meados que parecían estancados en aquellos rincones. La calle era sucia. La gente era sucia. Las casas eran sucias, con muros agrietados, rejas destrozadas, farolas torcidas. Dupin y Teixidor caminaban sorteando montones de basura, tratando de no resbalar en el barro que cubría los adoquines. Pese a que toda la barriada exhalaba un hedor a vicio y a crimen, la miseria era más evidente que la maldad. Las voces en tono mayor desgranaban un vocabulario pintoresco, punzante, esmaltado de tacos y obscenidades. Se oía trajinar de carros, rebuznos, descargar de cajas, mezclado con gritos de alerta y gorjear de pájaros madrugadores. El barrio se desperezaba.

—Creo que será mejor que ni se acerque al hotel —dijo entonces Josep Lluís Teixidor, que había permanecido ensimismado durante un buen rato—. Hoy hemos parado el golpe, pero no sabemos lo que se pueden llevar entre manos Tarrés y su gentuza. Y ellos saben dónde se aloja usted.

Auguste Dupin asintió dócilmente, demasiado extenuado para discutir.

—Debería retirarse de la circulación al menos durante una temporada —añadió el *mosso*.

—¿Qué sugiere usted?

—Un hostal, menos céntrico y… vistoso. Tengo una conocida en la Boqueria que nos echará una mano.

Al fondo del callejón de las Cabres, Dupin y Teixidor se toparon con el flamante mercado. Cinco años atrás, el pueblo exasperado había incendiado el convento de los josefinos; y unos meses más tarde las payesas y los vendedores de comestibles que desde hacía décadas montaban el tenderete en el Pla de la Boqueria, justo delante del edificio, ocuparon el espacio desescombrado. Poco después se construyó la plaza rodeada de porches de elevadas columnas. A los puestos fijos se habían ido añadiendo vendedores ambulantes de todo género, procedentes de pueblos y masías cercanos a la ciudad, o de los huertos de Sant Bertran, de Sant Antoni o del mismo Raval. En todas las calles de los alrededores se armaba una especie de mercadillo paralelo lleno de gritos, aromas; también hedores. Las verduleras extendían el género en el suelo, sobre hojas de col. Las polleras montaban mesas con aves de corral y conejos. Los pescadores exhibían entre los pies descalzos canastas con peces plateados que todavía se agitaban. Las mantequeras paseaban las cajas con tirantes pregonando natas y quesos. Junto a los portales remoloneaban los jornaleros sin arte ni oficio que se prestaban a cualquier trabajo. Y los ladronzuelos, que aprovechaban el instante de distracción. Y el vendedor de colillas con sus matoncitos de colillas y de tabaco medio chamuscado. Y las gitanas de cabellos acharolados y aretes del tamaño de argollas, que ofrecían ajos en la palma de la mano.

Josep Lluís Teixidor condujo con soltura a Auguste Dupin, quien se dejaba arrastrar sin resistencia entre el ajetreo y el bullicio, hacia el interior del mercado, donde los tenderetes bien alineados no eran garantía de tregua.

—La *gent de plaça* tiene fama de bulliciosa —admitió el *mosso*—. El ruido circula por sus venas.

La joven pescadera frunció la nariz cuando se le plantaron delante aquellos dos derrengados personajes.

—¿Qué es lo que huele tan mal? —fue su saludo.

Y eso lo decía una chica que vivía durante horas dentro de una aureola de pescado no muy perfumado.

Auguste Dupin enrojeció una vez más.

—Espéreme aquí, *mesié*, mientras voy a buscar su equipaje al hotel —le indicó el *mosso* al francés, tras las someras presentaciones. Y dirigiéndose a la joven—: Vigílamelo, Lourdes; tiene el vicio de meterse en líos apenas le das la espalda.

Mientras cruzaba las grandes e historiadas puertas, con la llave de la habitación de Dupin en el bolsillo, Josep Lluís Teixidor no pudo evitar sonreír. La leyenda urbana contaba que el gerente del Cuatro Naciones había añadido a la factura del ilustre huésped tuberculoso Frédéric Chopin el coste de quemar su cama. ¿Qué le cobraría al infeliz Auguste Dupin si lo viera —o lo oliera— entrar barnizado de caca?

29

Una hora más tarde, el *mosso* y el francés se montaban en el coche de alquiler que cargaba el equipaje.

—Al Hostal de la Rosa —le indicó Teixidor al cochero.

Era el que el padre de la Lourdes, un viejo pescador de la Ribera, le había recomendado con vehemencia.

—Es una *fonda de sisos* —le explicó a Dupin—. Las llaman así porque solo cuestan seis cuartos.

El coche se detuvo en la calle del Rec, frente a un curioso porticado de bastas columnas que sostenían los primeros pisos de los edificios. Entre dos de los claustros se abría una portalada por la que el cochero introdujo hábilmente el carro, haciéndolo recular. Una galería elevada volcaba las puertas y las ventanas de las habitaciones sobre un patio que parecía más de alquería que de hostal. En un lado se veían un pozo y un abrevadero. Y en el otro, una cuadra y una cochera. Algunas gallinas picoteaban entre las patas de los animales de tiro, esparciendo el estiércol. De las ventanas más bajas surgían voces estridentes, risas, juramentos. Y fragancias deliciosas de desayunos de vino y tenedor. Olor a aceite frito, a pescado, a humo y a la limpieza justa. La propia Rosa salió a recibirlos. Era una mujer fresca, todavía joven, que regentaba el establecimiento con dosis de amabilidad y mano de hierro. En su hostal, tan cercano a la Riba, se alojaba sobre todo gente de mar: marineros desembarcados, capitanes de barco, tratantes de pescado, incluso contrabandistas. Hombres de todas las razas, procedentes de los cinco continentes, casi siempre relacionados con la vigorosa industria marítima de la ciudad. Amantes de la libertad y de la discreción, poco inclinados a consentir preguntas y a dar explicaciones. Un buen refugio provisional para Auguste Dupin, agente del duque de Montpensier, quien no dudó en limpiarse el barro incrustado en las suelas de los zapatos antes de atravesar el umbral. La Rosa lo observó con una sonrisa apreciativa que se convirtió en mueca tan pronto la proximidad le permitió oler al nuevo huésped.

Instalado en la modesta pero pulcra habitación, el propio Auguste Dupin gimió al olfatear su levita. Y gimió de nuevo viéndose la cara en el espejo del lavamanos. Tenía algunos rasguños en las mejillas, un corte en una ceja que no recordaba cómo se lo había hecho, el bigote apelmazado y una rasposa barba de dos días. Se quitó toda la ropa y la amontonó en el suelo. Totalmente en cueros, se lavó con esmero en la gran palangana de loza. Tras recuperar la navaja del neceser donde Teixidor había arrojado sin contemplaciones sus enseres personales, trató de afeitarse, pero la mano le temblaba demasiado. Se estremeció. Tanto de angustia como de alivio. Su vida podría haber terminado fácilmente en aquel antro de Montjuïc.

Permaneció un rato con la vista fija en el pequeño espejo del lavamanos. Con aquel aspecto tan triste tenía la sensación de parecerse demasiado a su padre. Resopló. Odiaba ese pensamiento. Una vez más se preguntó por el motivo de que su padre no lo quisiera. ¿Quizás por la falta de interés que aquel hijo suave mostraba por las aficiones masculinas? ¿Porque había depositado en él unas expectativas que tampoco sabía muy bien cuáles eran?

Un rugido interno lo arrancó del súbito ensoñamiento. Tenía hambre. Un enorme socavón en el lugar que solía ocupar su estómago.

Y sed.

«Una copa de vino». «Una buena copa de borgoña es lo que ahora mismo necesito».

Recordó que fue el estado de embriaguez lo que lo puso en peligro noches atrás.

«Soy un maldito borracho».

Cerró la navaja y la devolvió al neceser. Luego buscó alguna prenda que no estuviera demasiado arrugada y se la enfundó. Necesitaba comer algo o caería desfallecido. Algo suave y sencillo para un estómago que, a pesar de estar vacío, notaba hinchado, pesado. Pero entonces se acordó de los buñuelos del tío Nelo, y de repente le apetecieron mucho. Se dejó caer en la tentación. En su cabeza armó una rápida composición del mapa de la ciudad y se dijo que la plaza de Palau no caía lejos de allí. Terminó de vestirse a toda prisa y se lanzó a la calle.

Un par de horas más tarde estaba de vuelta en la nueva residencia. Había comido demasiados buñuelos y con demasiada glotonería, y había bebido demasiado moscatel. Volvía a notarse mareado. Y con diarrea. La media hora siguiente la pasó en la comuna, sentado en la incómoda y maloliente caja de madera. Y eso lo hizo sentirse desgraciado otra vez.

De nuevo en la habitación, se dio cuenta de que se caía de sueño. Bostezó. Estaba extenuado. Se desvistió y se metió entre unas sábanas sorprendentemente limpias. El establecimiento no estaba mal, pero solo podía ser un alojamiento provisional. Debería buscar una solución para su estancia en Barcelona. Porque no pensaba rendirse, a pesar de todo lo ocurrido. Bostezó de nuevo, buscando la posición. Ahora el cansancio se adueñaba ya de su cuerpo y le dolía todo, por todas partes, y el sol intransigente se colaba por las rendijas de los postigos de madera, intentando traspasarle los párpados. Sin embargo, dos minutos después estaba profundamente dormido. Soñando un sueño inquieto.

Despertó tarde, cuando el sol estaba ya muy alto en el firmamento. La luz seguía filtrándose impaciente por todas las fisuras. Se quedó un buen rato acostado, escuchando las voces abruptas que llegaban del patio en una mezcla de exóticos idiomas. Chequeó su cuerpo. Aquel montón de horas de sueño le habían reparado casi todos los mecanismos. Casi no le dolía nada. Tan solo una intermitente punzada en las sienes y un poco de tortícolis en la nuca y en el alma.

Se levantó y abrió los postigos, dejando que el sol estallara en el interior de la modesta habitación.

Decidió que saldría a airearse y a investigar el nuevo barrio. Tenía mucho en que pensar y el paseo le sentaría bien.

Al final de un callejón que ostentaba el imposible nombre de Tantarantana, se tropezó inesperadamente con el exuberante paseo de la Esplanada. Dobles hileras de árboles flanqueaban bancos de piedra y surtidores monumentales con figuras de mármol. Dupin se mezcló con paso tranquilo con las hordas de soldados que lucían uniforme y bigotes y de nodrizas que lucían uniforme y cochecito. Y las de críos de todas las edades que, con aspecto más amenazador que los propios soldados, galopaban sobre un griterío perpetuo. Instalados en los bancos, los barberos ambulantes afeitaban barbas y cortaban cabellos con destreza. Vendedores de romances y cantadores de coplas se cruzaban con grupitos de chicas que volvían de los lavaderos con ropa limpia y noticias frescas. El paseo se convertía finalmente en un pequeño jardín público de sabor francés, rodeado de setos recortados y con grandes pórticos de mármol. Por los amables caminillos, Dupin fue a parar frente a una jaula de cañas enorme en cuyo interior revoloteaban con hipnótica danza cientos de aves exóticas. Se acomodó en uno de los bancos, bajo la mirada de mármol de una escultura que representaba a Ariadna. Su influencia, ¿arrojaría luz sobre el laberinto de su cerebro? ¿Era el detestable Jeroni Tarrés el asesino de los libros? ¿O tenía razón Josep Lluís Teixidor al considerar que

175

no guardaba relación con ella? El *mosso* lo había argumentado al más puro estilo dupiniano, lo que llenaba al «maestro» de satisfacción.

—Su forma de actuar no se parece en nada. Además, si fuera el asesino, usted ya estaría muerto, créame.

Jeroni Tarrés pertenecía a la pequeña burguesía criminal de la ciudad. Gente de la vida, como solían llamarse entre ellos, lo cual significaba, ni más ni menos, haber perdido cualquier escrúpulo. El embrutecimiento se apoderaba de ellos, incluso se enorgullecían de su perversión. Eran chulos y matones, pero no eran asesinos «sistemáticos».

El asesino de los libros seguía siendo una sombra desconocida oculta en una sombra impenetrable.

30

Josep Lluís Teixidor acogió con agrado las dos propuestas de Auguste Dupin.

La primera consistía en buscar una casa con más comodidades y protección que las que podía ofrecer el Hostal de la Rosa.

El *mosso d'esquadra* lo puso en contacto con la madre del agente Rierol, doña Bea, que regentaba la portería de un edificio de la calle Baixa de Sant Pere donde había una vivienda en alquiler. La renta no era cara: ciento sesenta reales en meses avanzados por un segundo piso que disponía de sala, comedor, cocina y tres habitaciones separadas de la zona de estar por una puerta vidriera. La sala, luminosa gracias a dos generosos ventanales, estaba tapizada de papel con motivos florales y equipada con pocos muebles, todos ellos de pesado y austero clasicismo: un sofá de damasco carmesí y una cómoda de caoba con arabescos frente a una vitrina que cobijaba una Virgen de la Mercè ricamente ataviada. En las ventanas había cortinas de muselina, y en las paredes, escenas campestres enmarcadas; en el comedor, una mesa redonda y cuatro sillas de madera forradas de cuero negro con tachuelas de latón. Las habitaciones estaban provistas de camas comodísimas, con doseles torneados y mesitas de noche que ocultaban pulcros orinales. Y junto a los arcones para guardar la ropa, los lavamanos con toallas de algodón. Todo desprendía un aroma enternecedor de museo involuntario.

Doña Bea, una de esas mujeres menudas, rollizas, vivarachas, que parecen ocupar la mayor parte de las porterías del mundo, se encargaría, por algunos reales, de limpiar el piso y de lavar la ropa y preparar las comidas. La mujerona estuvo examinando a Dupin en un silencio incómodo un buen rato antes de decidirse a dirigirle la palabra. Aunque su hijo ya le había hablado de él, le impresionaron la elegancia y la cortesía que destilaba el francés. Y también lo que ella juzgó como cierto aire de ingenuidad al que habría que proporcionar cuidados maternales. Acostumbrada como estaba a dar la opinión a su retoño, no pensaba dejar pasar la oportunidad de hacer lo mismo con el franchute que, según le había contado, andaba investigando las misteriosas muertes ocurridas en Barcelona en los últimos meses.

—¡Es cosa de la Malombra, créame!

Las pupilas de Dupin se dilataron. Aquella palabra, de acento indudablemente catalán, no pertenecía al grupo de las que él conocía. Miró a Josep Lluís Teixidor, el cual se encogió de hombros.

—Un *papu*.

Esta expresión sí que se la había oído a la abuela de Perpiñán: un coco con el que se metía miedo a los críos.

—También la llaman la Mala Cosa.

Doña Bea permanecía apoyada en la escoba, asintiendo con aire docto.

—¿Y cómo es el… bicho? —A Dupin no lo movía ahora la curiosidad policíaca.

Doña Bea intentó describirle al ser sobrenatural. La tarea no resultaba sencilla, porque, al parecer, se le conocían muchas formas distintas. Podía tratarse de un gigante negro, rígido, alto hasta un tercer piso, que lucía en la cabeza un cucurucho. Pero podía mostrar el aspecto de un animal de cuatro patas con garras, parecido a un perro muy peludo. O también una forma fantasmal. Incluso podía ser invisible o, por el contrario, estar envuelto por una claridad resplandeciente. A veces aullaba, gruñía o lanzaba bramidos horribles. A veces permanecía obstinadamente mudo. A medianoche, en cuanto sonaba la última campanada, salía a rondar por las calles de Barcelona. Si encontraba a un paseante solitario, lo perseguía sin tregua. Aunque el inocente intentara zafarse metiéndose en casa, el espíritu se estacionaba frente a su puerta, esperando con infinita paciencia. Con la llegada del alba, se apagaba la luz que lo envolvía y se fundía sin dejar rastro. Y la desgraciada víctima moría sin remedio, de angustia o loca de remate.

—Que Dios la acoja en su seno —finalizó doña Bea, mujer sencilla atrapada bajo el peso de las frases hechas.

—Tomo nota de todo esto, madame —prometió Auguste Dupin con una cariñosa sonrisa que dejó a la portera rendidamente cautivada—. No dude en contarme cualquier otra idea que se le ocurra.

La segunda propuesta de Auguste Dupin fue que Josep Lluís Teixidor compartiera el piso con él. El policía le había contado que vivía en un albergue nocturno porque el sueldo de agente no le alcanzaba para más. Dupin no tuvo que meditarlo demasiado, antes de ofrecerle una de las habitaciones. Desde lo ocurrido con La Ronda d'en Tarrés se consideraba en deuda con él. El joven se sintió abrumado y a la vez orgulloso. Pero tampoco lo meditó demasiado. Un albergue no era precisamente lo que uno llamaría un hogar. Por veinte céntimos diarios se tenía derecho a un sueño inquieto en un catre compartimentado con vallas y chinches, un pequeño arcón o un perchero, y a quitarse las legañas en el lavamanos comunitario. Josep Lluís Teixidor tardó menos de cinco minutos en vaciar el arcón y embutir los trajes, los zapatos y las escasas pertenencias en el portamantas. Y menos de cinco minutos en hacer suyos el nuevo hogar y la bonita habitación con vistas al patio de luces.

Dupin tardó menos aún en confirmar que la relación era cómoda, aunque no dejaba de cuestionarse si había invitado al joven *mosso* a compartir vivienda para compensar el vacío de Edgar. Al fin y al cabo, hasta poco antes de la aparición del americano en su vida siempre se había considerado un alma solitaria a la que no hacía la menor mella la soledad. Al contrario: la apreciaba como solo un intelectual sabe apreciar la compañía de no-nadie, reflexionó con un suspiro, la pluma en vilo. Le estaba escribiendo una carta a su amigo Charles Nodier para referirle los últimos acontecimientos y para preguntarle si *La Fée Triunfant* había estado en manos de algún coleccionista o de algún otro librero antes de pasar a las del malogrado Adelí Bonanova. Quería también proporcionarle la dirección del nuevo domicilio y explicarle que había invitado a su nueva amistad barcelonesa a vivir con él...

Aunque, por supuesto, será una vivencia diferente a la que compartí con Eddie en mi añorado hogar de París.

El hogar de París...

La casa que Auguste Dupin poseía en el número 33 de la Rue Dunot no era lo que uno esperaba encontrar en el *faubourg* Saint-Germain. A principios del siglo anterior el suburbio, nacido fuera de murallas, se había ido colonizando con mansiones y palacetes construidos por los arquitectos de moda para los aristócratas, los grandes burgueses, los elegantes. Sin embargo, en el corazón de ese barrio de oro, justo enfrente del Pont du Carrousel, se alzaban, como una mancha borrosa, los restos de un antiguo arrabal que agrupaba una docena de casas con fachadas ruinosas y algunas barracas de mercaderes. La última de la hilera era la casa lúgubre y vetusta que Dupin había heredado de la diezmada fortuna familiar.

La que había compartido con Edgar.

Edgar estaba convencido de que en cualquier momento podía derrumbarse con un súbito estremecimiento. Y convencido de que la atenazaba algún suceso sobrenatural que le proporcionaba esa aura.

La caída de la casa Dupin.

Dejó que la pluma se deslizara, ya sin freno, por el papel de carta.

Nuestra reclusión casi monacal, la opción de la soledad buscada, de vivir solo para nosotros, aunque nos pusiera la etiqueta de locos, era tan apetecida como inofensiva. Nos permitía abandonar toda preocupación por el futuro, sumergiéndonos con placidez en el momento, reduciendo a sueños el decaído mundo de nuestro alrededor. Edgar, particularmente inclinado a la abstracción, no dejaba de compartir ese estado de ánimo melancólico y fantástico que forma parte de nuestro común temperamento.

Debo decir, para ser justo, que en algo se parecen mis dos compañeros de piso: también con Edgar solía conversar largo y tendido sobre crímenes y delitos.

Auguste Dupin notó que, al final, la melancolía lo había atrapado.

Dejó la pluma sobre la mesa. No le apetecía seguir escribiendo. Se levantó con la necesidad imperiosa de hacer algo y, por tercera vez en poco tiempo, empezó a desembalar su equipaje. No había querido que doña Bea se encargara de ello. Era una manía suya, muy personal. Fue ordenando la ropa en el arcón. Sobre una silla iba formando un montoncito con la que pensaba regalarle al hijo de la portera: algunas prendas demasiado calurosas que no usaría durante toda su estancia en Barcelona y que no deseaba volver a trajinar hasta París. Y la levita, la camisa, los pantalones e incluso los calcetines que llevaba la noche del secuestro, convencido de que por mucho que se los limpiasen siempre notaría en ellos el hedor de letrina.

Contempló la corbata de lazo de Eddie. El arrugado pedacito de satén le devolvió su ausencia abismal.

Una voz interior le recomendaba que la dejara caer en el montón desahuciado.

De un furioso manotazo, la arrojó al compartimiento de la ropa interior y dejó caer la tapa del arcón.

31

Tras apurar su *café-au-lait*, Auguste Dupin se levantó, contemplando con resignación los platos esparcidos por encima de la mesa con restos de desayuno; los suyos y los de Josep Lluís Teixidor, que al parecer no era muy ordenado. Fue apilándolos en la bandeja que después depositó en una esquina de la mesa.

En el dormitorio, llenó un vaso con agua del jarro y regó una planta algo mustia que doña Bea había colocado en un estante «para decorar». Luego se entretuvo en rasurarse con pulcritud. Limpió la navaja, la secó y la guardó en el estuche; se peinó con unas fricciones de pomada y se dio unos toques de betún en el bigote y algunos más de agua de colonia en el cuello, mientras observaba que los rasguños del rostro casi le habían desaparecido. Como el calor arreciaba, escogió una levita ligera abierta por delante. Decidió prescindir del chaleco y buscó una camisa liviana y un pantalón de hilo de corte excelente que doña Bea le había planchado la víspera. Al recoger la chistera añoró, una vez más, el bastón perdido en la aventura de Montjuïc. Tendría que buscar una tienda en Barcelona para comprar otro. Tal vez alguna pieza con solera en los Viejos Encantes, aprovechando que había quedado con Teixidor en que esa misma mañana los volvería a visitar.

El sombrero francés se alzó cortésmente ante la portera, la cual dejó de barrer la calle para deleitarse en la contemplación del apuesto inquilino.

—Buenos días nos dé Dios, *monsié* Dupin. ¿Ha desayunado bien?

—*Très bien!*

Y era cierto. Aunque también lo era que hacía días que añoraba los *croissants* de mantequilla de La Petite Pâtisserie. Y lo era también que en los últimos meses notaba que había engordado. En vez de adelgazar por el disgusto, en su solitaria dejadez, y para entretener el mal humor, se había estado atiborrando de golosinas. Debería cambiar los hábitos alimentarios. Claro que quizás aquel no fuera el momento apropiado. ¿Cómo renunciar a aquellos fuets y a aquellas butifarras autóctonas?

Con pensamientos tan cruciales deambulando por su cabeza, salió a la calle. El cielo salvajemente azul parecía prometer un placer, o una recompensa. Un gato saltó delante de él desde un portal. Lo miró un instante, inmóvil, antes de escurrirse por su lado hacia la verja de un patio. A paso de paseo, Auguste Dupin se encaminó hacia la plaza de Palau. Se cruzó con un obrero, blusa de rayas, alpargatas y gorra, que le arrojó una torva mirada bajo unas cejas oscuras y resentidas. Dupin no pudo evitar recordar al puñado de rufianes de La Ronda d'en Tarrés. Suspiró. En otras circunstancias ya le habría contado a Edgar la escalofriante aventura. Evocó con nostalgia sus paseos por las callejuelas vivarachas del Quartier Latin, que siempre asociaba con las de Barcelona. «No tiene estas mañanas tan tranquilas. Ni tan cálidas. Pero la luz… La de París es más bella. Sin duda».

Los pasos y los pensamientos desembocaron, por la calle de Canvis Vells, a la plaza donde los vendedores habían montado ya sus puestecillos bajo los porches. Encaramados en cajas de madera, algunos corredores pregonaban la mercancía con cantinela de subastador. Los buhoneros de crecepelo y pomada milagrosa se desgañitaban por encima del guirigay que armaban los gitanos, con sus organillos, representando verdaderos espectáculos circenses con monos bailarines y perros amaestrados. Y, en mitad de todo esto, los villanos con sus juegos de manos y las mesillas de los trileros rodeadas de botarates. Las tabernas rebosaban de feriantes. Los obreros desayunaban a la sombra de los árboles.

Por la animada calle del Consolat, Dupin se escurrió a la plaza de Sant Sebastià. En aquel reducto, el de los libreros de lance, el bullicio amainaba considerablemente, como si se rindiera cierta deferencia a la cultura.

Se acercó al puesto de don Fermí Gomà, al que había conocido en la visita anterior. El vendedor le dedicó un gesto de reconocimiento con la cabeza, mientras proseguía la conversación con un hombre ya mayor y con aspecto de sabio descuidado que parecía no estar de acuerdo con el precio solicitado por el libro que tenía en la mano. Dupin se detuvo en el otro extremo del mostrador, revisando los títulos con la mirada. Extrajo un tomo de la hilera y lo hojeó.

—*Bon dia tingui*, monsieur Dupin.

El librero se había desembarazado del viejecillo pelmazo, y por el dinero que se metía en el bolsillo del delantal parecía que con buenos resultados.

—¿Qué le trae de nuevo por aquí? ¿Ha sabido algo de *La Fee Triunfant*?

—Nada. Ni rastro.

—¡Pobre Bonanova! ¡No me lo puedo creer!

Y lo hizo: se santiguó con rapidez, antes de proseguir:

—Dicen que la policía todavía no sabe por dónde tirar. Es raro, ¿verdad? ¿Quién podía quererle ningún daño?

—¿Era usted un buen amigo suyo? —Dupin se inclinó hacia el vendedor con un gesto de intimidad.

—Hombre… amigo, amigo… Más bien compañeros de oficio. Siempre nos contábamos las novedades. Ya sabe: obras que te llegan, que poseen un valor. A veces nos las comprábamos el uno al otro.

—Y en los últimos tiempos, ¿no le oyó hablar sobre ninguna que procediera de la biblioteca de Poblet?

185

—¿Del monasterio de Poblet?

—Sí. Porque… ¿no le vendería usted el *Martirologi d'Usuard*, verdad? —aventuró Dupin.

Don Fermí Gomà parecía realmente sorprendido.

—Pues no. Ni sabía que lo hubiera comprado. No me comentó nada, la última vez que nos vimos.

—O sea que tampoco sabe quién se lo pudo vender…

—No. Ya debe de saber usted que ese ejemplar único estuvo en paradero desconocido durante un cierto tiempo, tras los asaltos al monasterio. Reapareció hará un par de años en la subasta de una biblioteca...

—¿Quién se lo quedó?

—Yo no estuve: fue cuando mi ataque de apendicitis. Hubo mucho alboroto en el sector, pero no estoy seguro de quién lo obtuvo. Quizás don Andreu Serra… ¿Lo conoce usted?

Dupin negó con la cabeza.

—O tal vez… don Marcel·lí Plana… También podría haber sido don Albert Pujol. La mitad de la profesión estaba en la subasta. ¡Vete a saber! Si quiere, lo pregunto por ahí…

—¡No, no! —le exhortó Dupin—. Hágame el favor. Nadie debe saber nada de lo que hemos hablado.

Don Fermí Gomà lo observó, receloso. Dupin comprendió que la contundente respuesta lo había puesto en guardia, y decidió coger el toro por los cuernos.

—Monsieur Fermín, ¿conoce usted a un librero que tiene su almacén bajo la muralla?

—¡Ya lo creo! Don Jordi. Siempre instala su tenderete algo más allá. Hoy mismo hablábamos de él con un colega. Nos extraña que no haya venido en los últimos días.

—No vendrá más —dijo Dupin con voz queda, mirando significativamente a su interlocutor.

—*Què vol dir?* —El vendedor levantó la voz y Dupin le hizo gestos de apaciguamiento, poniéndose un dedo sobre los labios.

—¿Qué quiere decir? —repitió el librero, en tono más bajo, las pupilas sobresaltadas.

—Lo han matado. Del mismo modo que al otro, a Adelí Bonanova. La semana pasada lo encontraron en su almacén, cosido a puñaladas.

—¡Virgen Santa!

—Precisamente quería preguntarle por otro libro que la víctima adquirió justo antes de su muerte: *Furs e ordinacions fetes per los gloriosos reys d'Aragó als regnicols del regne de Valentia* —recitó Dupin—. Del estampador Lambert Palmart.

—¡Lambert Palmart! —El interés profesional sustituyó al espanto—. Sus libros son de mucho valor.

—¿Quién pudo venderle un libro como ese?

—Ni idea. Quizás alguien de los que le he mencionado. Son de los que tocan buen material. Los tres tienen puesto aquí.

Auguste Dupin fue siguiendo con la vista el dedo de don Fermín, indicando una por una las ubicaciones de sus colegas. El librero le había sido de gran ayuda, pero temía haber pagado un precio: si el hombre empezaba a comentar los asesinatos con otros vendedores y clientes, quizás el asesino se pondría en guardia. Resolvió añadir algo más de leña al incendio.

—Una última consulta, para abusar de su amabilidad. ¿Conocía usted a mister Sergius Scalinger?

Don Fermí Gomà dio un respingo; su venenosa intuición había dado en el clavo. Era evidente que sabía lo sucedido. Scalinger no era cliente suyo, pero recordaba el nombre de aquel extranjero. A veces lo había oído mencionar a sus compañeros. Un experto en códices miniados, por lo que le habían dicho. Lo había visto en alguna ocasión por los Viejos Encantes: un caballero alto, corpulento, con una barbita redondeada y un bigote no muy retorcido. Se acordaba de él porque le había sorprendido que no fuera rubio, como decían que eran todos los ingleses.

—¿Sabe usted que también lo mataron? —le confesó con voz queda a Dupin.

—Por eso le ruego que guarde silencio sobre nuestra conversación —dijo este con tono fúnebre—. Ignoro qué consecuencias podría acarrear. Tal vez si llegara a oídos del asesino que usted o yo sabemos algo…

No pudo evitar, mientras se alejaba del puesto, probablemente con la mirada del pobre diablo incrustada en la espalda, sentirse un poco mezquino por haberle metido el miedo en el cuerpo.

Don Marcel·lí Plana resultó ser un hombre entrado en años. Pequeño y delgado, de cabellos blancos y figura pulcra, miraba la vida desde detrás de unos anteojos en difícil equilibrio sobre la nariz menuda. Era un conocedor de la profesión y se mostró interesado por las obras que Dupin solicitaba. No las tenía. Ninguna de las dos, aunque le parecía recordar que el *Martirologi* se había vendido en aquella famosa subasta que había mencionado don Fermí Gomà. No sabría decirle quién fue el afortunado comprador. Sí, él estuvo allí y se quedó algunos lotes, pero aquello fue una locura. La biblioteca era considerable, y se pusieron a la venta tantos libros y los había tan valiosos que ni sabía quién se había llevado qué. Dupin le propuso los nombres de Andreu Serra y Albert Pujol.

Quizás don Albert Pujol. Mantenía buena relación con don Andreu Serra y si hubiera comprado aquella preciada obra, se lo habría comentado. En cambio, don Albert era un individuo algo excéntrico. No le gustaba relacionarse con los del oficio, a no ser que fuera para comprarles alguna pieza. Porque, eso sí, había que admitir que era un experto. Si estaba interesado en aquel libro, seguro que había pujado. Don Marcel·lí aprovechó para añadir que no entendía cómo conseguía vender nada. Seguro que poseía obras interesantes, pero su trato era desagradable… Y a los Encantes solo llevaba morralla, libros de poco valor. Y, sin embargo, tampoco hacía esfuerzo alguno por venderlos. Probablemente los negocios los cerraba en el establecimiento que tenía cerca de la Tapineria.

—¿Y a usted le parece que don Adelí Bonanova podría haberle comprado a él el *Martirologi d'Usuard*?

Marcel·lí Plana lo miró con súbita suspicacia.

—Mire, no quiero meterme en esas cuestiones. —Se batía en retirada—. Quizás sí, quizás no. No quiero decir nada que no sepa a ciencia cierta.

Le huía la mirada, mientras con manos nerviosas ordenaba y reordenaba los libros sobre el mostrador.

—Pregúnteselo a don Albert y a don Andreu. —Su tono daba por finiquitada la conversación.

Andreu Serra era más joven que Marcel·lí Plana. Más grueso, más alegre, más comunicativo. El cabello negro, peinado en tupé hacia atrás, un bigotillo a la moda, pómulos de ardilla y sonrisa fácil. No parecía poseer la venerable sabiduría de los otros libreros, pero se notaba que sabía tratar a los clientes. Dupin le planteó las mismas cuestiones que a los demás, sin revelarle que primero se había entrevistado con ellos. El vendedor había oído hablar del *Martirologi*, de la subasta y de que alguien lo había adquirido. Mencionó los nombres de Marcel·lí Plana y Jordi Rector.

—Suelen trabajar con buen material, incunables, manuscritos...

Sugirió que podía consultar a ambos en persona porque tenían puesto en los Encantes. Dupin no le mencionó el asesinato de Rector. No quería que se cerrara en banda como había ocurrido con don Marcel·lí. Pero sí le preguntó por el librero excéntrico, Albert Pujol. Andreu Serra confesó que no lo conocía sino de vista; era un individuo poco comunicativo, de trato algo difícil. Pero un experto, según los coleccionistas.

El francés estaba a punto de despedirse del amable librero cuando se le ocurrió que en sus pesquisas había olvidado preguntar por otra cosa: obras sobre la Inquisición española. Pero no. Don Andreu Serra no recordaba que en los últimos tiempos ningún cliente le hubiera pedido nada de ese género. Cuando le habló del otro libro, el *Furs e ordinacions*, lo único que le pudo decir fue que lo tenía en lista porque sabía que Jordi Rector lo buscaba.

Tampoco Dupin se molestó en contarle que su colega lo había localizado, lo había adquirido y, probablemente, había sido la causa de su muerte.

32

Mientras se iba acercando al puesto instalado bajo las arcadas, Dupin estudiaba el aspecto de aquel personaje que no gozaba de muchas simpatías entre los colegas. Con la mirada ausente, como si él no formara parte de aquel decorado, como si le diera igual estar o no estar, permanecía encogido en una sillita baja junto a una vieja manta por encima de la cual se esparcían los libros viejos. Él era también un libro viejo. Probablemente más joven de lo que aparentaba, aunque el pañuelo verde, mal anudado alrededor del cuello de pavo, la larga levita castaña y aquel chaleco de color de cachumbo le hacían parecer una figura chapada a la antigua. Podría haber lucido una peluca empolvada en lugar de aquella gorra mugrienta de la que se escapaban unos cabellos de un rubio muy claro, veteado de abundantes canas, mucho más largos de lo que dictaba la moda. Le recordó a algunos retratos de Beethoven. La expresión hosca revelaba un alma estragada, y la mirada aburrida, una turbadora sensación de rechazo.

De repente, esa expresión se vivificó un tanto. Auguste Dupin ralentizó el paso al verlo interferido por la inoportuna llegada de un cliente que enseguida trabó conversación con el librero. Por los gestos y la actitud se notaba que se conocían bien. Se trataba de un hombre de mediana edad y mediana estatura, frente ancha, mejillas hundidas y esa mirada opaca que suele verse en los ojos que dedican cientos de horas a navegar por las páginas de los libros. Una barbita gris, recortada en judaica punta, serviría de modelo para un actor que quisiera representar al mercader de Venecia. Tras escasos minutos de conversación, el cliente se despidió, se giró hacia Dupin y le estampó la mirada. Pese al tono distraído que el francés leyó en ella, distinguió claramente la sagacidad inquisitorial. No pudo evitar volver la cabeza, con vivo interés, para observar la marcha del desconocido. Luego, se giró de nuevo hacia su objetivo y, con la punta de los zapatos rozando la manta, fingió examinar la mercancía.

Don Albert Pujol siguió contemplando la nada.

Dupin se había agachado y revolvía entre los ejemplares expuestos. Notó que el librero lo observaba a su vez y levantó los ojos con ademán apacible.

—Supongo que tengo el placer de saludar a monsieur Albert Pujol —dijo con una ligera sonrisa de cortesía.

El otro le devolvió una mirada insolente.

—¿Quién se lo ha dicho?

—No sé. Por ahí… —Auguste Dupin se maldijo por no haber previsto una réplica como aquella y no disponer de una respuesta preparada—. Soy coleccionista. Me han hablado de usted…

—¿Sí? —El librero no parecía demasiado interesado en la conversación. Ni siquiera miraba al posible cliente a la cara. Solo observaba los libros que este revolvía.

Auguste Dupin sabía, después de aquel par de manoseos, que en la manta no se exponía nada que valiera nada. Ineptas migajas de literatura barata, tinta de carbón y papel elaborado con trapos. Clavó las pupilas en don Albert, apoyando las manos sobre las rodillas, como si no deseara continuar en contacto con aquellos libros.

—¡Vaya! Creía que… Me habían asegurado que poseía usted material más interesante.

El librero depositó encima de él una lenta, larga mirada. Luego la trasladó al montón de libros y tras una leve vacilación extrajo uno que Dupin reconoció, de un vistazo, como el más antiguo de los que descansaban sobre la manta. ¿Estaba ante un inocente o ante un hombre muy astuto?

—¿Qué me dice de este? —Don Albert blandió el ejemplar con mano fuerte y nerviosa—. Es antiguo: vitela.

Dupin no hizo el más mínimo ademán de cogerlo.

—Papel vitela —rectificó, recalcando las palabras.

Los ojos de Albert Pujol chispearon un poco.

La vitela consistía en un tipo de hojas de gran calidad elaboradas con cuero de becerro recién nacido, blancas, finas y flexibles, mientras que el papel vitela, de origen vegetal, tenía poco más de medio siglo y era un soporte más económico.

—Eso no vale gran cosa —sentenció Dupin—. ¿Es todo lo que me puede ofrecer? Las obras que busco son de otro nivel.

Don Albert no se inmutó. Continuó observándolo con impertinencia. Dupin iba intuyendo que bajo aquel helado laconismo fluía una corriente de lava.

—*Furs e ordinacions fetes per los gloriosos reys d'Aragó al regnicols del regne de Valentia* —recitó sin tomar aliento—. ¿Lo tiene?

Le pareció que un músculo se tensaba un instante en la mandíbula de don Albert, y que sus párpados efectuaban un movimiento ascendente. Pero fue tan rápido que no estaba seguro de no haberlo imaginado.

—Hace tiempo que voy tras él —insistió—. ¿Lo tiene?

Ahora la expresión del librero era aún más intensa, como si tratara de recordar.

—Podría ser… —vaciló. Y fijó unos ojos vacíos sobre su interlocutor.

—¿No lo sabe? —se sorprendió Dupin—. ¿No sabe si tiene una pieza como esa?

—Comercio con montones de libros. No puedo acordarme de todos.

—Es una obra crucial para mi colección —declaró Dupin con fervor—. Un incunable impreso por Lambert Palmart.

—Parece que conoce bien el tema...

—¿Qué me dice?

—Quizás sí que lo tengo. —Don Albert hablaba con lentitud. Al francés le asaltó la sensación de estar siendo analizado con detalle.

—¿Cuánto pide por él? ¿Lo tiene aquí?

Por primera vez vio sonreír al excéntrico librero. No le gustó. Era una sonrisa construida solo con la boca, mientras los ojos continuaban escrutándolo con frialdad.

—¡Claro que no! —dijo Albert Pujol con vehemencia. Y bajó un poco la voz para añadir significativamente—: Es demasiado valioso.

—¿Cuándo puedo verlo? Podemos hablar del precio, pero le aseguro que me interesa muchísimo...

Más silencio. Parecía que el librero no acababa de decidirse.

—Puede pasarse un día por la tienda —dijo al fin—. O, si quiere darme su dirección, puedo llevárselo... si es que lo tengo...

—Su tienda... ¿Cuándo le va bien que vaya?

Tras el habitual silencio, el librero respondió con la habitual lentitud:

—¿El próximo lunes por la tarde?

Auguste Dupin se marchó de los Encantes remontando la calle de l'Argenteria. Se sentía a la vez satisfecho e inquieto. Satisfecho porque las gestiones habían dado algún fruto: al menos había localizado al posible propietario de uno de los libros desaparecidos; inquieto porque eso podía significar que se estaba metiendo en la boca del lobo.

Y el tal Albert Pujol lo parecía sobradamente, un lobo.

Rememoró la ocasión en la que Edgar le dijo que solo un lobo reconoce a otro lobo. La naturaleza ha dotado al ser humano de dos barajas distintas: la de lo que manifiesta con gestos y palabras y la de lo que oculta en el fondo del cerebro, los sentimientos, las ideas, la voluntad. Los lobos, depredadores implacables, gozan de una especial habilidad para ocultarse bajo pieles de oveja y hacerse pasar por gente normal. Aunque aquel Albert Pujol, con su gesto adusto y su ceño malhumorado, no era un paradigma de ocultaciones: dejaba claro que no simpatizaba con la gente. Pero parecía poseer el *Furs e ordinacions*. Y esto lo convertía automáticamente en el mejor sospechoso hasta el momento. Había estado en un tris de preguntarle también por el *Martirologi* y por *La Fee Triunfant*, pero se había dado cuenta a tiempo de que, si se las había con el asesino, lo pondría sobre aviso. Por ese mismo motivo no había mencionado ni Poblet ni los libros sobre la Inquisición.

El objeto de los pensamientos de Auguste Dupin avanza por la calle de Mirallers: una figura alta, delgada, algo encorvada bajo los fardos de mantas apolilladas. No ha vendido ni un solo libro en toda la mañana, pero ha conocido a un posible cliente. O a un cliente de posibles. Sin duda entiende de libros. No se ha dejado impresionar cuando le ha mostrado el ejemplar más antiguo que tenía. Y parece tener dinero. ¿Cómo ha dicho que se llamaba? ¡No lo ha dicho! Una ligera inquietud le enturbia el semblante. Le ha asegurado que el lunes por la tarde, sin falta, irá a la tienda. ¿Y si no se presenta? Se le veía muy interesado en el libro… Irá. Seguro. Si tanto lo ha buscado, no perderá la oportunidad.

Siguió avanzando, con aire cansado. La silueta gris se extendió por encima de los adoquines, uno de esos extraños seres que Edgar Allan Poe desenterraba de sus sueños. Y, sin embargo, nada había en él que inspirara temor. Se trataba tan solo de un pobre librero de lance poco cuidadoso con su aspecto.

¿Qué precio podría pedirle por el libro a aquel hombre?

No recordaba haberle visto nunca por los Viejos Encantes, lo cual resultaba extraño, porque conocía a casi todos los grandes coleccionistas en cincuenta kilómetros a la redonda.

¿Francés? El curioso arrastrar de erres y la tentación de colgar acentos en las últimas sílabas parecían denunciarlo. En los últimos tiempos, Barcelona se estaba poniendo imposible de extranjeros. Como aquel inglés tan pesado que siempre andaba a la caza de códices miniados… ¿cómo se llamaba? Algo relacionado con una escalera…

Se detuvo frente a una puertecilla. La madera, de un olvidado verde botella que se iba desconchando, rezumaba humedad por todas las rendijas. Dejó la carga en el suelo y sacó una llave gruesa y negra. Se metió en la tienda, arrastrando de cualquier manera los fardos de libros.

Se sentía vagamente contento. El gabacho prometía.

33

El barrio no ocultaba sus ancestros. La plaza de l'Àngel conservaba su aspecto de mercadal extramuros y la calle de la Tapineria se remontaba dibujando el trazado de aquella antigua muralla erigida por los romanos, apenas disimulada por las casas y los cobertizos que durante siglos se la habían ido comiendo. Delante de ella se abría un tablero de ajedrez de callejones de incuestionable aire medieval, tortuosos, lóbregos. Como túneles dirigiéndose al pasado. Auguste Dupin se detuvo fascinado en el cruce con el de las Tres Voltes. Una bóveda de cañón, sostenida por tres arcadas, lo cubría en casi todo el recorrido. Se adentró en él con el espíritu del explorador en expedición por Egipto. En los muros astrosos, a lado y lado, asumibles con solo extender los brazos, no se abría ningún portal; solo daban a ellos las ventanas traseras de las casas, con rejas cubiertas de telarañas y olvido. El pavimento de adoquines irregulares exudaba una agria humedad. La luz que desde el fondo rompía aquella oscuridad de galería subterránea únicamente conseguía derramar estremecidas tinieblas que parecían querer esfumarse en cada rincón invisible.

Tras tanta tenebrosidad, sorprendía el estallido del sol en la plaza de l'Oli, acariciando edificios de todas las épocas y estilos.

Siguiendo las indicaciones que don Albert Pujol le había dado, Dupin se encaminó al fondo de la plaza y se metió por la calle de l'Oli. En las fachadas de piedra se abría un buen número de tiendas y tiendecitas con rótulos de madera o de hojalata anunciando las especialidades. A medida que avanzaba, Dupin iba echando curiosos vistazos hacia los interiores. Los escaparates eran pequeños, ventanas saledizas con mosaicos de cristales que enturbiaban los descoloridos artículos dormidos tras ellos entre polvo y sombras. Algunos de estos escaparates consistían en estrechos armarios adosados a la fachada, cuya madera, patinada por el roce de muchas manos, ocultaba el color.

En el último tramo de la calle, haciendo esquina con el sórdido callejón de Sant Onofre, incrustada en un muro de sillares medievales, Auguste Dupin descubrió la tienda del librero. Aunque ningún rótulo la anunciaba y no disponía de escaparate, a través de los cristales de la puerta, que conseguían desvanecer un tanto las sombras del interior, podían adivinarse cientos de baldas de color pardo repletas de lomos de libros.

De repente la puerta se abrió con decisión, haciendo tintinear un racimo de campanillas, más estridentes que melódicas, y bajo el dintel apareció una figura delgada envuelta con un manteo, y una inmensa teja eclesiástica en la mano que se encasquetó en cuanto pisó la calle. El hombre, que llevaba bajo el brazo un par de libros, tiró de la manilla hasta cerrar la puerta y miró a Dupin con infundada impertinencia a través de unos ojos de mercurio, brillantes y maliciosos. En contraste con sus ropas talares, su expresión era la de alguien capaz de quitarle la merienda a un niño. Su piel mostraba aquel matiz lívido bastante común en los siervos de Dios. Dupin no podía apartar la mirada de la barroca teja de alas abarquilladas que le cubría la cabeza; en París no se veían desde la Revolución. El cura le dirigió un ligero gesto de saludo antes de meterse a toda prisa por el callejón adyacente. Dupin frunció el ceño, sin dejar de observar cómo se alejaba con paso vivo y voltear de manteo. La figura y, sobre todo, la mirada le resultaban vagamente familiares. Intentó recordar, sin conseguirlo; algo que solía ponerle de bastante mal humor. Si no fuera por la cita con el librero, iría detrás del desconocido-conocido para tratar de averiguar por qué le sonaba tanto. Con un suspiro de frustración, devolvió la atención a la puerta de la librería. El atardecer se encaramaba a los cristales, salpicados de muchas lluvias. Los golpeó suavemente con el pomo de marfil de su nuevo bastón de paseo y aguardó, apoyándose en él. Instantes después, reparó en el rostro pálido y las melenas blondas de don Albert Pujol. Sus ojos fríos lo observaban desde el otro lado de la niebla de los cristales. No podía evitarlo: aquel hombre le producía un cierto malestar. Inspiró profundamente cuando él le abrió la puerta para franquearle el paso.

—Buenas tardes —saludó, quitándose el sombrero y agachándose un poco para no topar con el dintel.

—Adelante —murmuró don Albert, con su laconismo habitual.

Dupin percibió enseguida el peculiar olor del papel, del pergamino, del cuero. El aroma del polvo amargo y embriagador de la cultura. Y, un poco, el de queso rancio.

—Ya ve que vengo temprano —dijo, tratando de parecer alegre—. No me ha costado encontrarlo. ¿Hace mucho que está aquí?

—Cuatro años —fue la seca respuesta.

—No está mal situado. —Dupin abarcó con la mirada las extensas estanterías llenas de volúmenes que recubrían las paredes—. Le cae cerca de los Encantes. Debe de ser bastante práctico para llevar arriba y abajo los libros. Pero quizás debería poner un rótulo para que la gente sepa que hay una librería…

—No me hace ninguna falta. Aquí solo vienen personas realmente interesadas. Coleccionistas.

—Le agradezco la deferencia, monsieur —dijo Dupin, obsequioso—. Por cierto, que acabo de tropezarme con uno de ellos... un sacerdote.

Don Albert lo miró en silencio. Era evidente que no iba a facilitarle de manera espontánea información sobre sus clientes.

—Lo tengo visto y no sé de dónde —insistió Dupin.

Don Albert se encogió de hombros. En la penumbra, sus ojos eran umbrías depresiones. Crípticos. Como si ocultaran con celo algún secreto. O esto era lo que Auguste Dupin deseaba creer.

—Por aquí —dijo escueto don Albert, indicando una puerta abierta al fondo de la tienda.

Dupin se dejó guiar a través de un oscuro pasillo. El librero, de edad indefinida, caminaba ante él con una cadencia extraña, probablemente alguna herencia de cargar fardos de libros. Era como si su cuerpo fuera de una sola pieza y el movimiento no se distribuyera de forma uniforme. La Malombra de doña Bea con zapatillas de orillo y levita de paño despeluzado. Parecía mentira que aquel hombre que debía poseer obras tan valiosas se deleitara en semejante desaliño. El corto trayecto los condujo a una pequeña trastienda donde se repetía, a escala reducida, la familiar visión: hileras de libros colocados en estanterías desde el suelo hasta el techo. Comprendió que acababa de ser admitido en el sanctasanctórum.

—¡Qué delicia! —exclamó con una alegría que no era fingida—. La visión más cautivadora que puede haber para un coleccionista.

Don Albert no dijo nada. Se limitó a observarlo con una insistencia que, una vez más, lo incomodó un poco. Disimuló avanzando hacia los estantes. A diferencia de la tienda, aquí los tomos se alineaban ordenadamente y no había rastro de polvo. Escudriñó la estancia. Por el momento, Albert Pujol era su único sospechoso, y el domicilio de un sospechoso debía ser estudiado como un escenario donde recabar indicios sobre la preparación o ejecución de los delitos: posibles armas o herramientas, objetos sustraídos a las víctimas… En este caso, libros.

—¡Qué maravillas tendrá usted aquí! —Dupin leyó en voz alta algunos títulos—: *Anales de la Corona de Aragón*, de Zurita; la *Crónica*, de Muntaner, *Investigació històrica de la Catalunya medieval...*

Mientras los recitaba, sus ojos no dejaban de recorrer las estanterías, en busca de alguno de los libros que el asesino de libreros se había llevado después de cada crimen.

—Veo que los ordena por materias. Eso me gusta. Por cierto: ¿qué hay de la obra que le pedí?

Se volvió de repente hacia don Albert, que seguía en la puerta, en silencio. El librero lo miró un instante con lo que a Dupin le pareció una sombra de vacilación; pero enseguida se acercó a la estantería y sacó un volumen grueso en gran folio, encuadernado en pasta uniforme, un poco ajada. Lo sostuvo un instante, como si lo sopesara, antes de alargárselo.

—*Bon Dieu!* —exclamó Dupin con una alegría que, una vez más, no era fingida.

Y allí mismo empezó a hojearlo con voracidad de coleccionista. Se trataba, en efecto, de *Furs e ordinacions fetes per los gloriosos reys d'Aragó al regnicols del regne de Valentia*. Buscó la página de los créditos. Era auténtico: «Lambert Palmart, estampador, 1482». Un escalofrío le corrió la espina dorsal. Aquel libro había sido sustraído del almacén del desgraciado Jordi Rector la misma noche de su asesinato.

34

—¿Cuánto pide por él?

Los ojos de don Albert Pujol revisaron, calculadores, el traje, la chistera, la cadena del reloj, el bastón —Dupin ya lo había previsto— y la expresión ávida que componía para la ocasión.

—Usted sabe que se trata de una obra inestimable…

—Claro que lo sé. Ya le dije que hace tiempo que ando buscándola. Y… siento una gran curiosidad… ¿Cómo fue a parar a sus manos?

—¡Qué sé yo! ¡Me llegan tantos libros! Claro que no tan valiosos como este… No es fácil ponerle precio… Con cuatrocientas libras me daría por bien pagado.

—¡Cuatrocientas libras! —Dupin no pudo reprimir la sorpresa.

Entró en el juego del regateo. Albert Pujol no podía saber hasta qué punto era un experto en aquellas lides; y que era consciente de que regatear le haría más creíble a sus ojos.

—La pieza lo vale.

—Aun así, sigue pareciéndome un precio excesivo —insistió Dupin, después de que el librero se lo rebajara a trescientas ochenta libras—. Desde que estoy en Barcelona, otros he comprado de gran valor por los que no me han pedido tanto.

Don Albert parecía calibrar lo que diría a continuación. Dupin respetó la pausa, sin perder de vista su más mínimo gesto.

—Usted posee, pues, una buena colección… —empezó el librero, cauteloso.

Dupin asintió, algo sorprendido por el giro de la conversación.

—Tal vez… —Don Albert se detuvo, vacilante.

Acto seguido, tomó una decisión.

—Tal vez podríamos estudiar ese precio. Me gustaría echar un vistazo a su biblioteca. ¡Quién sabe, quizás podríamos hacer buenos negocios! Quizás tenga libros que no quiera y que a mí me irían bien para mis clientes. A veces buscan cosas especiales, como usted.

Dupin sintió que el corazón le revoloteaba dentro del pecho. Un cúmulo de sensaciones contradictorias lo atenazó. Primero pensó que no disponía de ninguna biblioteca que mostrar. Entrecruzándose con ese pensamiento, se le ocurrió que aquella podía ser la táctica empleada por don Albert, si es que era el asesino, para introducirse en las tiendas y en las casas de las víctimas. Como un golpe de gong resonándole en el cerebro, se dio cuenta, finalmente, de que debía responder con rapidez a la propuesta, si no quería parecer extraño a los ojos del librero.

—Mi biblioteca —repitió mientras su mente trabajaba a toda velocidad—. Quiere decir mi colección…

Don Albert asentía con movimientos de cabeza, sin descoserle la mirada.

—*Bon* —murmuró Dupin—. No sé si encontraría nada…

—Quizás alguna obra que no le interese a usted particularmente…

—Quizás.

—¿Cuándo le va bien que pase por su casa? —inquirió el librero, diligente.

—*Bon*… —dudó Dupin, que todavía no veía la forma de salir de aquello—. Voy a estar fuera unos días. Pero no se preocupe, le mandaré recado… Quizás la semana próxima.

Mientras hablaba, dejó suavemente el *Furs e ordinacions* sobre una silla.

Albert Pujol cogió el libro con energía y se lo alargó de nuevo.

—Lléveselo. Estoy seguro de que nos entenderemos con el precio.

Auguste Dupin asintió lentamente, admirado de la capacidad de aquel individuo para negociar. Y para meterle en un aprieto. Se volvió de nuevo hacia las librerías, con el fin de disimular la turbación.

—Veamos que más tiene por aquí.

Repasó rápidamente con la vista los lomos de los libros, extrayendo alguno de vez en cuando, bajo la inquisitiva vigilancia del librero. No cabía duda: las estanterías de don Albert contenían un buen número de obras de valor. Ejemplares con bellos reatados. Un infolio con las cubiertas forradas de cuero de marrana gofrado y cierres de bronce. Alguna pieza bizantina con chapas y cabujones. Encuadernaciones mudéjares de piel con relieves y de terciopelo con guarniciones. Lomos nervados. Tafiletes. Marroquines. Y un volumen reatado en fino cordobán rojo cuya cubierta lucía, impreso en oro, un escudo coronado que contenía las barras catalanas, una torre, un león rampante y un nombre: DON PEDRO DE ARAGÓN. Por segunda vez en poco rato, a Dupin le brincó el corazón dentro del pecho: el último libro adquirido por Adelí Bonanova antes de ser asesinado, y que desapareció de su establecimiento, pertenecía también a aquella famosa colección donada por el aristócrata catalán al monasterio de Poblet un par de siglos atrás. Hojeó el ejemplar, simulando concentrarse en él, mientras intentaba rebajar el tono de las emociones y elevar el de las ideas, bajo la mirada fría y el silencio helado del librero.

—Ya veo que tiene piezas valiosas.

Dupin se disponía a introducir el volumen en el hueco del que lo había sacado, cuando entrevió otra hilera de libros oculta tras los que formaban la primera fila.

—*Oh, là, là!* —dijo mientras reflexionaba con rapidez ante este nuevo descubrimiento—. Veo que le falta espacio. ¿Qué tenemos aquí?

Apartó un puñado de libros de la primera fila y extrajo al azar tres volúmenes de la segunda.

—¡Oh, eso... nada!

Dupin se volvió hacia él. Un cierto nerviosismo en la voz del librero lo había puesto en guardia.

—No creo que le merezcan mucho interés. —Don Albert se acercó como si quisiera coger los libros.

Con un hábil gesto que no resultó excesivamente brusco, Dupin los puso fuera del alcance de las manos ávidas.

—*De la imitació de Crist* y el *Dictionaire* de Voltaire. ¡Qué interesante! ¿Y qué más hay?

Apartó otros volúmenes de la primera hilera y siguió leyendo los títulos:

—*Diccionario crítico-burlesco*, de Gallardo. Este es bastante nuevo, he oído hablar de él. *De rerum natura.* ¡Caramba! —No pudo reprimirse.—. Y una *Confessió de Barcelona*, de Arnau de Vilanova...

Auguste Dupin había leído sobre aquel libro. Según recordaba, hablaba del Apocalipsis.

Se volvió con curiosidad hacia don Albert Pujol, cuyos ojos de acero continuaban escrutándolo, más fríos y silenciosos que nunca.

—*Très intéressant* —dijo, para suavizar el ambiente que, se daba cuenta, había creado con aquel descubrimiento, y que presentía que era de vital importancia—. Yo también tengo algunas de estas obras.

Apenas pronunció aquellas palabras, sin otro objeto que apaciguar la tensión, le vinieron a la mente como un relámpago dos detalles relacionados con los asesinatos: al menos tres de los libros sustraídos a las víctimas eran de temática religiosa.

Y el símbolo identificativo que el asesino dejaba junto a los cadáveres era nada menos que un rosario.

Le pareció que cierta agitación impregnaba las facciones de don Albert.

—Parece muy interesado en este género… —insistió, atento a sus reacciones.

—Tengo un cliente que se queda casi todo lo que me llega. Y sin discutir precio. —Daba la sensación de que don Albert intentaba quitarle hierro—. Estos los guardo para él. Por eso los tengo fuera de la vista. Ya están vendidos, como quien dice.

A Auguste Dupin le molestó aquella explicación tan sencilla que casi desmontaba el cúmulo de interrogantes.

—¿No será ese cura con quien me he cruzado en un par de ocasiones?

Don Albert pareció sorprendido solo durante unos instantes. Luego asintió vigorosamente con la cabeza, como suelen hacer los indecisos. O los mentirosos.

—Fray Vicenç es uno de mis mejores clientes. Un exmonje de Poblet —explicó bajando un poco la voz, como si fuera algo que no debiera contarse demasiado alto—, aunque no le gusta mucho que se lo recuerden, claro.

Auguste Dupin parpadeó, tomado por la sorpresa. En los últimos tiempos, aquel misterioso lugar, Poblet, aparecía con sorprendente regularidad en sus conversaciones. Sintió que el instinto de sabueso se desperezaba con prontitud.

—¡No me diga!

—¡Una tragedia! Los monjes tuvieron que huir en desbandada porque no habrían dudado en matarlos. A fray Vicenç lo acogieron en un convento de Mataró. Se vino con apenas un hatillo y unos cuantos libros que pudo salvar de los incendios. Fíjese: aquel que examinaba usted antes, el de la biblioteca de don Pedro de Aragón, me lo vendió él.

El pulso de Dupin se aceleró.

—Entiende mucho de libros —prosiguió don Albert—. Y está interesado en obras de carácter religioso. Al parecer planea escribir algo de esta temática…

Calló de repente, como si pensara que estaba hablando demasiado. Miró a Dupin por debajo de las pestañas, con ojos inquietos e inquietantes.

—*Très bien!* —El francés devolvió a las estanterías los libros que todavía tenía en las manos—. Creo que deberían ustedes venir por casa. Los dos. Tengo unas cuantas obras sobre religión que quizás él aprovechará más que yo. No es uno de mis temas preferidos.

Pareció que don Albert adquiría un repentino buen humor. Incluso se molestó en confeccionar una de aquellas raras muecas que podían llegar a recordar una sonrisa.

—¡Qué contento se pondrá fray Vicenç! —exclamó con un gañido de júbilo que no parecía haber podido surgir de su boca.

Y se rio, inopinadamente, sobresaltando a Dupin.

—No sabe usted lo obsesivo que se vuelve, a veces, con este tipo de obras. Mataría por ellas.

Tras un nuevo sobresalto, Dupin esbozó una sonrisa de cortés complicidad.

Mientras volvía a casa, dejándose perder por aquel dédalo de callecitas truculentas, los pensamientos se le perdían también por numerosos laberintos. La aparición en escena del exmonje de Poblet interesado en libros de teología no descartaba del todo como sospechoso al estrafalario librero. Al fin y al cabo, tenía en su poder una de las obras sustraídas a una de las víctimas. No había dado ninguna explicación de cómo la había obtenido, aunque era posible que se la hubiera comprado a alguien que, a su vez, la hubiera comprado a alguien que… ¡Incluso al mismísimo asesino! También cabía la posibilidad de que el libro fuera suyo y lo hubiera recuperado antes de la muerte de don Jordi Rector. Eso podría explicar por qué este no llegó a abrir ficha. Incluso podía especularse con la posibilidad de que existiera más de un ejemplar. Y, sin embargo, Auguste Dupin se negaba a desestimar a Albert Pujol como posible asesino. Pero, ahora, en vez de uno tenía dos sospechosos. Y uno de ellos estaba estrechamente vinculado con Poblet, un lugar que, al parecer, jugaba un papel primordial en aquella trama. Para empezar, explicaba el motivo por el cual andaban peregrinando por los Viejos Encantes y por las tiendas de segunda mano aquel montón de libros provenientes de la biblioteca del monasterio… Evocó la figura esquiva de aquel fray Vicenç. Lástima que no hubiera logrado arrancarle al singular librero el nombre del convento de Mataró en el que ahora vivía el exiliado.

Pero al menos tenía la oportunidad de atraerlos a ambos a su casa con la excusa de examinar las inexistentes obras religiosas de su inexistente biblioteca…

35

—Solo busca obras religiosas.

Auguste Dupin le describió a Josep Lluís Teixidor el aspecto de su nuevo sospechoso: el antiguo monje de Poblet de la teja desmedida.

—Podría ir a interrogarlo… —sugirió Teixidor.

—Me ha sido imposible extraerle más datos al librero. Lo único que se le ha escapado es que se llama Vicenç y que vive en Mataró.

—Puedo consultar nuestro archivo de delincuentes. No parece sitio para un fraile, pero con los tiempos que corren…

Dupin parpadeó algo desconcertado.

—¿Los Mossos tienen un archivo?

El policía asintió, a todas luces satisfecho de sorprender al gabacho presumido.

Estaba centralizado en la comandancia de Valls y por entonces contenía ya más de diez mil fichas —sumarias, las llamó Teixidor— que incorporaban hasta el menor detalle sobre cada sospechoso: la suma de sus rasgos físicos, la forma de hablar y la forma de vestir. Cuando era necesario hacer una identificación, o cuando se perseguía a un delincuente, se sacaban las copias necesarias y se hacían llegar a los diversos destacamentos.

—No parece demasiado efectivo —opuso Dupin—. ¿Valls no está al otro extremo de Cataluña…

—A un día y medio, como mucho. Cada escuadra tiene emisarios, los *vereders*, que llevan las comunicaciones de un punto a otro por un sistema de relevos.

Dupin no pudo evitar otro parpadeo, esta vez de admiración.

Aquel sistema de archivos, pionero en toda Europa, debía su auge al papel que jugaba el cuerpo de Mossos d'Esquadra en la estructura judicial, desde que en el siglo anterior se comisionara a sus primeros dirigentes para la identificación y persecución de los desafectos a Felipe V y poco después, a la vista de su efectividad, de los delincuentes en general.

—Fuimos la primera policía judicial de Europa —concluyó Josep Lluís Teixidor con un orgullo manifiesto.

Aquella misma noche, mientras cenaban en buena armonía en el espacioso comedor del nuevo hogar, el *mosso* puso a Dupin al corriente de sus averiguaciones sobre establecimientos religiosos de Mataró.

—Solo hay dos conventos de hombres y parece poco probable que en ninguno de ellos pueda haberse acogido a un fugitivo de Poblet: uno está abandonado y el otro medio en ruinas a causa de las recientes bullangas.

—¡Qué misterioso! Tendré que sonsacar un poco más a monsieur Pujol. Si fray Vicenç le ha estado mintiendo…, entonces, todavía da más mala espina.

Tras un sonoro bostezo, Josep Lluís Teixidor anunció que se retiraba a dormir: al día siguiente debía informar al cabo Vidal de las pesquisas en torno al sospechoso francés Auguste Dupin y sus sospechosas actividades en Barcelona, y quería estar descansado para afrontar con la mente despejada la tanda de evasivas y medias verdades que le tocaría endosarle. El sospechoso francés, por su parte, se sentía demasiado desvelado por las emociones del día para pensar en acostarse. Cogió uno de los libros adquiridos en los Viejos Encantes, se preparó una copa del burdeos que doña Bea le había comprado a petición suya, y se dispuso a matar la velada sumergido en las aventuras del caballero Tirant lo Blanc. Un cuarto de hora después, cuando había apurado ya toda la copa, comprendió que no se estaba enterando de nada. Se levantó, despabiló la luz y aprovechó para llenársela de nuevo. La intensa fragancia del vino vibró en el aire como un murmullo en francés. Unos ronquidos suaves traspasaban la puerta del dormitorio de Josep Lluís Teixidor. Sonrió con benevolencia y regresó a su libro. Cuando la lámpara se apagó, se dio cuenta de que seguía sin conectar con Tirant y Carmesina.

Permaneció un buen rato a oscuras, con el silencio envolviéndolo como una niebla. Ni siquiera se oían ya los ronquidos del *mosso*.

Poblet.

¿Le había dicho la verdad el librero sobre aquel misterioso fray Vicenç, o tan solo había sido una invención para justificar la presencia en la tienda de libros procedentes del monasterio? Quizás pensó que a él, a Dupin, le importaría poco su origen; que no metería las narices. Pero tal vez Poblet proporcionaría la respuesta a la incógnita que más le urgía desvelar sobre los crímenes: el motivo. Si el asesino era aquel misterioso fray Vicenç, ¿qué motivo lo empujaba a quitar de en medio a aquellos hombres? ¿Robarles los libros? El propio Albert Pujol había convenido, regocijado, que sí, que mataría por aquellas obras religiosas. Pero Dupin seguía sin ver el motivo: ¿por qué asesinarlos si se las podía comprar, al igual que compraba aquellas que don Albert le guardaba en la hilera oculta de su librería? Ese hecho también lo intrigaba. Lo arrastraba de un sospechoso a otro: ¿por qué escondía aquellos libros un librero de ocasión, al que asistía todo el derecho del mundo a vender obras de cualquier temática? Claro que había títulos algo extraños: el *Diccionario* de Voltaire y la *Confessió de Barcelona*, de Arnau de Vilanova, eran más bien libros críticos con la religión. ¿Y por qué el asesino se llevó —si es que fue él— el *Furs e ordinacions*, que no guardaba ninguna relación con cuestiones teológicas?

Nada tenía sentido. Y eso le obsesionaba. Si no encontraba una motivación para aquellos asesinatos, entonces no podría construir ninguna teoría alrededor, ni comprobarla, ni buscar una vía lógica que lo condujera a la resolución del caso.

Cansado de darle vueltas, se puso en pie, se acercó a la ventana tratando de ver a través de la densa oscuridad que por las noches se posaba sobre las calles de la ciudad. Le llegaron el silbido del viento y el golpeteo de algún letrero en alguna esquina cercana.

De repente notó el peso de la fatiga.

Se fue a la cama y al cabo de cinco minutos ya dormía, ajeno a las cavilaciones que el cerebro continuaba burbujeándole por su cuenta.

36

Hacia las cuatro de la madrugada Auguste Dupin despertó bruscamente, con la boca seca. Había estado soñando con que Edgar se caía por la borda del vapor que los llevaba a Barcelona. A pesar de los gritos de Dupin, nadie parecía darse cuenta. Se incorporó en la cama empapado en sudor.

Y entonces oyó los gemidos.

Tardó todavía unos instantes en identificar su procedencia.

Ya totalmente desvelado, se calzó las zapatillas y, tras ajustarse la camisa de dormir que se le había arremangado en la refriega del sueño, se colgó sobre los hombros la bata de seda azul y tanteó la mesilla hasta hallar la palmatoria. A su paso, grandes y hostiles sombras bailoteaban al compás de los gemidos que le llegaban desde el dormitorio de Josep Lluís Teixidor.

El *mosso* se retorcía sobre la cama como una comadreja. Había esparcido por el suelo sábanas y almohadas. A la pálida luz de la palmatoria su cara tenía el color de la tiza sucia.

—¿Qué le ocurre, Teixidor? —Dupin se acercó hasta el borde de la cama.

—Aquí, en los riñones… un dolor agudo.

—¿Como para llamar al médico? —preguntó Dupin con aquella flema que solía exhibir en cualquier circunstancia, por excepcional que fuera.

Una hora más tarde, Pere Felip Monlau estaba inclinado sobre el enfermo.

—Dolor lumbosacro —dictaminó.

Dupin asintió con la cabeza. Quizás por seguirle la corriente; quizás por pasar por enterado.

Teixidor emitió un nuevo gemido.

—Ciática —le comunicó el médico, convencido de que con el joven no debía andarse con jerga médica—. Probablemente causada por la adopción constante de una mala postura o por una torsión inapropiada del tronco.

—¡Ayyyyyy! —A Teixidor le importaban un pimiento los diagnósticos. Se sentía morir.

—¿Qué tratamiento sugiere? —preguntó rápidamente Dupin, que no perdía de vista la expresión cada vez más colérica de Teixidor.

—Un excelente antiinflamatorio que estamos elaborando con una receta magistral. —La satisfacción profesional desbordaba las palabras del médico—: ácido salicílico, un compuesto que un médico de la Sorbona sintetizó hará un par de años. Les aseguro que es mano de santo. Y reposo. Mucho reposo y aplicación de calor en la zona lumbar.

—*Malheur!*

Mientras en la sala compartían dos dedos de coñac, Auguste Dupin le contó a Monlau el motivo de su imprecación: a raíz de los últimos descubrimientos, había decidido que debía viajar al monasterio de Poblet —o a lo que quedara de él— para buscar información sobre aquel misterioso fray Vicenç.

—Sé que el edificio lleva años abandonado y que los monjes se dispersaron. Probablemente será un viaje inútil.

—Probablemente.

—Me han asegurado que el párroco de l'Espluga de Francolí, un pueblo a unos tres kilómetros de Poblet, está bastante al corriente de los asuntos del monasterio. Por cierto, que la persona que me lo contó es alguien a quien usted quizás conoce: un tal Joan Cortada, que posee un gabinete de antigüedades bastante sospechoso...

—¿Sospechoso? —Monlau lo miró, sorprendido.

Su amigo se apresuró a explicarle las casualidades detectadas en su colección y el enigmático comportamiento del anticuario.

El médico soltó una risa irónica.

—Es cierto que lo conozco: probablemente sea mi sucesor en la cátedra de Historia de la universidad. Pondría las manos en el fuego por él.

Auguste Dupin sacudió la cabeza. La proverbial bondad de Monlau siempre le hacía sonreír en su fuero interno.

—También se baraja su nombre para la Comisión de Monumentos Históricos y Artísticos.

—Me habló de la creación de un museo de antigüedades…

—Está en proyecto. Las piezas que usted vio forman parte de su colección privada. Piensa donarlas cuando se inaugure el museo.

—Ya veo que es todo un personaje —cedió Dupin, con cierta decepción.

—Ni se lo imagina usted: novelista y colaborador del *Diario de Barcelona*. Y por si le queda alguna duda, ¡auxiliar del fiscal de la Sala del Crimen!

Dupin suspiró.

—Y es un experto en Poblet y en el monasterio vecino: Santes Creus. Si él le dijo que el párroco de l'Espluga sabe cosas, sin duda será cierto.

—¿Cuánto reposo le prescribe usted a nuestro enfermo? —Dupin volvió a centrar el estado de la cuestión.

—Me temo que estará fuera de circulación durante bastantes días. De acompañarlo a Poblet, ni soñarlo. Es un viaje largo y agotador.

—Y yo no me atrevo a emprenderlo solo. Cortada me contó que es un sitio… complicado. Desconozco el país y no estoy seguro de cómo sería recibido un extranjero, por mucho catalán que hable.

—Tiene razón. En la comarca sienten antipatía por los franceses, a causa de la reciente Guerra de la Independencia, a la que por cierto aquí llamamos Guerra del Francés…

—¿Por qué no me acompaña usted? —lo interrumpió Auguste Dupin, tomado repentinamente por la idea.

—Créame que me gustaría mucho, pero en los próximos meses me va a ser imposible marcharme de Barcelona: el hospital me ha encargado la creación de un nuevo pabellón psiquiátrico y ahora todo son prisas.

Dupin sacudió la cabeza, apesadumbrado.

—Pero puede llevarse usted a la hermana Caterina —se le ocurrió a Monlau—. Su familia procede de un pueblo de los alrededores: Montblanc. Seguro que conoce muy bien la zona.

—¿Una monja?

—No siempre lo fue —replicó Monlau, con una sonrisa ligeramente enigmática—. Y, créame, es una mujer extraordinaria. ¿Se ha fijado usted en la forma de su lóbulo frontal?

Dupin parpadeó. Siempre le incomodaba tener que escuchar las no compartidas teorías frenológicas de su amigo.

—Yo mismo puedo proponérselo —prosiguió este con pasión—. Algo me dice que estará encantada…

—No sé si sería la mejor compañía para un viaje que parece… algo arriesgado. —Dupin se mecía entre el desconcierto y la desconfianza—. Y una monja viajando con un hombre…

—Por supuesto, le propondré que se vista de dama. —Monlau estaba cada vez más entusiasmado con su idea, como si él mismo fuera a vivir aquella curiosa aventura—. Le prometo que no se arrepentirá, *mon ami*.

37

El mismo día de su partida hacia Poblet, Auguste Dupin todavía dudaba. Y todavía se arrepentía de haber aceptado.

Para el pesado viaje por los polvorientos caminos del país, había elegido una ligera pelliza de caza y un pantalón de pequeños cuadros de Gales. Alrededor del cuello lucía una bufanda de color carmesí, y en la cabeza, una gorra de viaje. Junto con la sombrerera de cuero, aferraba un pequeño portamantas con un traje de repuesto, ropa interior, camisón y neceser.

Llegó a la plaza de Santa Anna aún noche cerrada. De allí partían algunas de las diligencias de línea y por eso los establecimientos de alquiler de coches se habían instalado en las inmediaciones. Toda la plazuela se agitaba de porteadores y mozos trajinando equipajes. También de pícaros y rateros que aguardaban con paciencia el pequeño descuido. Apoyados en las grandes ruedas de madera, los zagales de diligencia, con sus chalecos negros y sus barretinas rojas, luchaban por ahuyentar el sueño. En el chaflán de la calle de la Cucurulla, en el abrevadero de estilo gótico, casi más antiguo que la propia ciudad, se veían caballos y mulas saciando la sed entre celosos relinchos y rebuznos.

Auguste Dupin se asomó a la sala de espera instalada en un ángulo de la plaza. Se hallaba atiborrada de los pasajeros de los coches que partían a aquella hora de la madrugada.

Algunos de ellos ya se estaban poniendo en marcha.

La arrancada iba precedida de un animado griterío por parte de los zagales, mientras desde el pescante el mayoral conducía hábilmente el vehículo, con el estímulo de algún zurriagazo. Conteniendo el aliento, Auguste Dupin contempló como los carruajes altos y pesados, tirados por troncos de hasta una decena de caballos, atravesaban y giraban por aquella maraña de angostos callejones, siguiendo las direcciones indicadas por los azulejos incrustados en las fachadas. Ensordecía el estruendo de las ruedas sobre el adoquinado.

Se apresuró a quitarse de en medio y se dirigió al establecimiento del fondo de la plaza, sobre cuyo portalón campeaba un gran rótulo: Can Macaia. Era la cuadra más importante de la ciudad en lo que hacía a coches de alquiler. En el patio principal, en la penumbra, dormían en ordenadas hileras carretelas, berlinas, tartanas, sillas de postas… Para su largo viaje de más de ciento veinticinco kilómetros, Dupin había elegido una ligera calesa cubierta de cuatro ruedas y dos caballos que —le habían prometido— podía alcanzar una media de quince kilómetros por hora. Debía de ser aquella que el cochero estaba aparejando en el centro del patio a la luz de los faroles que llevaba insertados a lado y lado de la carrocería. El hedor a estiércol impregnaba el ambiente. En radical contraste, la llegada de sor Caterina, escoltada por un sereno y precedida de un delicado aroma de perfume francés, lo dejó atónito. No era una monja la que había efectuado su entrada, sino una verdadera dama. Vestía de vaporoso percal negro, la falda entallada en la cintura con volantes y encajes, y las mangas abullonadas. Y sobre la cabeza, en lugar de la piadosa toca, flotaba una cofia inesperadamente coqueta de la que se escapaban algunos tirabuzones dorados. Tras despojarse de la capa negra forrada de brillante satén morado, se acomodó sobre los almohadones de la calesa con un profundo susurro de faldas, que, ahuecándose a su alrededor, dejaron a la vista las botinas enceradas y los tobillos finos cubiertos de medias blancas. Sin duda, una mujer hermosa y elegante que en aquel momento estaba gozando de aquella condición tan contraria a su estatus habitual.

—Está usted espléndida, sor… madame.

—Usted tampoco está mal —le respondió ella con desparpajo.

Y, con un coqueto movimiento de la muñeca, abrió y cerró con la viveza de un prestidigitador el abanico de seda negra que se agitaba en su mano como una mariposa, con un murmullo de varillas de sonoridad antigua. Dupin la observó, fascinado. En Francia el arte del abanico se había desvanecido con los últimos restos del Imperio.

Tan pronto como ajustaron las portezuelas, el cochero se encaramó al pescante, los palafreneros levantaron las mantas de las caballerías y el vehículo cobró vida. Tras recorrer algunas calles, saltando sobre los adoquines, desembocaron en el atasco de carruajes, frente al portal de l'Àngel. Apenas un par de minutos más tarde el reloj de la catedral dio la hora, el capitán de llaves abrió las pesadas puertas de madera y, uno detrás de otro, diligencias, galeras y todo tipo de carruajes salieron ordenadamente, cruzándose con los vehículos que entraban en la ciudad. Era un desfile continuo de carros que, en vez de fruta, verdura o aves de corral para abastecer los mercados, trajinaban enormes cestos de flores. Rosas de un rojo encendido que parecían querer competir con las barretinas rojas de los arrieros y las coloridas mantillas de seda de las payesas. Dupin recordó haber leído —no sabía muy bien dónde— que en ninguna otra parte del mundo vestían los campesinos con el lujo de los catalanes. Quizás porque fueron, con mucho, los primeros en dejar de ser siervos atados a las tierras feudales. Atravesaban también las puertas de la muralla gitanos morenos y de coloridos atuendos, con carros precarios cargados de mujeres, churumbeles y rosas.

—Porque hoy es Sant Jordi, patrón de Cataluña.

A grandes rasgos, sor Caterina le contó a Dupin la leyenda del combate entre el dragón y el caballero que pretendía salvar a la doncella.

—Por eso aquí celebramos el día de los enamorados. La tradición consiste en regalar una rosa «roja como la sangre» a la amada —concluyó, enrojeciendo también ella levemente.

A Dupin le sorprendió un tanto aquel rubor monjil. Algo le decía que el amor no le era nada ajeno a aquella bella dama, a pesar de su mística vocación.

—Es una costumbre bastante antigua. La Feria de Rosas se instala en torno al Palacio de la Diputació. Es muy concurrida por las parejas de prometidos, por los pretendientes y por matrimonios jóvenes.

—Una curiosa tradición.

—Pues yo preferiría que me regalaran un libro, en lugar de una rosa. Las flores se marchitan, pero de los libros se puede sacar jugo de forma permanente.

—Me lo estoy imaginando —rio Dupin—: todos los puestos de rosas transformados en puestos de libros. Como los de los Viejos Encantes.

—Es cierto: no es muy romántico que digamos.

Y ambos se echaron a reír, vinculados por una nueva complicidad.

Atravesadas las murallas, el conductor sacudió la inercia de los caballos haciendo restallar el látigo y el coche descendió por una suave pendiente que se volcaba sobre el llano, de un verde lujurioso, salpicado aquí y allá por campos labrados, huertos de frutales y masías aún desconocidas por los pinceles de los artistas. Los patos salvajes volaban en lo alto del cielo de eterno azul, siguiendo su estela. Avanzaban dando tumbos, como si en vez de una calesa fuera una tartana. El cochero ya les había advertido que el viaje sería largo y pesado. Los caminos reales de Cataluña dejaban mucho que desear, llenos de obstáculos provocados por las lluvias en otoño, las heladas en invierno y los bandoleros durante todo el año. *Lladres de camí ral*, los había llamado. La guerra civil entre isabelinos y carlistas vomitaba soldados desmovilizados y desertores, gente violenta, escoria. Todos los días, alguna aldea o alguna masía eran saqueadas. Todos los días, alguna diligencia era asaltada, los viajeros maltratados y los equipajes desvalijados. A veces eran los mismos mayorales quienes, en connivencia con los bandidos, ponían a los desgraciados viajeros en sus manos. En el mejor de los casos, estos podían denunciar los hechos a las autoridades. En el peor, podían ser asesinados e incluso enterrados en las cunetas. A lo largo de los caminos se multiplicaban las cruces de madera o los túmulos de cantos rodados de angustioso agüero que rememoraban los lugares donde los bandidos habían *fet un mort* (literalmente, «hecho un muerto»). Por eso, les explicó el cochero, siempre llevaba un trabuco atravesado sobre las rodillas. Lo habían asaltado una vez, en los primeros años de conductor. Le quitaron los caballos, porque iba de vacío y no llevaba nada digno de ser robado. No se ensañaron más porque lo vieron novato y les dio lástima, o les cayó en gracia, quién sabe. Ahora ya ni lo molestaban, porque sabían que iba armado. Y que se haría pagar caros los caballos que un día le robaron. Solo las nuevas cuadrillas de salteadores de caminos se arriesgaban a salirle al paso, pero pronto desistían cuando descubrían el severo perfil del trabuco.

—Salir de viaje es una aventura en la que se parte, pero nunca se sabe si se volverá —dijo sor Caterina, con una sonrisa maliciosa, viendo la abrumada expresión de Auguste Dupin.

Él parpadeó. Sus temores sobre la antipatía de los paisanos contra los franceses, que justificaban la presencia de la monja en el asiento de enfrente, le parecían ahora el menor de los males. Observó a su compañera de viaje con interés. Poseía un aire de libertad indómita, de una cierta anarquía ya entrevista bajo el hábito religioso. Como la Monja Alférez, que también se llamaba Catalina. Dupin se lo comentó y ella se echó a reír.

—Ya lo sé. Es por eso por lo que elegí ese nombre al profesar.

—¿Fue una vocación incontestable la suya? —se atrevió a preguntar Dupin, que intuía una historia tras aquel hermoso rostro que evocaba más a una Venus de Botticelli que a un ángel de Murillo.

La monja lo miraba pensativa. El camino era largo y el aburrimiento podía serlo aún más. Decidió que el franchute le caía simpático y que podía cotillear un poco con él sobre su propia biografía.

Ester de Sentmenat había tenido la mala suerte de nacer demasiado pronto en una sociedad —una alta, altísima sociedad— que se resistía a desencorsetarse. Tanto de los atuendos como de las costumbres. Un tiempo incierto en el que los hábitos burgueses contagiaron a los restos de la aristocracia catalana en franco declive: apariencias, puritanismo, religiosidad extrema. Las mujeres eran, obviamente, las más perjudicadas. Llevaban corsé desde los cinco años; vivían encerradas en casa la mayor parte del día, dependiendo de padres, maridos y hermanos, siempre pendientes del qué dirán, del escándalo público, de la pérdida del buen nombre. Apenas adolescentes, se les buscaban maridos, habitualmente caballeros maduros y aposentados, ricos y con títulos, con los que no solían tener afinidades ni compartir afecto alguno, y que se apresuraban a elevarlas a la categoría de madres. Ellos podían ser libertinos, derrochadores o auténticos déspotas que les hicieran la vida imposible y acumularan amantes y enfermedades venéreas. Ellas debían ser puras y dulces, aparentar la mayor bondad, bordar, tocar el piano, dominar las artes de salón y parir herederos.

Ester de Sentmenat, damisela de aristocráticos orígenes pero tercas ideas propias, no encajaba en ese mundo. Ni el poderoso dominio del padre ni la tenaz vigilancia de la madre evitaron que la joven, educada, bella e inteligente —en definitiva, un mirlo blanco para algún rico marqués— se enamorara de un simple soldado del país vecino que durante la ocupación napoleónica logró llegar, no se sabe por qué medios, hasta ella.

Al más puro estilo de folletín, Ester huyó con su soldado.

Quedó encinta.

Perdió al niño, perdió al amante y, finalmente, se perdió a sí misma.

Sus padres cayeron en la desesperación, al ver desacreditado su honor. Ester deshonrada por un desgraciado y desgraciada por siempre. No vacilaron ni un instante en la salvación de su nombre.

—Ciertos destinos truncados no aceptan matices: el cielo o el infierno. El deshonor o el hábito.

Auguste Dupin, que tenía alma de romántico, suspiró con pesar.

—Cuando acepté la nueva realidad, descubrí que mi vocación era la medicina.

Como mujer y como monja solo podía aspirar a formar parte de las Hermanas Hospitalarias, una congregación que tenía por objetivo atender las necesidades de los internos del Hospital de la Santa Creu. Pero, al menos, le permitió alcanzar sus ambiciones.

Auguste Dupin la miró pensativo. No era una amiga del alma, tan solo una inesperada compañera de viaje, pero tuvo la sensación de que entre ellos se establecía una corriente de camaradería. Esa intimidad no había surgido de repente. Venía fraguándose desde el momento en que se conocieron. Comprendió que se trataba de una especie de identificación: ambos habían sufrido la misma hostilidad a lo diferente, a lo inseguro. Percibió la soledad de su corazón a través de sus palabras. A pesar del tono despreocupado, las revelaciones eran de tal calibre que, sin duda, no las hacía a menudo. Lo embargó una especie de gratitud por aquella confianza. Era la primera vez en toda su vida que una mujer conseguía despertarle tanto interés. Sonrió al recordar el pacto no escrito con Edgar de mantener a las mujeres alejadas de su entorno, y de ni siquiera fraternizar con las que requirieran sus servicios como investigadores.

Y ahora Edgar estaba pensando en casarse con una mujer.

Y él comprendía por primera vez por qué Ester de Sentmenat, a quien no podía considerarse una religiosa al cien por cien, causaba en Josep Lluís Teixidor aquella turbación y aquella obstinada necesidad de mostrarle su faceta más masculina. Tenía razón su amigo Honoré de Balzac cuando tildaba el amor de «ese inmenso trastorno de la razón».

Auguste Dupin se dijo a sí mismo que su propia vida no se diferenciaba mucho de la de sor Caterina-Ester. Su vacilante vida. Ambos provenían de una sociedad aristocrática, de moral estrecha y padres asfixiantes. Ambos habían sufrido pérdidas a lo largo de sus caminos.

«Cuando todo esto se acabe, me iré a Filadelfia». «Un mes, para visitar a un viejo amigo… y a su esposa».

Era la única manera de terminar de una vez.

Pero el mero hecho de aceptarlo le contagiaba una gris amargura.

38

Acompañado del tintineo de los cascabeles, del chasquido intermitente del látigo, el cochero canturreaba al ritmo monótono de los cascos de los caballos, que levantaban del suelo reseco una nube de polvo grisáceo y lo arrojaban a las ventanillas. En el interior, la conversación había derivado hacia el motivo del viaje al monasterio de Poblet. Dupin estaba ampliándole a sor Caterina la información que Pere Felip Monlau le había transmitido al proponerle la aventura.

—Creo que fray Vicenç resulta extremadamente sospechoso —concluyó.

—¿Y qué me dice del librero? —propugnó la monja—. También me lo parece bastante. Al fin y al cabo, el fraile puede ser un pobre inocente que esté comprando libros sin saber cuál es su procedencia. ¡Y estamos hablando de un hombre de Dios!

—Comprendo sus reticencias…, hermana, pero estará de acuerdo conmigo en que… torres más altas han caído.

La conversación fue quebrada por el trompeteo de la corneta que avisaba de su llegada a un servicio de postas. Era lo más pesado del viaje: detenerse cada tanto para mudar el tiro. El carruaje frenó con cierta brusquedad en el patio. El conductor abandonó las riendas, se apeó del pescante de un salto y se apresuró a abrir la portezuela, envuelto en una nube de polvo.

—Diez minutos.

Se acercaba ya el maestro de posta, llevando de las bridas los caballos de repuesto abrigados con mantas de vivos colores.

Auguste Dupin y sor Caterina se refugiaron en el mesón, donde tomaron una limonada fresca, mientras el mozo ayudaba al cochero a desenganchar y enganchar. Los diez minutos fueron quince, pero al poco estaban de nuevo acomodados los pasajeros y la calesa en movimiento.

—¿Qué ocurrió en el monasterio? —preguntó Dupin, retomando la conversación—. Tengo entendido que está prácticamente en ruinas.

Con su estilo ameno, la monja le contó lo que sabía sobre los acontecimientos del verano de cinco años atrás.

Aquel 23 de julio la diligencia de Reus había llegado a Barcelona con noticias aterradoras: un pelotón de carlistas había asesinado a algunos miembros de la milicia urbana. A uno de ellos le habían sacado los ojos y lo habían crucificado. Los actos más vesánicos se atribuían a un fraile que acompañaba a los absolutistas. Dos días después, festividad de san Jaime, en la plaza de toros del Torín, en la Barceloneta, estalló la revuelta popular. Con la excusa de que las reses eran de baja calidad, algunos agitadores saltaron a la arena, acuchillaron al último toro manso y, acto seguido, se encaminaron al centro de la ciudad con gritos revolucionarios y, sobre todo, anticlericales. Todo el mundo estaba convencido de que los religiosos daban soporte a los reaccionarios y los acogían en los conventos. Entre los agravios incubados destacaba el hecho de que sus edificios, huertos y jardines mantenían inmovilizado buena parte del espacio, tan necesario en la ciudad encorsetada por las murallas. Tras arrastrar el toro muerto por media Barcelona, la comitiva del Torín había desembocado en la Rambla, donde algunos oradores espontáneos convocaban a los paseantes a aquel *sport* en el que los catalanes se distinguirían a partir de entonces: incendiar edificios religiosos.

Esa misma noche, los alborotadores pegaron fuego a una docena de conventos. Los monjes intentaban huir; a veces sin suerte; a veces acogidos piadosamente por algunos de los mismos partidarios de la revolución. Varios de los edificios asaltados se salvaron porque fueron defendidos a tiros o porque los vecinos de las casas contiguas disuadieron a los incendiarios.

No hubo una condena férrea por los actos vandálicos contra siglos de arte y cultura, ni por el asesinato de hasta dieciocho religiosos. Más bien se excusaron. Reunidos en las azoteas, los barceloneses contemplaban exultantes, como si estuvieran de fiesta mayor, las columnas de humo negrísimo que ubicaban los edificios en llamas.

—*Bon Dieu!*

—El caso es que todo eso provocó el avance de los proyectos del gobierno: la extinción de la mayor parte de las órdenes monásticas y la incautación de todas sus propiedades.

—¿La suya también?

—Las órdenes femeninas no eran el objetivo, y menos las que se ocupan de misiones hospitalarias.

—¿Y Poblet? —Dupin no había perdido de vista en ningún momento su principal interés—. Por lo que veo se trata de un lugar de gran importancia dentro de la estructura monástica…

—El más importante de todo el Principado.

El monasterio había sido fundado en tierras donadas setecientos años atrás por un piadoso conde de Barcelona y enriquecido por sus descendientes. El señorío feudal de Poblet llegó a ser uno de los mayores de Cataluña, con enormes extensiones de cultivos y villas enteras.

Treinta años atrás, se había convertido en uno de los focos de sublevación nacional, durante la Guerra de la Independencia.

—Contra sus compatriotas —aclaró sor Caterina, con cierta malicia—: las tropas de Napoleón.

Auguste Dupin se limitó a sacudir la cabeza, juzgando inoportuno cualquier comentario.

En el transcurso de la guerra, el monasterio fue saqueado y los monjes lo abandonaron y no regresaron hasta la derrota de los franceses.

Pero no se acabaron aquí sus desventuras bélicas.

Habían transcurrido apenas media docena de años cuando, tras el pronunciamiento liberal del militar Rafael del Riego, los anticlericales asaltaron Poblet y prendieron fuego a varias dependencias, dejándolo considerablemente dañado. Los monjes abandonaron otra vez el cenobio y no regresaron hasta la anulación de las desamortizaciones, cuando finalizó el llamado Trienio Liberal y se restauró la monarquía absolutista.

—Cuando los Cien Mil Hijos de San Luis, sus compatriotas —sor Caterina dirigió un mohín entre divertida y sardónica a su amable oyente, quien, una vez más, se negó a dejarse provocar—, vinieron a complicar las cosas.

Poco después, al estallar la guerra carlista, tras la muerte de Fernando VII, Poblet ya no pudo librarse de la creencia generalizada de que era el centro contrarrevolucionario del interior de Cataluña, donde se fraguaban las grandes conspiraciones.

—El caso es que las quejas llegaron hasta el gobierno y se ordenó la ocupación del monasterio —prosiguió la monja—. Esto provocó que algunos religiosos —*frares trabucaires*, los llaman— se alistaran en las filas carlistas. Cuando sucedió lo del verano de 1835, las represalias no solo se produjeron en Barcelona: hubo ataques e incendios en conventos y monasterios de todo el país. Poblet fue de los que recibieron de lo lindo.

Amenazados por todos lados, los monjes se vieron obligados a dispersarse de nuevo, dejando el monasterio prácticamente indefenso. Y se repitieron los asaltos.

—El populacho desbocado no respeta nada. Entraron a sangre y fuego. Ninguna consideración por la Casa del Señor, por el valor de aquel monumento. La historia de nuestro pueblo está… estaba allí, entre aquellos muros ahora en ruinas.

Al final, la monja no había podido evitar emocionarse.

—¡Parada y fonda!

La voz del cochero rompió el silencio que se había apoderado del interior de la calesa. Auguste Dupin casi agradeció aquella oportuna interrupción. Sor Caterina también pareció animarse. Se asomó a la ventanilla. En el fondo del amplio patio de columnas cubierto por un toldo, una masía solariega reconvertida en casa de postas se veía iluminada por media docena de acogedoras antorchas. Pasarían la noche en aquella posada, en las afueras de Vilafranca del Penedès, para esperar el Correo Real con su docena de soldados armados que les darían escolta por aquella parte más peligrosa del paraje.

Auguste Dupin y sor Caterina se acercaron con curiosidad al hostal. Una variada colección de geranios enrojecía los balcones. Tras el cristal de un ventanal se descubría el interior del comedor, donde un fuego acogedor paliaba la fresca noche primaveral. En los postigos, abiertos de par en par, pulcras inscripciones exaltaban el establecimiento: la comodidad de sus camas, la exquisitez de sus platos y la pureza de sus vinos.

39

El coche se detuvo ante la rectoría con sonido de frenos oxidados y cascos de caballos fatigados. A través de la ventanilla, Auguste Dupin examinó el destartalado caserón donde les habían dicho que vivía el párroco. Probablemente era aquel hombre, sentado a la puerta en una vieja mecedora, que había apartado la vista del periódico para observar a su vez a los recién llegados. El sol se estaba abismando detrás de las montañas. Las sombras del atardecer se iban alargando.

El cochero se apeó del pescante y abrió solícito la portezuela que se había atascado de polvo y calor. Dupin descendió del carruaje y se apresuró a darle la vuelta para tender la mano a sor Caterina y ayudarla a bajar.

La plaza era enorme, desértica. La vieja rectoría estaba adosada a una iglesia de difícil fachada que forcejeaba entre el románico y el gótico y en la que destacaba una bella pero austera portada lombarda.

El párroco se puso en pie cuando vio que los forasteros se le acercaban. Vestía una sotana algo desgastada y unas sandalias viejas. Su único ornamento consistía en un crucifijo colgado al cuello con una cadena de plata. Dupin lo examinó con curiosidad. Le calculó menos de cuarenta años, aunque algunas canas blanqueaban ya sus cabellos oscuros y algunas arrugas venerables sombreaban un rostro que se adivinaba bondadoso.

—Creo que es a usted a quien estamos buscando. El párroco de l'Espluga, si no me equivoco.

—Mosén Antoni Serret, para servir a Dios y a usted —dijo el cura, con una leve inclinación de cabeza—. ¿En qué puedo ayudarles, hijos míos?

—Venimos de Barcelona —explicó Dupin—. Nos han dicho que usted es… fue… En fin: estamos interesados en Poblet. Tengo entendido que sabe muchas cosas relacionadas con el monasterio.

Mosén Serret clavó unos ojos inteligentes en el rostro del visitante. Así permaneció durante unos instantes, en silencio, evaluándolo sin recato. Un francés que hablaba un catalán ligeramente añejo. Probablemente oriundo de las comarcas pirenaicas que un par de reyes indignos, uno hispano, el otro gabacho, se habían jugado a los dados doscientos años atrás. Sin embargo, vestía y se movía con una elegancia poco meridional. Y había en su forma de sonreír, de fruncir las cejas, rumores de sangre noble. Los había también en la manera en que alargó la mano en un gesto de encajar.

—Mi nombre es Auguste Dupin. Y esta señora es… doña Ester.

Serret aceptó la mano de Dupin y la escueta presentación de la dama.

—¿Es usted escritor?

Dupin negó con la cabeza.

—¿Historiador, quizás? —insistió el cura.

Dupin dudó solo un brevísimo instante, antes de revelar la profesión que nunca había ejercido.

—Abogado. Para servirle a usted… y a Dios.

—¿Abogado? —La pregunta sugería otras muchas preguntas.

—No tiene nada que ver. Simplemente, soy un estudioso de Poblet. Aficionado. Y me gustaría saber… Que me contara cosas…

—¡Oh, vaya! —dijo tan solo mosén Serret, sin dejar de observarlo—. ¿Y qué es lo que quiere usted saber de Poblet?

—Un poco de todo. Pero, en especial, lo más reciente. He leído algo de lo que ocurrió hace unos años. El incendio y todo eso…

El cura hizo un gesto de asentimiento. Luego pareció tomar una decisión.

—Si quieren pasar, mi mayordoma nos preparará un poco de café. Estarán cansados del viaje. Barcelona no está ahí al lado, y por estos caminos tan terribles… Usted vaya por la parte de atrás —le indicó al cochero—. Montserrat le hará los parabienes. Puede dejar el coche aquí. Somos cuatro gatos, nadie se lo va a tocar.

El cochero se llevó la mano al sombrero y se alejó después de dar las gracias.

—¿Qué se cuece por la ciudad? —Mosén Serret precedió a los invitados por un oscuro corredor—. ¡Montserrat!

Llegaron a una salita, una estancia acogedora con pocos muebles y unos cuantos cuadros e imágenes de santos. Antes de que Dupin tuviera tiempo de contestar, el vivaracho cura prosiguió:

—Llevo semanas sin dejarme caer por Barcelona —dijo, dejándose caer en un sillón e indicando otros a los visitantes—. ¡Queda tan lejos! Apenas me llegan noticias por alguien que va de vez en cuando. Y por el *Diario de Barcelona*. —Agitó el ejemplar que todavía llevaba en la mano—. Cuando me llega, que siempre es con un par de días de retraso.

Dupin, que acercaba una butaca a sor Caterina, comprendió inmediatamente el *quid pro quo* que había empujado al párroco a abrirles su casa.

En la puerta de la salita se había materializado silenciosamente una mujer de cincuenta años con moño, toquilla, delantal y alpargatas.

—Montserrat, ¿les ofreceremos una taza de café a nuestros visitantes? —dijo mosén Serret con una orden exquisita que parecía más un ruego. Y a estos—: ¿O prefieren un chocolate?

—Yo me apunto al chocolate —se animó sor Caterina.

—Buena elección: Montserrat lo prepara de primera.

Con aquella diligencia que ha caracterizado siempre a las mayordomas de los curas de todos los tiempos, Montserrat no tardó en llevarles los cafés, el chocolate y una fuente con galletas. Lo dejó todo en la mesita y se retiró sin abrir la boca.

—Un chocolate delicioso —declaró sor Caterina, en un intento de sesgar el silencio algo expectante que se había instalado en la estancia.

El párroco la miró con una sonrisa. Había estado contemplando con ojos distraídos los campos vestidos de crepúsculo que se distinguían a través de la ventana, sin prestar mucha atención a los invitados. Dupin intuyó que estaba reviviendo los crueles momentos de cinco años atrás.

—Se hicieron cosas terribles en Poblet.

Mosén Serret dejó la frase colgada entre ellos como un eco. Tardó un rato en mirarlos. Una mirada macerada por un catálogo de tristezas padecidas, asumidas y revividas una y otra vez.

Estuvo contándoles la historia a grandes rasgos, sin interrupción, durante una buena hora.

—Pero ustedes han venido a ver el monasterio, ¿no es así? —se interrumpió de repente—. Bien, lo que queda de él. Iremos mañana. Esta noche los acomodaremos aquí.

—No se preocupe usted, mosén —dijo Dupin—, nuestro cochero nos buscará alojamiento en el pueblo.

—¿En este pueblo? —El cura se echó a reír—. ¡Cómo son ustedes, los de la capital: se creen que en todas partes hay hostales esperándoles! Nada, nada, se quedan aquí. Casi no recibo visitas y me resultará agradable tener compañía durante la cena. —Y dirigiéndose a sor Caterina—: A usted no le importará compartir habitación con mi mayordoma…

Y antes de que la monja respondiera, gritó en dirección a la puerta:

—¡Montserrat!

Luego se volvió hacia Dupin

—Para usted, la habitación de invitados. Mi hermano viene a verme de vez en cuando y siempre se la tengo preparada. ¡Montserrat!

Dupin y sor Caterina cruzaron la mirada algo turbados por aquel despliegue de decisión.

—*Au vénguen!* —sentenció mosén Serret, que se había dado cuenta—. Son mis invitados. —Y dirigiéndose a la mayordoma, que por fin había reaparecido, añadió—: ¿Podríamos preparar cena para otros dos y ocuparnos de acomodar al cochero en el cuartito del sótano?

Un par de horas más tarde, Auguste Dupin invadió con una sensación de grato bienestar la cómoda cama que la silenciosa y eficiente Montserrat le había desembozado. Estaba tan cansado que enseguida comprendió que el sueño le sería esquivo durante un buen rato, un contrasentido propio de su naturaleza al que ya estaba acostumbrado. Hojeó el libro que se había llevado. Se trataba de uno de los adquiridos en los Viejos Encantes: fascinantes versos en catalán de un autor del que había oído hablar pero cuya obra le había sido imposible encontrar en Francia: Ausiàs March, un poeta medieval maldito —en su tiempo— porque se decía que tenía demasiada inclinación hacia los jóvenes y tiernos efebos.

> Amor, de vós, jo en sent més que no en sé
> de que la part pitjor me'n romandrà…

Los versos eran tan magníficos, tan evocadores, que le asaltó la tentación de ponerse a escribir una carta a Edgar. De repente estaba persuadido de que si no perdía el contacto con él podría convencerlo de que volviera. Se levantó de la cama. En los últimos tiempos, cada vez que se ponía a leer le acometía el mismo deseo.

«*Merde alors!*»

Volvió a acostarse y apagó la bujía de tan furioso soplido que a punto estuvo de volcarla.

«Pues pienso escribirle y hablarle de Josep Lluís Teixidor».

Su respiración agitada era el único ruido audible, excepto el mortecino rumor de los ratones en los desvanes de la casa, apenas un pensamiento a medio forjar.

No supo ni cómo se durmió.

40

La calesa, con los caballos descansados, se bamboleaba por veredas imposibles, cruzando ordenadas cuadrículas de olivares y promontorios con nudosas vides.

El paisaje monótono devolvió la atención de los viajeros al interior del coche, donde mosén Antoni Serret había retomado la relación de los acontecimientos en el monasterio de Poblet.

—Los monjes lo abandonaron a toda prisa, con todo lo de valor que pudieron cargar. Algunas familias se habían ofrecido a acogerlos.

Algunas.

No todas.

Hacía siglos que los vecinos sostenían disputas y pleitos con los abades porque no les permitían cortar leña del extenso bosque de Poblet, solo recoger ramas. Y porque cuando contrataban jornaleros para labrar sus extensos sembradíos eran cicateros con las pagas. Las bullangas de 1835 habían sido aprovechadas para dar salida al odio ancestral. A partir de ese momento, la acción devastadora se había ido repitiendo día tras día. En aquel inmenso baluarte solo quedaron de custodios el subprior, el tesorero, el bibliotecario y algunos hermanos legos. A los saqueadores ni siquiera les molestaba su presencia. Con la sistemática tenacidad de hormigas obreras, fueron vaciando de ornamentos la iglesia, de muebles las celdas, de utensilios las cocinas y de herramientas los talleres. Por supuesto, se llevaron toda la comida que encontraron y todo el vino almacenado en las bodegas. Luego empezaron a arrancar puertas, ventanas, rejas, vigas, baldosas, tejas y hasta sillares de piedra labrada. El edificio se convirtió en cantera de materiales para la construcción al que accedían sin reparo los picapedreros, los herreros y los carpinteros de toda la comarca. Y, combinados con ellos, llegaron los grandes depredadores: los coleccionistas de arte. ¿Era así —pensó fugazmente Dupin— como Joan Cortada había adquirido su... colección?

Y cuando no quedó nada aprovechable, cuando el magnífico cenobio parecía ya la osamenta de una gran bestia derribada, sus destructores le pegaron fuego.

—*Quel dommage!*

—Fui a verlo unos días más tarde en compañía de mi sacristán y de un monaguillo. Pueden ustedes imaginarse el impacto. La iglesia y la biblioteca se salvaron de milagro.

Viendo la oportunidad, Dupin iba a preguntar por el asunto que los había llevado hasta allí, cuando, tras echar un vistazo a través de la ventanilla, el párroco anunció:

—Hemos llegado.

Después de rebasar por la Puerta de Prades el primero de los tres recintos que componían la hacienda, el carruaje recorrió el hermoso paseo de Sant Bernat. Los caballos trotaban ligeros, retenidos por las riendas. Un silencio agobiante maceraba el paisaje, los álamos que bordeaban el camino, las paredes demolidas de los edificios que desfilaban por las ventanillas. Las cunetas eran cementerios de estatuas decapitadas.

—Pare, pare aquí —le pidió mosén Serret al cochero, cuando llegaron ante la capilla de Sant Jordi—. Continuaremos a pie.

Fue el primero en bajar.

Con los brazos en jarras, contempló en silencio alrededor, mientras detrás de él Dupin y sor Caterina descendían de la calesa. El francés fijó los ojos en la que en otro tiempo fue majestuosa Puerta Dorada, con sus planchas de bronce ennegrecidas por el humo, medio arrancadas. La enorme puerta derecha se sostenía solo por la fuerza de la bisagra superior y por una cadena que la sujetaba, como en un abrazo de salvación, a la hoja izquierda.

—La instalamos nosotros —explicó el religioso—. Pusimos más de una.

Echó a andar con las manos a la espalda. Dupin y la hermana Caterina lo siguieron sin poder apartar la mirada de tanta devastación. La muralla interior le hizo pensar al francés en una boca desdentada: aquí y allá se desmoronaba, dejando grandes almenas artificiales. Una de las torres parecía construida con basalto de tan ahumada como había quedado con el incendio de unas construcciones inidentificables que se veían junto a ella.

—*Ja ha plogut molt* —dijo el párroco—. Ha llovido y ha hecho sol; porque el sol, por suerte, sigue saliendo y posándose encima de todo, de las iglesias profanadas y de los sacrílegos profanadores. Y la lluvia… la lluvia lo lava todo.

Señaló unos hierbajos silvestres que habían ido a nacer entre las piedras del muro. La naturaleza, compasiva, sedante, empezaba a recuperar con su verde desesperanzado lo que le había sido arrebatado.

—Imagínense ustedes... Todo eran carbones y rescoldos. Aún hay que agradecer que no hubiese viento y que el fuego no se propagase con mayor rapidez… —La voz de mosén Serret era una letanía desgranando la memoria.

Sus acompañantes permanecían en silencio, las miradas saltaban de edificio en edificio, de una torre a una iglesia, de una capilla a un palacio. Un conjunto de bellas damas vestidas de harapos. Sor Caterina parecía contagiada de la emoción del párroco. Pensaba que hacía mucho tiempo que no había estado en Poblet —desde que era niña—, y que no recordaba la gran belleza que ocultaba en el corazón de la comarca aquella doble muralla.

—El crimen es doble —murmuró.

Mossèn Antoni Serret asintió con la cabeza.

Auguste Dupin asintió también con energía. Era imposible no sentirse herido por aquel espectáculo. ¿Cómo podía nadie querer destruir aquellas preciosas edificaciones que reflejaban en las fachadas el esplendor de tantas épocas?

Siguiendo al párroco, cruzaron la plaza Major, donde todavía se sostenía de pie la capilla de Santa Caterina, ante la cual la monja se santiguó rápidamente, y por la Porta Reial, flanqueada por dos torres impresionantes, se introdujeron en el tercer recinto, lo que constituía propiamente la residencia monacal.

—¿No hay ningún guarda? —preguntó Dupin.

Mosén Serret sacudió la cabeza, señalando el jardín central del claustro. Las cagarrutas de ganado esparcidas junto a fragmentos de esculturas y de sarcófagos románicos y góticos evidenciaban que se estaba utilizando de redil. Caminaron con paso lento por los claustros resonantes, los ojos sin descanso sobre las ruinas que se hacinaban encima de otras ruinas. Los pavimentos desaparecidos bajo montones de escombros, vigas chamuscadas, cenizas. Las paredes, un día adornadas con tapices y cuadros, ahora descarnadas, estaban cubiertas de pingajos, tizne y tristeza.

El religioso se detuvo frente a una puerta entornada.

—Aquí estaban los libros.

Empujada con energía, la hoja gimió con rumor de óxido al abrirse hacia el interior. La sostuvo para que los visitantes pudieran entrar. Los tres se abrieron paso entre una confusión de polvo, astillas y hojas de libros desgarradas por la estupidez humana y roídas por los ratones. Se trataba de una extensa sala dividida en dos naves cubiertas por elegantes arcos de crucería. Cuatro enormes ventanales, con las vidrieras destrozadas, arrojaban luz y cristales al interior de la estancia. Las paredes eran un colador de agujeros que denunciaban la ausencia de muchas estanterías y armarios.

—El monasterio poseía dos bibliotecas que guardaban obras de un valor incalculable, códices, manuscritos, incunables…

—Y todo eso ¿pudo salvarse? —preguntó con rapidez Dupin.

—Por suerte quienes atacaron el monasterio no buscaban ese tipo de tesoros. Y aunque intentaron prenderles fuego, se produjo una especie de milagro, no sé si divino o científico —el párroco sonrió con cierto aire guasón—. El caso es que, pese a ser un material altamente inflamable, las llamas no lograron encenderlo. Por lo comprimido que estaba el papel en los estantes, dicen.

—¡Qué curioso! —exclamó sor Caterina.

Y se santiguó con fervor, dando por sentado que se trataba de un verdadero milagro. A Auguste Dupin le admiraba aquella mente capaz de conciliar el pensamiento más racional con la fe más inconmovible.

—Entonces, ¿a dónde fueron a parar los libros? —devolvió la atención al párroco.

—Las autoridades comprendieron que tenían que hacer algo, salvaguardar lo que quedaba. No se podía dejar a merced de los saqueadores. Y de las lluvias… Mucha gente de los pueblos de los alrededores se ofreció a guardar libros hasta que se resolviera qué hacer con ellos. Luego las autoridades comisionaron a un individuo, un desgraciado al que apodan Xafa-rucs, para que los recogiera.

—¿Se encargaba alguien de la biblioteca del monasterio? —terció sor Caterina.

—Por supuesto: el hermano Vicenç.

A pesar de prever la posibilidad de aquella respuesta, Dupin sintió que el corazón le galopaba dentro del pecho. Cruzó una mirada cómplice con la monja. Mosén Serret proseguía, ajeno a las reacciones.

—*Ai, las!* ¡Vete a saber dónde habrá ido a parar el pobre! Un buen chico. Llevaba mucho tiempo en el monasterio. Era algo reservado, pero eso ya está bien en un hombre de Dios. Aunque más tarde corrió el rumor de que después de los disturbios se llevó unos cuantos libros...

Dupin y sor Caterina volvieron a intercambiar la mirada. La del primero, triunfal; la de la segunda, tristemente resignada.

—A mí me gustaba hablar con él; era un gran entendido. A veces me prestaba libros.

Habían abandonado la biblioteca y mosén Serret los había conducido hasta la espléndida fachada barroca de la iglesia mayor. Las puertas de madera habían sido amarradas una con otra con una gruesa cadena y un candado. El cura sacó una llave de debajo de la sotana, desató la cadena y empujó la hoja con suavidad. Con un gesto de la mano invitó a los huéspedes a entrar.

—Fue aquí donde se cometieron las peores fechorías.

Se trataba de un suntuoso templo de cruz latina de tres naves, tenuemente iluminadas por un rosetón de notables dimensiones y rodeadas de numerosas capillas. En medio del crucero, dos grandes masas imprecisas se identificaron en la penumbra: mausoleos cubiertos de sarcófagos.

—El Panteó Reial —anunció mosén Antoni Serret, con cierto dramatismo.

El famoso panteón de los condes reyes. El símbolo de la dinastía y de la nación que Pere el Ceremoniós había hecho construir dos enormes mausoleos rectangulares, cubiertos con baldaquinos de madera dorada y con los sarcófagos de los reyes y las reinas catalanes de alabastro labrado.

Los visitantes contemplaron el monumento hipnotizados, horrorizados.

En la cruda semipenumbra de aquella mañana de primavera, quinientos años después de su construcción, de aquella grandiosidad apenas quedaba más que una ultrajada caricatura. Los sepulcros estaban destrozados. Las esculturas, mutiladas. Las filigranas ojivales formaban un hacinado montón en el pavimento. Algunas tapas de sarcófagos, rotas, mal apoyadas en los escombros.

Mosén Serret se había detenido a cierta distancia, como si un especial recato le impidiera seguir avanzando.

—A aquellos bárbaros no les pareció suficiente llevarse todo lo que había a mano. Profanaron los sepulcros de los reyes para robar los tesoros que contenían. ¡Si lo hubieran visto ustedes, señores!

Mosén Serret se atragantó con un suspiro de emoción. En un gesto impulsivo, sor Caterina le puso cariñosamente la mano sobre el brazo. El párroco agradeció la caricia con unas palmaditas de su propia mano.

—También sabíamos, por algunos vecinos de l'Espluga, que cualquier tentativa de recoger las momias esparcidas por el suelo podía costarnos la vida; tan grande era el fanatismo de aquellos miserables. Solicitamos al comandante militar de la provincia que nos extendiera una orden para poder hacernos cargo de ellas.

Tardó casi un año en llegar.

—De modo que decidimos adelantarnos.

Una noche, acompañado de media docena de voluntarios provistos de antorchas, el párroco de l'Espluga de Francolí se llegó valerosamente al monasterio y entre todos se dedicaron a recoger los restos reales esparcidos por el pavimento. Esqueletos, calaveras, huesos. Aquellos sublimes monarcas que habían regido los destinos de una de las naciones más poderosas de Europa fueron amortajados con bastas mantas para recolectar aceitunas. Aquellas damas y caballeros de altísima alcurnia que cabalgaban hermosos corceles y se paseaban en elegantes carrozas fueron transportados por un carro de labriego, tirado por una mula, depositados en una recámara bajo la escalera del coro de la iglesia de l'Espluga y emparedados con un tabique de obra para salvaguardarlos de los descendientes de sus vasallos.

Unos meses atrás, al ser informada de lo sucedido, la casa real española, que de una manera u otra se sentía descendiente de aquellos antiguos condes catalanes, había ordenado un informe completo sobre el asunto.

—Tarde, como siempre —exclamó el párroco con una mueca—. Madrid cae demasiado lejos.

La semana anterior le había llegado una carta del gobernador de Tarragona. Pronto lo visitaría un técnico con el fin de evaluar la situación y decidir qué hacer con las momias ocultas en el sótano.

Auguste Dupin contempló a mosén Antoni Serret con admiración. Parecía tan poca cosa... Y, sin embargo, lo que aquel hombre había hecho por la historia, por la cultura de su país, era grandioso. Había salvado *in extremis* los restos mortales de los reyes catalanes. Anónimamente. Sin que la gente supiera nada de lo que había tenido que hacer para conseguirlo. Se preguntó si algún día obtendría el reconocimiento que se merecía. Si se le agradecería la hazaña. Si los libros de historia lo contarían. Si las generaciones futuras lo sabrían... Le embargó la ternura. Como había escrito su amigo Balzac en *Eugénie Grandet*: «Dios reconoce a sus ángeles por la inflexión de sus voces». Y esos pensamientos fueron un bálsamo macerando la melancolía, que contrarrestaba la angustia: por unos instantes se había sumergido en el truculento escenario. Los profanadores de tumbas bailando su macabra danza de difuntos; los rapiñadores acumulando objetos; los sacrílegos destrozando imágenes... Todo iluminado por el resplandor de color sangre de las voraces llamas...

PARTE II

1

La oscuridad de la noche contrastaba con el resplandor de color sangre de las voraces llamas.

Una densa columna de humo, como un espectro malévolo, se esparcía sobre la inocencia del cielo. El olor acre de las cosas irrecuperables, devoradas por el fuego, le inundaba la nariz. El hombre se dejó caer junto a un matorral. Arrancó una brizna de hierba y su dedo índice la fue retorciendo una y otra vez. Los pensamientos volaban en torno al fuego que los ojos no dejaban de contemplar. A veces, quizás al ritmo de los sentimientos, su semblante se contraía en una mueca entre furiosa y desesperada. A veces, la ausencia de expresión, el vacío de la mirada, lo llevaban lejos de todo lo que lo rodeaba.

Diminutas cenizas le cayeron flotando sobre la cabeza. El aire olía a brasas. Allí abajo se oían gritos que rebotaban contra el silencio, traídos por ecos nocturnos. El espectador sobre el cerro se fue acurrucando en el matorral de brezo, como si esperara de él algún tipo de protección ante la tragedia. Se pasó la mano por los ojos y miró de nuevo hacia abajo. La majestuosidad de Poblet se iba desvaneciendo gangrenada por las llamas que le nacían del alma. Las dos grandes torres en forma de prisma que flanqueaban la entrada parecían gigantes aturdidos, inconscientes del peligro que se cernía sobre el monasterio que habían jurado proteger.

El hombre de la colina apaleó la tierra con el pie, como queriendo liberarse de la rabia. Se levantó y se sacudió la ropa.

Dudó un instante, con una duda que le venía de más allá del momento. Pareció tomar una decisión. Recogió del suelo un objeto informe, largo, sucio, oxidado, y se lo encajó en el cordón del hábito. Luego, inició el descenso al infierno.

En la nave central de la iglesia el aquelarre proseguía. Dos centenares de sombras se movían entre el resplandor de las antorchas y de las llamas del exterior. Parecían espectros. O demonios. Pero el monje sabía que se trataba de simples humanos. Hombres y mujeres. Reconoció algunos rostros. Vecinos. Lo ensordecían los ecos de los golpes de mazas y martillos sobre los sepulcros. En el suelo yacían desperdigados los cadáveres viejos, rancios, apolillados, mezclados con las estatuas mortuorias hechas pedazos. Había peleas, gritos. Como cuervos, los saqueadores se arrebataban de las manos, unos a otros, las alhajas y los objetos de valor robados a los reyes y reinas. Quienes no habían logrado apropiarse de nada, lo estaban destrozando todo. La cabeza de un san Antonio rodó hasta las mismas sandalias del religioso. Algunos energúmenos amontonaban las tablas carcomidas de los ataúdes reales en la sillería del coro y en la sacristía, en cuyas paredes todavía se veían cuadros e imágenes. La intención era obvia.

El monje miró desesperado a su alrededor.

«¡Todavía no!», gritaba en silencio. «¡Esperad! ¡Todavía no he terminado!».

Y entonces lo vio.

Y lo reconoció.

Lo habían dejado apoyado de cualquier manera en el retablo del altar mayor. Parecía una más de las estatuas de santos y obispos que las delicadas manos de Damià Forment habían esculpido sobre el alabastro. Pero su altura imposible lo delataba. Vestía un apolillado sudario: el hábito de monje con el que fue enterrado. Los brazos colgando, algunas rubias guedejas todavía pegadas a la calavera, la momia de Jaume I el Conqueridor parecía montar inútil guardia. Las llamas de los cirios sobre su cara se agitaban, rojizas, como si la sangre fluyera de nuevo por sus venas. Las cuencas vacías observaban al religioso con malevolencia de difunto. Este ahogó un chillido que, en el fragor de las idas y venidas, los gritos y las risotadas de los asaltantes, habría pasado inadvertido.

Y entonces el muerto se enderezó y empezó a caminar hacia él. No fue hasta que lo tuvo a menos de dos metros cuando el monje logró reaccionar. Con un alarido, esta vez sí absolutamente audible, se arremangó el hábito, dio media vuelta y echó a correr sorteando los escombros, los despojos mortales. Pero no tardó en darse cuenta de que la altísima figura del rey Jaume no estaba dispuesta a dejarlo en paz. Corría tras él con un siniestro entrechocar de huesos. Parecía flotar en el aire. Flotaba en el aire. Porque llevaba muerto más de quinientos años y solo podía tratarse de su fantasma.

El monje se dio cuenta de que el espectro solo parecía interesado en perseguirle a él, y que nadie más advertía su aterradora presencia.

Gritó. Pero sus gritos eran silenciosos. La orgía de venganza y destrucción continuaba a su alrededor. Y él corría. Corría. Hasta que notó que las sandalias se le hundían en una ciénaga de alguna sustancia viscosa que le impedía avanzar. Las llamas, que ya lamían las paredes, le permitieron ver que se había adentrado en un enorme pantano de sangre.

Sintió que el terror iba a enloquecerlo; que los ojos que le giraban en las órbitas le saltarían del cráneo; que el corazón estaba a punto de estallarle.

Y entonces se despierta.

Jadeando, se sienta de golpe en la cama. La luz malhumorada del amanecer acaricia los cristales de la ventana.

Y el fraile llora. De alivio. De tristeza. De rabia. De demencia. Llora.

2

El año en que el pequeño fue abandonado entre las torres polié-dricas de la Porta Reial, reinaba en Poblet su octogésimo abad.

El padre Agustín Vázquez de Varela, vallisoletano, nunca fue muy popular. Porque fue una imposición del rey español Carlos III. Y un abad forastero, que ni siquiera hablaba la len-gua de sus recelosos cofrades, había de ser, sin duda, fuente de conflictos y malestar. Aunque —es preciso reconocerlo— ese estado de cosas, los conflictos y el malestar, siempre parecieron formar parte de la dinámica del monasterio. O al menos eso era lo que guardaba en la memoria el huérfano, que a lo largo de su paso por la comunidad monacal llegó a conocer hasta trece abades distintos.

Y el doble de sobresaltos.

Aunque la orden no aceptaba oblatos por norma, temiendo que el niño abandonado fuera hijo de alguno de sus monjes, el padre Vázquez lo hizo adoptar. Los monjes se preguntaron, a su vez, si no se trataría de un hijo del abad…

Al pequeño bastardo se le eligió el nombre de Vicenç, porque había sido hallado el 5 de abril, festividad del santo valenciano, y fue puesto en manos de un matrimonio de sirvientes ya ma-yores y sin hijos que trabajaban en el monasterio. El arriero y la lavandera se encargaron de cuidarlo, alimentarlo y vestirlo sin entusiasmo, sin cariño, pero con eficiencia. Criaron a un niño introvertido que no tenía con quien compartir el tiempo libre. Su principal juego solitario consistía en fingir que era el papa de Roma, aunque no sabía muy bien quién era ese personaje, sino por las referencias escuchadas de sus padres adoptivos, quienes a su vez las habían oído de los monjes, los cuales tampoco habían visto jamás al Sumo Pontífice. Sin embargo, a los consecutivos abades siempre les cayó en gracia aquel inocente juego del pequeño Vicenç en aquel entorno tan adustamente adulto y masculino, y nunca dejaron de interesarse por él. Por eso supieron que a los ocho años sufría ataques posiblemente epilépticos; quién sabe si debidos a su dudosa procedencia… Llegaron a pensar que su biografía sería breve. Pero a partir de los doce, tal vez por falta de público que apreciara tan esmeradas exhibiciones, los ataques fueron remitiendo hasta desaparecer por completo. La vida se volvió más sosegada.

Al menos en su aspecto externo.

Después de efectuar sus labores —sus padres adoptivos le hicieron ganarse el pan, sin abusar de su delicada complexión—, el pequeño Vicenç huía del amparo agobiante de los muros del monasterio y se perdía por el bosque de Poblet, del que llegó a conocer cada sendero y cada colina. Tumbado en un claro, rodeado por las encinas fantasmagóricas, los robles mágicos y los venenosos tejos, permanecía durante largos ratos inmóvil, tenso como un animal salvaje, esperando a que los árboles lo atacaran. Unas horas después, indemne, y con una calma sobrenatural, regresaba a sus obligaciones con sus manos y su rostro de palidez mortal. En aquellos años en que el desconocimiento de sus orígenes parecía haber hecho mella en su extraño carácter, era frecuente encontrarlo en la iglesia, en un banco de la primera fila, embelesado ante el abarrocado retablo mayor, estudiando una a una las figuras que lo integraban.

Confundiendo su devoción de opereta, el abad, que entonces era ya el nonagésimo y llevaba toda una vida viendo al mocito corretear por el cenobio, le cogió cariño: estudiaría con los novicios y, si su inteligencia resultaba ser la que le suponía, incluso le permitiría profesar. Fue así como el adolescente Vicenç se inició en el latín, la filosofía y los salmos. Y después de los cuatro años preceptivos, mal que bien aprovechados, tomó los votos monásticos.

La vida en una comunidad estática y autosuficiente sin duda resultaba plácida para un huérfano, en un siglo en el que las hambrunas hacían estragos.

Como miembros de la orden reformadora del Císter, y pese a no considerarse propiamente benedictinos, los monjes de Poblet basaban su práctica en la regla de san Benito. Oraban y laboraban desde el amanecer hasta la puesta del sol, siguiendo un *horarium* que regulaba toda su existencia. Se almorzaba a las once y media y se cenaba a las siete. Y durante las comidas, en absoluto silencio, era obligatorio escuchar la monótona cantinela del monje que desde el púlpito del refectorio leía algún pasaje piadoso. Se acostaban al caer la noche en el dormitorio situado encima de la biblioteca, una imponente nave gótica dividida en celdas individuales, cada una de ellas con una cama estrecha y un pequeño arcón para guardar las escasas pertenencias. Al fondo de la nave, una escalera descendía hasta la iglesia, facilitando la asistencia a los oficios religiosos. Ocho a lo largo de la jornada: siete diurnos y uno nocturno.

En cuanto al laborar, podía hacerse en los talleres, en la fragua, en la enfermería, en la hospedería y, por supuesto, en los campos de cultivo, en los corrales y en el molino. También en el *scriptorium*, donde se copiaban los libros, y en la biblioteca, donde se guardaban. Por ser enfermizo y de talante sosegado, el padre abad decidió poner al joven hermano Vicenç de aprendiz del hermano Odón, el bibliotecario y archivero del monasterio.

Para el niño sin raíces, vestir el hábito, túnica blanca y escapulario negro, y ser tonsurado fue la máxima expresión de la felicidad. Se convertía en miembro de pleno derecho de la comunidad. Y en esclavo de Cristo. Renunciaba al mundo. Pero no quiso renunciar al nombre —un ritual de muerte y renacimiento que servía para borrar los anteriores pecados— porque se sentía incapaz de despojarse del único que había sido suyo. De llamarse de otra forma. Además, estaba convencido de que él no tenía faltas que hacerse perdonar. Toda su vida había transcurrido entre las cuarenta paredes de aquella casa de Dios, y ni siquiera la ignominiosa circunstancia de ser un hijo del pecado le correspondía expiarla a él. Jamás había tenido que ser amonestado. Jamás había tenido que cumplir penitencia alguna. Por el contrario, era apreciado por los superiores, aceptado por los compañeros y reconocido por los hermanos legos. Por no ser, ni siquiera hubiera podido decirse del pacato hermano Vicenç que compartía aquellos extravíos que poco a poco fueron minando la disciplina del clero regular: el relajamiento del voto de pobreza o la intemperancia de ciertos pecados capitales. Sí convivió, en cambio, con personajes de todo tipo empujados a los cenobios por los nuevos tiempos: soldados, carlistas y *malcontents*. Y vivió las angustiosas idas y venidas al compás de las cabriolas políticas. Pero nada de esto parecía dejar marcas muy profundas en su talante flemático. El trabajo como ayudante del bibliotecario le procuraba un intenso y solitario placer. Desde el primer momento se interesó en los libros. Especialmente en las obras de teología. Nada raro si se tiene en cuenta que desde su nacimiento solo había respirado religión y nada más que religión. Tampoco fue extraño que cuando su antecesor murió de viejo pasara a ocuparse de la biblioteca. Todos los hermanos estuvieron de acuerdo: a pesar de su juventud —veinticinco años podían parecer pocos para adquirir la sabiduría que el cargo exigía—, el hermano Vicenç era la persona indicada para esa tarea.

Las dos salas de la biblioteca reunían un total de 10.146 volúmenes, entre los que destacaban 252 manuscritos y 387 códices miniados. Algunas de las obras habían sido copiadas en los *scriptoriums* del monasterio, mientras que otras eran regalos efectuados por los monarcas y los nobles, o aportaciones de los monjes que a lo largo de los siglos habían estudiado o enseñado en las universidades de París y de Toulouse. Había libros de todo tipo, sobre todo tratados de teología y filosofía eclesiástica, bíblica, litúrgica, cantorales, manuales de oraciones y clásicos latinos y renacentistas. Algunas de las obras más famosas de la literatura catalana primitiva se encontraban también allí: el famoso *Còdex* de los condes de Barcelona, el *Pergamí* dibujado por Pere el Gran o los manuscritos de las *Cròniques* de su padre, Jaume I. Clásicos en edición original. Ejemplares autografiados por sus célebres eruditos o por sus escribas. Salterios adornados con exquisitas miniaturas, grabados, filigranas…

De todo este patrimonio era indiscutible custodio el bibliotecario.

El hermano Vicenç se tomó el trabajo con gran interés, rayano en la devoción. A veces se le veía coger un libro para repasar con avidez, una por una, todas las hojas, reseguir el estado de las volutas, comprobar el ajuste sólido de las cubiertas, la disposición de los pliegues, discernir con profundo conocimiento la calidad de la tinta, la nitidez de las grafías, la disposición del título, la decoración del lomo… Poco podía sospechar, en sus días más felices entre libros, polvo y soledad, que todos aquellos tesoros estaban condenados a sufrir la infame voluntad de los hombres.

El primer decreto de supresión de monasterios, el que las Cortes habían firmado una docena de años antes de la tragedia final, había eximido a Poblet de perder la comunidad, pero no sus bienes, los cuales pasarían a manos del Estado. El edicto disponía que los propios monjes presentaran un inventario, especialmente de la biblioteca. Fue entonces, al emprender la tarea de actualizar los archivos, cuando el hermano Vicenç se tropezó con la ficha de un libro que nunca había visto en aquellos estantes. El título, *De secretis resuscitatio*, lo intrigó sobremanera. El hermano Odón le había dado a conocer muchas obras de las que se custodiaban, a veces en condiciones muy reservadas, pero nunca le había hablado de aquella tan curiosa —*Sobre los secretos de resucitar*—, cuyo autor, Arnau de Vilanova, constaba en al menos media docena de fichas con diversos títulos de carácter espiritual y apocalíptico. Incluso hereje: *Confessió de Barcelona*, *Raonament d'Avinyó*, *Lliçó de Narbona*...

Con los miles de libros que contenía la biblioteca, si el *De secretis* estaba traspapelado iba a ser una odisea encontrarlo.

Lo buscó por todos los estantes, por todos los armarios, por todas las dependencias. Lo buscó incluso en los improbables escondrijos practicados aquel verano en el monasterio con el objeto de ocultar las valiosas reliquias que los monjes expulsados no podían cargar, o los accesorios litúrgicos que podrían robarles los salteadores de caminos. Había escondrijos en un suelo falso junto a la puerta del noviciado. Y bajo un arco de descarga en el muro del dormitorio. Y entre la bóveda de la iglesia y la techumbre.

Todo fue en vano.

No lo encontró en ninguna parte.

La curiosidad se convirtió en tormento cuando lo vio mencionado en una obra sobre las aberraciones religiosas. *De secretis resuscitatio* no se citaba en demasiados libros de teología, pero cuando se hacía era siempre en los mismos términos: muy pernicioso para la religión cristiana porque sostenía la posibilidad de resucitar por medio de procedimientos mágicos. Y eso constituía claramente una herejía. Y el incontestable motivo por el que había sido condenado por el Vaticano y todos sus ejemplares quemados públicamente. Nada nuevo cuando se trataba de obras del polémico Arnau de Vilanova. Claro que podía ser uno de aquellos famosos textos espurios que los desaprensivos habían cobijado bajo el prestigio del gran doctor medieval...

Aunque eso no explicaba por qué una obra de aquellas características —evidentemente un ejemplar salvado de la pira inquisitorial— había ido a parar a una santa biblioteca como la del Real Monasterio de Poblet.

Y tampoco explicaba por qué no estaba donde debería estar.

3

—Don Albert Pujol, el librero, fue atacado por nuestro asesino.

Auguste Dupin contempla atónito a Josep Lluís Teixidor. Apenas ha tenido tiempo de dejar caer el portamantas, la sombrerera y un somnoliento saludo nocturno.

—¿Lo han matado?

El *mosso d'esquadra* sacude la cabeza negativamente.

Dupin frunce el ceño, mientras empieza a desembarazarse de la gorra de viaje, de la bufanda, de la cazadora. Nota las facciones resecas, la garganta agarrotada de polvo y los ojos embotados de cansancio.

—¿Gravemente herido?

El policía vuelve a negar. El ceño del investigador se intensifica.

—Él mismo vino a denunciar el ataque. El *quefe* me avisó tan pronto supo lo que había pasado…

—¿Y qué había pasado?

A Teixidor le sorprende aquel tono indolente. Habiéndose despojado de su disfraz de viajero, Dupin se dirige ahora a su habitación arrastrando prendas y sombrerera. El *mosso* toma el portamantas y lo sigue. Es entonces cuando Dupin se da cuenta de que camina un tanto encorvado.

—¿Cómo se encuentra usted? —encadena la pregunta con la anterior.

—Bastante bien. Un dolorcillo que me obliga a andar así. Pero mejorando.

El francés, que ha soltado la carga sobre la cama, le palmea el brazo.

—Me alegro, me alegro —dice con afecto. Y añade—: Si me lo permite, me asearé un poco y enseguida salgo para que me cuente ese… episodio sobre nuestro librero. Ya sabrá usted lo agotador que resulta viajar por estos caminos del demonio.

Un cuarto de hora más tarde, envuelto en su elegante bata y calzando cómodas *charentaises*, Auguste Dupin se sentó en una butaca junto a la ventana y encendió la pipa de espuma. Le hizo a su compañero de piso una detallada relación de todo lo que mosén Antoni Serret les había contado sobre fray Vicenç y la biblioteca de Poblet. Parecía incontestable: el esquivo monje de Mataró y el antiguo bibliotecario del monasterio eran la misma persona. Probablemente ese fuera el motivo de su enorme interés por las obras religiosas. Eso, a su vez, tendría relación con el desorden de ciertos estantes en las bibliotecas de los asesinados. Con todo, el párroco de l'Espluga de Francolí en ningún momento había dado señales de pensar nada malo del bibliotecario. Más bien parecía profesarle simpatía. ¿Cómo podía ser, pues, que aquel hombre, que además era un hombre de Dios, perpetrara tan terribles asesinatos? Claro que, Auguste Dupin lo sabía de sobras, detrás de las personas más honorables, de las que parecen más inocentes, se esconden a veces los temperamentos más mezquinos, los cerebros más diabólicos, los instintos más criminales.

Y había otra cuestión.

Los libros.

Según don Albert Pujol, fray Vicenç le había vendido obras procedentes de Poblet, y mosén Serret había admitido que en algún momento corrió el rumor de que se había llevado libros de la biblioteca, en aquellos azarosos días. Coincidían demasiados hechos, demasiados detalles para que aquel fray Vicenç no resultara altamente sospechoso.

—Por supuesto —accedió Teixidor—. Pero, como usted dice a menudo, ¿cuál es la razón, el motivo?

Auguste Dupin asintió pesadamente.

Una vez más, el móvil.

¿Un exmonje, exbibliotecario, asesinando libreros y coleccionistas a causa de alguna extraña obra de carácter religioso? ¿Por qué no? La gente cometía los crímenes más brutales por los motivos más extraños.

—En un momento u otro lo descubriremos —concluyó—. Y ahora explíqueme, sin omitir detalle, esa agresión denunciada por nuestro monsieur Pujol.

—Por lo que contó, un intruso se coló en su tienda mientras dormía en su cuarto, al fondo del local —lo informó el *mosso* con el entusiasmo de quien posee novedades importantes—. Lo despertó el ruido y fue a ver.

—Y lo atacaron.

De nuevo le sorprendió a Teixidor el ligero tono de condescendencia que percibía en la conclusión de Dupin.

—Pues sí. Le atizaron en la cabeza con algo duro (nos mostró el chichón) y lo dejaron fuera de combate.

—¡Qué curioso!

Teixidor se impacientaba.

—Cuando recuperó los sentidos, descubrió que le faltaba un libro —consultó un papelito garabateado—: *Directorium Inquisitorum*, de un tal Nicolau Eimeric. Un inquisidor catalán muy famoso.

Dupin no reaccionó con la pasión que el policía trataba de inculcarle.

—Sí, recuerdo que me lo mostró cuando fui a visitar su librería...

—¿Se da cuenta? ¡Otro libro religioso!

—Claro. Y supongo que no pudo dar ningún detalle del atacante.

Josep Lluís Teixidor negó con la cabeza.

—Muy sospechoso, ¿no le parece? —volvió a la carga Dupin.

Teixidor lo miró, desconcertado y algo mosca.

—¿Qué intenta usted decirme, *mesié* Dupin?

—Vamos, Teixidor. ¿No le parece extraño que a don Albert Pujol no lo mataran como a las otras víctimas?

El interpelado lo miró estupefacto.

—¡Por el amor de Dios! ¿Que el pobre hombre se salvara de morir a manos del asesino le parece sospechoso?

—Mucho. ¿Por qué motivo querría respetarle la vida? ¿Acaso tienen alguna relación? ¿Alguna que incluso don Albert, que no fue capaz de dar detalles sobre él, ni siquiera recele?

—¡Fray Vicenç! —exclamó Teixidor con entusiasmo.

—Quizás sí o quizás no. O quizás el librero no sea tan inocente como pretende hacernos creer.

—O quizás usted se esté dejando llevar por la antipatía que es evidente que le tiene…

—Es solo una intuición —concedió Dupin—, pero cuando me da en la nariz que se trata de un montaje, lo que hago es mirar en la dirección opuesta a aquella hacia la que intentan conducirme.

Fuera como fuera, ya era imprescindible, a aquellas alturas, localizar a aquel dichoso fraile de aquel dichoso monasterio de Poblet.

4

Tras aquel primer intento de enajenar los bienes monásticos, la calma regresó al monasterio de Santa Maria de Poblet al restablecerse el antiguo orden, tres años más tarde.

Los libros no llegaron a moverse de los anaqueles.

Pero esa calma no alcanzó al monje bibliotecario.

A medida que pasaba el tiempo y continuaba sin localizarlo, el hermano Vicenç iba obsesionándose, dejándose capturar por la imperiosa necesidad de obtener el *De secretis resuscitatio*.

Porque su fe empezaba a tambalearse.

No poseía otros elementos de juicio que los que le habían inculcado en aquel monasterio. Pero precisamente por eso su espíritu se inquietaba cuando pensaba que alguien, muchos siglos atrás, había escrito una obra que negaba el orden natural de la vida humana concedida por el Creador y proponía otras realidades: la posibilidad de resucitar, en lugar de quedarse aguardando el juicio final bajo un metro de tierra. Esa posibilidad ponía en duda, a su vez, todo aquello que para él había sido incontestable: la verdad de las Escrituras y, en definitiva, la existencia de un Ser Supremo, creador de lo visible y lo invisible y árbitro de la vida y de la muerte. Todo su mundo, hecho de aquella fe de manual, sufrió un tremendo zarandeo.

Aparte de las exaltadas reseñas halladas en otras obras, los únicos datos que poseía eran los que figuraban en la ficha huérfana del archivo monacal: el título, el autor, la fecha en la que fue escrito y una referencia topográfica muy extraña:

En las fichas que se utilizaban en la biblioteca, junto a cada título se anotaban dos números, seguidos de la palabra *gradus*, que indicaban la posición y el anaquel, y un tercer número romano que correspondía al armario o librería donde se guardaba. Una fórmula utilizada desde antiguo que, obviamente, no coincidía con la del libro misterioso. Tras largas cavilaciones, dedujo que las primeras cifras del topográfico no podían referirse a la edición, puesto que constaba que había sido escrito en 1310. Tal vez se tratase de la fecha del registro de entrada en la biblioteca de Poblet… Eso le dio la idea de buscar alguna pista en el diario del abad que en 1381 había estado al frente de la comunidad: Guillem Agulló.

¡Con qué pasión leyó aquel diario!

No tardó en descubrir que en aquella época el conde de Barcelona, uno de los principales promotores de la biblioteca de Poblet, a la que había donado todos sus libros, era Pere III el Cerimoniós. El mismo que había impulsado la construcción del famoso panteón. El abad Agulló, amigo personal del conde, se había encargado de llevar a cabo sus grandiosos proyectos. Al hermano Vicenç se le ocurrió entonces una nueva posibilidad: la abreviación *Tom*, que podía ser confundida fácilmente con «tomo», podía significar *tomba*; tumba en catalán. Y entonces P-III equivaldría a Pere III. Se planteó la posibilidad de que, por alguna razón, tal vez porque no había querido destruir la obra, pero sí escamotearla a ojos indiscretos o poco cualificados, el abad Agulló hubiera decidido ocultarla en el sepulcro del rey, el cual tardaría aún media docena de años en necesitarlo.

Con estas especulaciones, la obsesión del hermano Vicenç alcanzó su cenit.

El Panteón de la Casa Real de Barcelona se convirtió en la única imagen que sus ojos, o su mente, contemplaban sin descanso.

A veces, mientras todo el mundo dormía, se colaba en la iglesia para poder examinar a sus anchas el elevado y oblicuo tálamo donde yacía el monarca. Hasta que se le ocurrió la mejor de las excusas para permanecer muchas horas absorto en su contemplación.

Cada noche, aún noche cerrada, sumergidos en las sombras del cielo y del sueño, los hermanos se levantaban de sus camas, se enfundaban en las cogullas y se echaban sobre las tonsuras las capuchas, juntaban las manos en el interior de las holgadas mangas y se ponían en fila para dirigirse al coro. Había que esperar a la llegada del día en el recogimiento del oficio de maitines. El placer del reposo había sido quebrado momentos antes por la campanilla desfilando ante las puertas de los dormitorios, el paso voluntariamente ruidoso de los hermanos que velaban y su cantinela:

—*Benedicamus Domino.*

Los veladores ni siquiera se acostaban. Permanecían en la iglesia recitando un número determinado de salmos que los ayudaba a establecer el tiempo transcurrido y la hora en la que había que despertar a los hermanos para cantar los maitines.

Súbitamente tomado por la solidaridad, Vicenç se ofrecía a cada momento para realizar aquella agotadora tarea de velador que le permitía quedarse casi a solas frente al altar. Como cuando era niño. Pero sin la misma inocencia. Durante muchas noches, mientras la comunidad se hallaba sumida en profundo sueño, permanecía en su banco del coro murmurando los salmos, con la vista fija en el Panteó Reial, en concreto en el arco del lado del Evangelio, que era sobre el que estaban los sepulcros de Pere III y tres de la media docena de esposas que tuvo. Resultaba fácil distinguirlo de su tatarabuelo Jaume I —situado justo bajo sus pies—, y de su nieto Fernando de Antequera —situado encima— a causa del puñal de mármol que su estatua yacente sujetaba entre las manos, donde los demás reyes abrazaban las espadas. Conde de Barcelona, rey de Aragón, de Valencia, de Mallorca y de Cerdeña, y duque de Atenas y de Neopatria, Pere III había pasado a la historia con el sobrenombre de «el Cerimoniós» porque fue quien redactó el protocolo de palacio y corte en el que se reflejarían en los siglos venideros todas las casas reales europeas. Enfermizo y de corta estatura, se le recordaba también por su carácter fuerte, violento y cruel. El puñal que siempre lucía al cinto le valió el otro alias menos amable: «el del Punyalet».

En una ocasión en la que velaba solo, el hermano Vicenç incluso se atrevió a encaramarse al arco y trató de retirar la pesada losa que cubría la tumba.

Absolutamente imposible. Tan imposible como confesarle a nadie su obsesión; ni mucho menos pedir ayuda para aquella extraña labor. Sin embargo, no fueron pocos los hermanos que lo observaron con curiosidad, a hurtadillas, cuando la mirada de un brillo febril se mantenía ausente, fijada en el rostro de lechoso alabastro, mientras, de espaldas a la comunidad, el celebrante pronunciaba las homilías y trenzaba los cantos gregorianos.

5

Auguste Dupin se sentía un poco irritado aquella mañana, mientras escogía el vestuario para ir a la subasta. No había dormido bien. Se había despertado a las tres de la madrugada y enseguida había buscado a Ausiàs March sobre la mesilla de noche. Sus versos se habían convertido en una especie de sedoso sedante para las noches de enconado insomnio.

Si no hubiera sido por la dichosa subasta, se habría quedado un par de horas más entre sábanas, holgazaneando.

Aunque hacía días que se hablaba de ella, no fue hasta la víspera cuando se le ocurrió que sería buena idea asistir. La subasta de la valiosa biblioteca particular de un abogado recién fallecido podía atraer a un asesino tan interesado en ciertas obras poco comunes. Porque en el catálogo se ofrecía un ejemplar considerado único de un libro indiscutiblemente religioso: la llamada *Bíblia Valenciana*.

Las liquidaciones de bibliotecas constituían siempre un acontecimiento para los libreros de ocasión, para los bibliófilos y para los bibliómanos. Un mes antes de la subasta se les daba publicidad y se ponía un inventario a disposición de los expertos. Si los lotes lo merecían, los directores de las principales bibliotecas públicas del país, e incluso del extranjero, enviaban a sus delegados. Las subastas solían tener lugar en los almacenes o las tiendas de los depositarios, bajo la supervisión de un agente del Colegio Oficial de Subastadores. Presidía el acto un notario público, que se encargaba de registrar los lotes vendidos, el precio de adjudicación y el nombre del comprador, como medida para evitar fraudes.

Media hora antes del inicio del acto, Dupin accedió al almacén de la calle de l'Argenteria. A su alrededor, los compradores, los libreros, los coleccionistas se apretujaban sin compasión. Sobre una tarima se había instalado la mesa del subastador, y a sus pies, un largo mostrador con la mercancía, custodiada por el ademán fiero de dos *mossos d'esquadra*. Los ojos expertos de Dupin repasaron los preciosos ejemplares. Manuscritos de la Alta Edad Media, hermosos infolios de los que solo se encuentran en las vitrinas de los museos, en las salas de reserva de las bibliotecas públicas o en las cajas fuertes de los magnates. De aquellos que no son para leer. Ni siquiera para tocar. Algunas encuadernaciones eran notables, dignas de coleccionista. Los Aldo Manuzio cosidos a mano, los Bozerian y los Purgold. O las piezas de Claude Garamond, inventor de nuevas tipografías. También se ofrecían ejemplares autóctonos de indiscutible valor. Una edición barroca del *Blanquerna* y un *Consolat de Mar* salido de las prensas de Nicolau Spindeler, un *Quijote* del año 1617 editado en Barcelona, algunas pulcras piezas de Pere Ponsa y otras de Carles Amorós.

Pero la auténtica joya de la corona era la Biblia editada en Valencia en 1478 por el famoso Lambert Palmart y por Alfonso Fernández de Còrdova. Se trataba de un infolio bien conservado, en tipos góticos a dos columnas y encuadernado en pergamino amarillo. El autor era nada menos que el doctor en teología Bonifaci Ferrer, hermano del insigne san Vicenç, de quien se decía que le había asistido en la traducción. No solo era la primera versión conocida en lengua catalana, sino también la primera Biblia impresa en la Península y la cuarta en el mundo entero. Pero lo que la hacía tan excepcional era que se consideraba un libro perdido, milagrosamente reaparecido tras permanecer durante siglos oculto en un armario de una prestigiosa biblioteca particular. Oculto, porque todos los ejemplares de esa impresión habían sido destruidos poco después de ver la luz. A la Iglesia católica nunca le habían hecho gracia las biblias en lenguas vulgares, que representaban un serio peligro para el control de la fe. Media docena de años después de su publicación, el Tribunal del Santo Oficio resolvió que la *Bíblia Valenciana* contenía numerosas herejías y la condenó a la hoguera. La efectividad de la purga fue tal que, aunque en algunos textos antiguos se la mencionaba, incluso se dudaba de su existencia.

Auguste Dupin cedió el puesto frente a la mesa donde se exponían los libros a subasta. En ningún momento su bibliofilia le había hecho perder de vista el objetivo de su presencia en el recinto. Mientras examinaba las obras, sus oídos y su reojo no dejaban de analizar el entorno. Los recientes asesinatos ocurridos en Barcelona brincaban ya de boca en boca.

—Lo encontraron muerto en su almacén de Sota Muralla.

—Como al bueno de don Adelí Bonanova: ¡en su librería!

—¡Cosido a puñaladas!

—¿Conoce usted el caso de aquel joven estudiante del seminario? El que encontraron en el depósito de aceite…

—Asesinado.

—¿Y el inglés?

—A ese lo mataron en el puerto.

—Tantos muertos en tan poco tiempo, en una ciudad tan tranquila. ¡Parece mentira!

—Parece sobrenatural.

—Yo creo que es cosa de un *dip*.

Las orejas de Dupin se izaron como las de una liebre, como siempre que oía una palabra catalana que le resultara desconocida. Enseguida comprendió su significado por el contexto de la conversación.

Un vampiro.

No pudo evitar una sonrisa al recordar el ser fantástico a quien doña Bea atribuía los asesinatos. ¿Y ahora un vampiro?

—No se lo tome usted a broma —le estaba diciendo a su oyente el que había iniciado la conversación—. Podría contarle cosas espeluznantes sobre los dips.

Dupin se acercó un poco más, ahora francamente intrigado. Ignoraba que los vampiros se habían convertido en apasionado tema de conversación entre los barceloneses desde que ese mismo año don Antoni de Montpalau, miembro de la Academia de las Ciencias, había tenido que enfrentarse a uno de ellos: Onofre de Dip, antiguo caballero de Jaume I, que había sido seducido y contagiado por una *varkolak* húngara. El barón vampiro, que habitaba en el castillo de la minúscula población de Pratdip, a unos cuarenta kilómetros de Tarragona, había atacado a una buena docena de desgraciados aldeanos antes de que le pararan los pies. O los colmillos.

—Hay quien dice que lo mejor para alejarlos es una cabeza de ajos o una cruz —aportó uno de los tertulianos.

—Pues yo he oído que lo que les asusta es el acero… —intervino un tercer pasmarote. Basta un cuchillo de cocina para que se larguen.

También Dupin se largó. Era evidente que *su* asesino, que mataba con un puñal de curiosa hoja de acero, no podía ser un vampiro.

Al alejarse, casi tropezó con don Albert Pujol, cuya mirada cargada de desdén castigaba sin piedad al grupito de los sobrenaturales. ¿Qué pensaría el librero de todo aquello? ¿Tendría también una opinión formada sobre la identidad del misterioso asesino que no daba tregua a la ciudad?

—Buenos días, monsieur Pujol. —Le tendió la mano.

—¿Usted también por aquí? —El librero respondió con una pregunta que sonaba ligeramente impertinente, mientras encajaba con dedos flácidos.

—He venido a ver si encuentro algún libro interesante —dijo Dupin con jovialidad, satisfecho de consolidar su imagen de coleccionista—. Supongo que como usted.

—Estoy aquí en representación de fray Vicenç.

Dupin se puso en guardia.

—¿Por alguna obra en particular?

Los hombros del librero se encogieron, esquivos.

—¿Y por qué no ha venido él en persona? —volvió a la carga Dupin—. Mataró no está tan lejos… ¿En qué convento me dijo usted que vivía?

Don Albert Pujol le lanzó una mirada dura.

—Confía plenamente en mi criterio.

Dupin comprendió que no lograría arrancarle aquella información. Cambió de estrategia.

—Por cierto, la semana pasada visité Poblet…

¿Eran imaginaciones suyas o el librero se había sobresaltado un tanto?

—Pues no debió de ver gran cosa. Todo está en ruinas. ¿Qué se le había perdido tan lejos?

—Me hablaron de la biblioteca.

¿Otro ligero sobresalto?

—Lo veo a usted nervioso —aventuró—. ¿Le ocurre algo?

—¡Me ocurrió! —exclamó entonces don Albert, con fervor—. ¿Sabe que me atacaron y me robaron un libro?

—¡Qué me dice!

—Como a esos pobres hombres de los que hablaban por ahí. ¿No se ha enterado de la ola de asaltos a libreros y coleccionistas?

—Pues la verdad es que no —mintió Dupin—. La mía es una vida más bien retirada, ya sabe…

Quel idiot! El nerviosismo del librero tenía una perfecta explicación. Se lamentó de estar viendo siempre fantasmas incluso donde no los había.

Don Albert Pujol le arrojó una mirada suspicaz. Parecía a punto de replicar cuando la campanilla, anunciando con estridencia el inicio de la subasta, cercenó la incómoda conversación. Con un breve gesto de despedida, se alejó hacia un lateral de la primera fila. Auguste Dupin se dio cuenta de que su atención se había desplazado a un personaje que en aquellos momentos se abría paso entre la concurrencia hasta alcanzar un lugar preeminente, frente a la mesa del subastador.

Don Agustí Patxot era un caballero que, sobrepasada la setentena, llevaba su amarillenta vejez con exagerada dignidad. Solemne y engolado, todavía vestía a la moda de años atrás: casaca ajustada, cuello y puños de encaje, calzón hasta la rodilla y medias rematadas con recios zapatones de tacón y hebilla de plata. Era como si el mismísimo Robespierre se hubiera dignado a resucitar. Incluso llevaba el pelo a la antigua usanza, empolvado y abarquillado sobre las orejas. Pero los vestidos eran nuevos, los zapatos estaban bien lustrados y lucía en el meñique una gruesa sortija de oro y pinzados sobre la nariz unos quevedos con montura también dorada. Dupin no sabía que ese caballero representaba para don Albert Pujol una inquietante carga. Agustí Patxot siempre se interesaba por los mismos ejemplares singularísimos que él. Y siempre los conseguía, porque en las subastas no dudaba en elevar las pujas para encarecer el precio y arrebatarle las piezas.

Durante los minutos siguientes, ninguno de los dos contendientes pareció interesarse por ninguno de los libros que se liquidaban.

Cuando le tocó el turno a la *Bíblia Valenciana*, don Albert Pujol fue el primero en ofrecer veinte libras por ella. A hurtadillas observó el semblante de Patxot, el cual permaneció en silencio, hojeando el catálogo de la subasta, como si ni siquiera le interesara aquella obra. Pujol contuvo el aliento. Le parecía increíble que el ejemplar le hubiera costado tan poca angustia.

Levantó la sonrisa lánguida, avanzando dos pasos, dispuesto a recoger el libro, cuando oyó la voz de Patxot anticipándose:

—Cuarenta.

Traga saliva.

—Cincuenta.

—Sesenta —replica Patxot con toda tranquilidad.

—Cien.

—¿Nadie ofrece más? —interviene el subastador, para hacer notar su presencia más que porque sea necesario incentivar el excitante forcejeo.

—Cuatrocientas.

Un murmullo de expectación tiembla en el aire, como cristal quebrándose.

—Quinientas —susurra don Albert.

Patea impaciente el suelo, colérico, encabritado; un toro presto a embestir. Desde una docena de metros a su izquierda, Auguste Dupin no le aparta los ojos, absolutamente fascinado. Absolutamente suspicaz. Ni siquiera para fijarlos en el otro contendiente, el cual parece de nuevo desinteresado.

La voz de gaviota del subastador ya ha repetido tres veces:

—¡Quinientas!

El silencio emocionado de toda la concurrencia es denso, pastoso.

—A la una, a las dos, a las…

—Seiscientas. —Don Agustí Patxot apenas ha silbado por entre los labios la nueva oferta.

Se produce un compás de espera. Todas las miradas colgadas en el rostro adusto y familiarmente malhumorado de su colega Albert Pujol. Este dibuja un ligero rictus con los labios y con la mano un gesto como de espantar un molesto insecto. Y permanece en silencio. Enfurruñado como un niño al que le han quitado un caramelo.

El agente subastador se apresura a repetir la cantinela.

—¡Seiscientas!

Y después cuenta hasta tres y abate el mazo sobre la mesa.

—¡Adjudicado!

El silencio siguió siendo denso mientras la *Bíblia Valenciana* pasaba de mano en mano. Patxot, abrigado por la multitud, ni se dignó levantar la vista de sus papeles. Sus gruesas y arqueadas cejas, veladas tras los quevedos, reproducían la cavilosa satisfacción de quien acaba de desembolsar seis mil reales.

Don Albert Pujol se abrió camino hacia la salida con cierta brusquedad. Cerca de la puerta lo interceptó Auguste Dupin.

—¡Ahora tengo prisa! —le espetó don Albert, sin detener el paso.

—*Hélas!* Lamento que se le haya escapado la pieza. Fray Vicenç quedará consternado...

El librero le encasquetó una venenosa mirada, antes de hacer mutis por la puerta.

6

No sería la primera vez que fray Vicenç se sentiría defraudado.

Desesperaba ya de obtener el libro cuando, después de los hechos de julio de 1835, los acontecimientos se precipitaron. Parientes y amigos dieron aviso a los monjes de lo que había pasado en Reus, y de las represalias contra la Iglesia que se estaban produciendo. Corría el rumor de que en los pueblos de los alrededores ya se organizaban para encaminarse a Poblet.

Fue la desbandada.

La mayor parte de la comunidad abandonó el monasterio. Pero el hermano Vicenç vio en aquella situación la oportunidad de conseguir lo que desde hacía tanto tiempo le tenía el cerebro secuestrado y el corazón corroído. Ni siquiera la nueva ley de desamortización que lo arrojaría de su cómoda existencia quebrantó su ánimo.

Por segunda vez en poco tiempo se había decretado la enajenación de los llamados bienes de manos muertas, los que pertenecían a los conventos y monasterios. Consciente de la sangría que estaba ocasionando la guerra carlista, el flamante ministro de Hacienda, Juan Álvarez Mendizábal, ordenó esas expropiaciones para sanear el tesoro público. El principal objetivo eran las tierras y los edificios, pero también las obras de arte y las bibliotecas. Se constituyeron comisiones para inventariarlas: las Juntas de Intervención de Objetos Aplicables a Ciencias y Artes. Las piezas valiosas se guardarían para museos y bibliotecas. El resto se subastaría con el objeto de sufragar los gastos. Unos cuantos monjes de cada comunidad debían encargarse de empaquetar los bienes enajenados. Las Juntas de Intervención solicitaron la contratación de guardas armados con el fin de custodiar los edificios religiosos. En Poblet ya se habían quejado un par de veces de las visitas de aldeanos dispuestos, como la vez anterior, a llevarse lo que pudieran. Por el momento se había conseguido contemporizar con ellos, invitándolos a beber y tolerando que arramblaran con las gallinas y los conejos. Pero el peligro crecía día tras día y al final las autoridades decidieron contratar a Onofre Lafita, un joven paisano que se instaló en la hospedería, junto a la vía principal, con su trabuco y su juego de llaves, que mantenían asegurados todos los accesos. Solo él y los monjes que permanecían en el interior del recinto podían abrirlos y cerrarlos. Dentro del monasterio se quedaron por voluntad propia el hermano Miquel, el carpintero, que no daba abasto en armar cajas para que el hermano bolsero, Cosme, y el hermano bibliotecario, Vicenç, con la ayuda de un hermano lego, pudieran enfardelar los libros con destino a unos almacenes de Tarragona.

Con el convencimiento de que no había vuelta atrás, y ante el peligro de un asalto inminente, el padre Cosme, que era el encargado de las finanzas de la comunidad, se escabulló una noche con el hermano lego, llevándose dentro de unas portadoras de vino el dinero que quedaba, para poder distribuirlo entre los exclaustrados. Pero las habladurías contaban que en el monasterio permanecían ocultos varios barriles repletos de monedas de oro y de alhajas.

Nada mejor para estimular a los depredadores.

El cerco se iba cerrando alrededor de Poblet, como si de un momento a otro tuviera que caer en estado de sitio.

Pero el hermano Vicenç siguió sin moverse.

No porque le importaran los libros de la biblioteca.

Porque le importaba un libro concreto.

Y no se marcharía sin él.

El apocalipsis se abatió el día en que a Onofre Lafita, el guardián del trabuco, no le quedó otro remedio que abrir las puertas a los de Vimbodí, que traían trabucos más contundentes que el suyo. Venían en tropel. Una marea de hombres, mujeres y hasta niños. Doscientos. Trescientos. Un rastro de hormigas recorriendo los apenas cinco kilómetros de distancia, a través de las colinas y los campos. Con carros. Con asnos provistos de alforjas. Traían en los semblantes la frialdad, la calma y el convencimiento de ir a por lo que les pertenecía por algún confuso derecho. En el silencio del valle, el latido de pies, patas y ruedas se escuchaba desde el interior de la biblioteca, donde los voluntarios seguían encajonando libros a toda prisa. El hermano Miquel salió a investigar. Ya se los encontró en el claustro. Le encararon un trabuco con rudeza.

—*On vas tu, fraret?*

—A buscar clavos —farfulló Miquel.

Mientras hablaba, por el rabillo del ojo vio a la turbamulta dispersarse como una devastadora mancha de aceite por todas las dependencias de la casa de Dios. De su casa. Sintió llegar las lágrimas. Se oían gritos, voces rasposas, carcajadas, exclamaciones admirativas por la grandiosidad y la belleza de aquel monumento que venían dispuestos a abatir.

—*Res, res!* —le gritó hoscamente el del trabuco—. ¡Venga, todo el mundo fuera! ¡Sanseacabó!

Y empezó el juicio final.

Eran muchos, apiñados, presionando, zarandeando con sus cuerpos recios las puertas de las diversas dependencias, forzando las cerraduras y los candados, derribando los portones de gruesa madera como si fueran lienzos de caña. Demonios enfurecidos corrían por las estancias saqueando a manos llenas. Arrebatando lo que encontraban, peleándose entre ellos por un escabel o unas viejas zapatillas de lona. De todas las puertas y ventanas salían muebles flotando en los brazos de sus nuevos propietarios. Los cuadros, por ser de temática religiosa, no los querían. Los descolgaban, los amontonaban y les prendían fuego allí mismo, sin que les preocupara la posibilidad de que el incendio se dispersase por el interior de las estancias. Fascinados por el sacrificio devorador de las llamas, celebraban el infierno fusilando con furia los tapices de las paredes, las alfombras, los vitrales.

Y cuando no quedó nada más por rapiñar, por destrozar, por quemar, las miradas se posaron sobre el Panteó Reial.

No solo había que matar a los curas. También a los reyes.

Porque la realeza era tan culpable de sus males como la Iglesia.

Además, corría la voz de que los muertos llevaban joyas.

Era cierto.

En su huida, los monjes se habían llevado cálices, patenas y alhajas de todo tipo, pero no habían podido acceder a las reliquias de las tumbas reales: las sortijas, las cadenas de oro, las espadas, las coronas con las que habían sido enterrados aquellos siete reyes, doce reinas y cuarenta príncipes. Los depredadores pusieron manos a la obra. Con humeantes antorchas, de brillo casi sonoro, se iluminaban a los pies del panteón. Castillos humanos se encaramaban para llegar a la cúspide, para subirse a las estatuas yacentes. Las cubiertas de los sepulcros fueron abatidas con mazos, martillos y hasta culatas de trabuco. Los arcos y las bóvedas de la iglesia recogían, repercutían, el retumbar de los golpes, el crujido de los frágiles alabastros quebrándose, de los delicados adornos triturados y despeñados. Cabezas, manos, querubines, rebotando contra el suelo. Palanquearon las tapas de los féretros carcomidos. Desde el interior, rostros horribles, negros de muerte antigua, les devolvieron impasibles la mirada. Y ellos, impasibles, no dudaron. Rebuscaron entre los jirones de piel grisácea, de huesos medio deshechos, y como les molestaban, empezaron a arrojarlos desde lo alto. Momias y esqueletos. Despojos. Trajes que un día fueron suntuosos, ahora convertidos en harapos sucios, malolientes. Huesos amarillos que tintineaban al esparcirse por encima de las losas, como festivos bolos derribados en un juego infantil. Una orgía diabólica de profanación.

Oculto en la sombra de una de las puertas del retablo mayor, al que las fieras aún no habían prestado atención, el hermano Vicenç observaba, horrorizado, esperanzado, hipnotizado.

Esperanzado porque uno de los sarcófagos violados era el de Pere III.

Hipnotizado, no perdía detalle de la limpieza a fondo que dos mozalbetes y un hombre de cierta edad, con aspecto de payés, estaban realizando en la urna del que fuera el más magnífico y ceremonioso monarca de toda la Europa medieval. Solo por unos instantes desvió los ojos del panteón. Fue cuando la locura humana alcanzó su cenit. Los locos habían extraído del féretro el esqueleto del *Molt Alt Rei En Jaume* —se le reconocía porque físicamente también lo era, alto: casi un metro noventa de huesos y jirones de mortaja— y lo habían puesto de pie, apoyado en el retablo.

—*Que vigili!* —dijo un vozarrón, provocando la hilaridad.

De alguna cabeza salió una gorra cuartelera que pasó a sustituir la oxidada corona real. Alguien le plantó una canana al cinto, y otro, un fusil en la mano.

—Tú, que fuiste rey, ahora serás centinela —dijo el del vozarrón.

Y, ante la estupefacción del hermano Vicenç, la mano callosa del campesino abofeteó la venerable calavera.

El centelleo engañoso de la luz de las antorchas pareció comunicar vida, por unos instantes, a aquella regia cabeza. El monje creyó ver refulgir, afrentados, los ojos en las vacías cuencas. Tardó unos instantes en desechar aquellas sensaciones. Jadeaba aún cuando devolvió la mirada a su objetivo principal, a tiempo de ver como el campesino que registraba minuciosamente el sepulcro de Pere III metía en el zurrón un objeto. La densa penumbra le impidió identificarlo.

«¡El libro!».

Los dos mozalbetes se dedicaban sin pudor a arrojar fuera de la urna, a puñados, montones de macabras cenizas. Entretanto, el otro rapiñador se descolgaba ya por uno de los costados del sepulcro y saltaba al suelo. El hermano Vicenç concluyó que no quedaba nada en el interior de la tumba —la momia de Pere III yacía en un rincón, acurrucada sobre sí misma, un amasijo de muerte y destrucción apartado a puntapiés por las alpargatas de sus verdugos—, y que lo que fuese que hubiera habido ahora estaba dentro del zurrón del campesino que se largaba del escenario.

—¡*Jaio* Maó! —oyó una voz que lo llamaba.

El hombre se volvió.

—¿Ya te largas?

El campesino hizo un gesto de asentimiento y otro de despedida, antes de dirigirse con paso rápido hacia la salida. Fue entonces cuando la sombra entre las sombras se puso también en movimiento. Furtivo y silencioso movimiento, detrás del viejo Maó, a través del patio del monasterio, adentrándose ambos en la noche. Al pasar junto a un montón de chatarra que esperaba en precario equilibrio a ser recogida por algún asaltante, el monje escogió un pedazo desgajado de una barandilla y lo ocultó bajo el hábito, antes de continuar la persecución del campesino. Lo alcanzó poco después, en el Coll Roig, uno de los pasos naturales entre Poblet y Vimbodí. Desde la cima se abarcaba una amplia perspectiva de la comarca. En el fondo del valle, el monasterio, en sombras, punteado por las manchas anaranjadas de los núcleos de pequeños incendios, peinado por columnas de humo blanco, ofrecía un aspecto fantasmagórico.

El viejo Maó se desplomó sin un gemido. A su espalda, fray Vicenç soltó el hierro con lentitud. Pensó que matar no resultaba difícil. No provocaba ninguna sensación de angustia. Ni de culpa. Se inclinó sobre el caído y le registró el zurrón con dedos impacientes.

No encontró ningún libro.

Solo un arma. Un puñal largo y puntiagudo de sección ovalada de dos cortes. No brillaba a la clara luz de la luna porque la hoja era vieja y oxidada. Pero en el guardamano y en la empuñadura vio oro y piedras engastadas.

Algún valor tendría. Ni que fuera como arma defensiva.

Sin siquiera preocuparse de comprobar si el desgraciado *jaio* Maó estaba muerto, se guardó el puñal entre la ropa, le volvió la espalda y se dejó caer sentado en el suelo. Si la había palmado, sin duda sería atribuido a alguna de las partidas de carlistas que rondaban por la comarca.

El monje permaneció un buen rato junto a un matorral de brezo, observando a sus pies, con mirada furiosa y desesperada, el monasterio asaltado por focos de llamas. Comprendió que se había equivocado de objetivo. Era preciso regresar de inmediato, antes de que alguien se llevara el libro del sepulcro del conde de Barcelona.

El rabioso incendio no consentía demora.

7

Auguste Dupin cenaba solo la noche del incendio.

A Josep Lluís Teixidor le tocaba guardia en el cuartel de los Mossos d'Esquadra. Se había marchado al anochecer y no regresaría hasta la madrugada. Dupin estaba saboreando un delicioso *mató amb mel*, una de esas gratas invenciones de la gastronomía catalana, cuando oyó las campanas. Lo puso en alerta su furia: tañían, se enredaban, se acosaban, se cabalgaban, en todas las notas de la escala, acordadas, desacordadas, histéricas.

—Tocan a fuego —le informó unos minutos más tarde doña Bea, cuando subió a retirar los platos.

Abrió la ventana con decisión y el hedor acre se coló en la estancia.

—Por el humo se sabe dónde está el fuego —sentenció la reina de los tópicos.

Dupin se asomó a su lado, expectante.

—Es por los alrededores de la plaza de Sant Jaume —dijo la portera tras unos instantes de atenta observación—. Espero que el señor Josep Lluís esté bien…

En efecto, el incendio se había declarado en alguna calle cercana al cuartel de los Mossos. Lo que los espectadores curiosos no podían saber todavía era que lo que el fuego estaba devorando era nada menos que la librería de Patxot.

La Llibreria Antiquària de don Agustí Patxot era de las más conocidas de Barcelona.

Porque se trataba, nada menos, que de la librería de don Quijote.

Durante siglos, la del Call fue una de las principales calles de la aljama barcelonesa, donde los judíos tenían sus más notables establecimientos. Ese carácter lo había ido heredando siglo tras siglo. Seguía siendo la misma vía tortuosa, flanqueada por desvencijados edificios, algunos luciendo todavía curiosas ventanas judaicas; pero todo su arcaísmo era contrarrestado por el lujo de las numerosas tiendas de trajes y sederías, verdaderos templos de la moda, salpicadas, en curioso contraste, por librerías y talleres de impresores. Doscientos cincuenta años atrás, en el número 14 estuvo instalada la imprenta del estampero más importante de la época: Sebastià de Cormellas. Fue su establecimiento el que conoció Miguel de Cervantes durante su estancia en la ciudad y el que hace visitar a su famoso personaje, poniendo en sus labios palabras de admiración. Cuando la familia Patxot lo adquirió, a principios del siglo XVIII, todavía campeaban en la fachada esgrafiados alusivos a las artes editoriales. Al expandir el negocio, don Agustí compró la finca contigua e instaló en ella no solo el almacén de libros sino también la vivienda. Sin embargo, la maldición parecía haber tocado con su dedo caprichoso aquel edificio. La estirpe impresora de los Cormellas se había extinguido por la falta de dedicación del nieto. Pero mucho antes, muchísimo tiempo antes, a finales del siglo XIV, la calle y la casa habían sufrido la espantosa razia contra los judíos que Barcelona recordaría por siempre avergonzada. La leyenda contaba que en noches de luna llena se veían salir sus espectros del interior del inmueble.

Fue el sereno quien descubrió que no eran fantasmas, sino volutas de humo, lo que surgía de una de las ventanas del piso superior. Y, enseguida, el reflejo de un bello color calabaza, en contraste con el humo gris, de las llamas que consumían con avidez montones de papel. Su silbato advirtió a los vecinos más cercanos, cuyos gritos multiplicaron la voz de alarma.

Un incendio es siempre, y a su pesar, un espectáculo fabuloso. Los espectadores, también a pesar de ellos mismos, desean que dure, que sea estremecedor; de aquellos que medio siglo después todavía se recuerdan. El almacén de libros de don Agustí Patxot no defraudó. En pocos minutos se había convertido en un brasero de llamas aventureras que corrían de estancia en estancia, prendiendo en los miles de páginas resecas de los cientos de volúmenes almacenados. Las ventanas estallaron con una fuerza formidable, sembrando la oscuridad de diminutas estrellas. Al penetrar en el interior del edificio, el viento avivaba las llamas, que se alzaban terribles por encima de las azoteas de las casas hacia el hermoso firmamento añil. En el aire revoloteaban las chispas doradas junto con jirones de pergamino, retazos de papel medio consumido, cenizas de cultura. A la apocalíptica puesta en escena, ponían música de fondo las campanas de todas las iglesias del barrio tocando a fuego. Algunos vecinos, no precisamente los boquiabiertos bobos que observaban fascinados el espectáculo, tomaron la iniciativa y se echaron a la calle con todos los cubos, barreños y jofainas que encontraron. Enseguida se organizaron un par de cadenas que iba pasándoselos de mano en mano desde los pozos comunales que se alzaban en casi cada esquina de casi cada calle. Pero la voracidad de las llamas se empeñaba en dificultar la tarea.

Por fortuna, la flamante Compañía de Bomberos de Barcelona tenía su cuartel junto al ayuntamiento, a pocos metros del Call. Los bomberos de guardia no tardaron en aparecer arrastrando un carretón con la bomba contra incendios. Conocida popularmente como la *Xeringa*, se trataba de una ingeniosa máquina hidráulica que impulsaba a altura considerable el agua con la que los vecinos la abastecían con los cubos.

La llegada de los bomberos siempre era fuente de regocijo para los rapazuelos del barrio. El vistoso uniforme, los cascos de cuero, las placas metálicas en los brazos, las hachas al cinto, las perchas, las escaleras, las mangueras, las trompetas…, todo contribuía a crear espectáculo circense. La introducción de la máquina de vapor en un gran número de industrias de la ciudad había provocado en los últimos tiempos un aumento considerable de incendios, y el Ayuntamiento se esforzaba en adquirir los más modernos inventos de extinción.

Y todos los niños querían ser bomberos.

Incluso cuando los bomberos se veían impotentes para atajar el fuego.

8

—¡Última hora! —pregonaban los desarrapados chiquillos, descalzos, con un montón de periódicos en equilibrio bajo sus cortos brazos—. ¡El *Diario de Barcelona*! ¡Un vecino muerto en el espantoso incendio de un almacén de libros! ¡Última hora!

Josep Lluís Teixidor, absorto en sus pensamientos, tropezó con el pilluelo. Se agachó maquinalmente a recogerle la desastrada gorra que le había resbalado de la cabeza, consciente de que con las manos tan ocupadas le sería imposible.

—Gracias, señor. ¿Quiere el *Brusi*?

Teixidor, no muy asiduo lector, hizo un gesto de negación. Pero se lo repensó.

—Dámelo.

Seguro que a Dupin le interesaría la versión de la prensa.

ESPANTOSA MUERTE DE UN VECINO
EN UN APARATOSO INCENDIO

Sobre las 11 de la noche del 28 de los corrientes se produjo un aparatoso incendio en el almacén de libros del n.º 14 de la calle del Call.

Por el aviso de los vecinos y del alcalde de barrio, tras los infructuosos intentos de sofocar las llamas acudieron sin pérdida de momento los bomberos, los cuales en algo más de una hora consiguieron sofocar el incendio que amenazaba la integridad de edificios colindantes.

Dado el correspondiente parte, poco después de la catástrofe el señor alcalde constitucional, el escribano y demás dependientes del Tribunal accedieron al interior del inmueble siniestrado, hallándose entonces un cadáver totalmente carbonizado.

Se nos ha informado que de las diligencias practicadas ha resultado ser el mismo inquilino que allí vivía, llamado Agustí Patxot, de profesión librero de lance, de estado soltero, de unos setenta años de edad. Dicho Patxot, que vivía solo, era bien conocido entre los bibliófilos de Barcelona.

Por mandato del Sr. alcalde, el cadáver fue trasladado al Hospital General y el procedimiento pasado al Sr. don Fernando Madoz, juez tercero de primera instancia de esta ciudad.

Tenemos entendido que el fuego se originó en el interior de la vivienda del infortunado Patxot, transfiriéndose enseguida a las estancias que utilizaba como almacén, aunque afortunadamente no alcanzó la finca contigua ocupada por su bien conocido establecimiento de librería.

Por disposición del Sr. Madoz, se instruyen diligencias en dicho juzgado en averiguación de los hechos por si pudiera atribuirse causa intencionada al desastre.

Tan pronto como Auguste Dupin levantó los ojos del periódico, Teixidor le puso ante ellos un objeto deforme, parduzco, que en un primer momento le resultó irreconocible. Luego, poco a poco, la luz fue abriéndose paso en su cerebro: una cadena ennegrecida reataba algunas cuentas de aspecto pizarroso.

En circunstancias normales, la presión y el desasosiego incentivaban su energía y su capacidad de deducción, cualidades imprescindibles para un buen investigador. Y él se consideraba un excelente investigador. El mejor. Sin embargo, en aquel momento se sentía inseguro, atemorizado. Pensó que tenía que decirle algo a Teixidor, el cual lo observaba en silencio. Abrió la boca. La cerró. Todo el peso de la fría realidad se estaba derramando sobre su nuca.

«Ahora tienes miedo».

A fin de cuentas, él también era un coleccionista de libros, como aquel Sergius Scalinger. También era un habitual de los Viejos Encantes, como aquel pobre estudiante ahogado en el depósito de aceite. Y, para colmo, el propietario de una de las obras robadas. Quizás también a él querrían matarlo.

Por los ojos de la memoria le rondaba el anciano y digno Agustí Patxot.

«Ahora está muerto», pensó lleno de confusión.

—Vamos. Necesito ver el lugar del siniestro.

Josep Lluís Teixidor negó con la cabeza.

—Esta vez es imposible, *mesié* Dupin. Ha quedado reducido a cenizas.

Auguste Dupin compuso una mueca de exasperación.

—Ni siquiera a mí me dejarían volver a entrar —se apresuró a indicar el policía—. Esta madrugada lo he conseguido porque estaba de guardia, y eso me ha permitido llegar hasta el dormitorio del desgraciado Patxot. Pero ya se ha acordonado la zona. Los bomberos están desescombrando.

Dupin contempló, sin tocarlo, el cadáver calcinado del rosario que Teixidor había depositado sobre el brazo de la butaca.

—De acuerdo —dijo, tras un largo silencio y un largo suspiro—, vamos a reconstruir paso a paso los acontecimientos.

Las espesas cejas de Teixidor formaron un acento circunflejo.

—¿Reconstruir? ¿Nosotros?

—El método consiste en intentar crear un relato de los hechos y de los indicios ordenado cronológicamente.

Y sacar conclusiones. Resultaba de vital importancia analizar —o imaginar, si se desconocía su exactitud— las conductas y los posibles movimientos de la víctima y del agresor previos al crimen, los realizados durante su comisión y los posteriores. ¿Por dónde había entrado el asesino? ¿Cómo lo había logrado? ¿Por dónde había huido?

Teixidor abrió la boca con la intención de decir algo, pero Dupin lo frenó con un gesto imperioso de la mano.

—No se trata solo de hacer descripciones, sino de reproducir los posibles movimientos. Ponerse en la piel del asesino, visualizar en la imaginación los actos realizados, las sensaciones, las emociones. Incluso el sufrimiento de la víctima. Todo esto nos aporta información sobre la naturaleza del agresor y nos permite elaborar teorías: si la puerta no fue forzada eso quiere decir que la víctima permitió la entrada al asesino. Y eso significa que lo conocía. ¿Dónde y cuándo se conocieron? ¿Por qué motivo?

Teixidor iba asintiendo, fascinado por la lógica de toda aquella cadena de deducciones.

—Y, por último: ¿qué clase de persona coincide con estos factores?

El policía emitió un pesado suspiro. Visto desde fuera, el «Método Dupin» parecía tan claro, tan fácil, tan obvio…

—Luego está el tema del incendio como fórmula delictiva —prosiguió Dupin.

Por su experiencia sabía que un incendio constituía uno de los escenarios más difíciles de analizar, porque las pruebas solían quemarse, fundirse o quedar enterradas bajo los escombros.

—Si se trata de un incendio provocado, como es evidente que ambos creemos, ¿con qué supone usted que fue iniciado? Aparte de los dispositivos incendiarios, el fuego se puede intensificar utilizando sustancias inflamables, como el alcohol, o retardarse, sirviéndose de elementos intermediarios que se consuman poco a poco, como una mecha, una vela o un cigarrillo.

El parpadeo del *mosso* traicionaba su asombro ante el dominio que el francés desplegaba, una vez más, sobre un tema policíaco.

—Vamos, Teixidor, haga memoria. ¿Recuerda haber notado olor a cerillas de fricción? ¿O el de una caja de yesca?

La pregunta no era gratuita. La gente se estaba acostumbrando a utilizar, para obtener fuego, las cerillas inventadas una docena de años atrás, que se encendían frotando contra cualquier superficie rugosa. Pero la llama era inestable y emanaba un desagradable hedor sulfúrico. Era, además, un producto caro, lejos del alcance de algunas economías domésticas. Por eso el moderno sistema convivía con la forma antigua de obtener fuego: la yesca y el pedernal.

—Cerillas —afirmó Teixidor, con convicción—. Olía a cerillas. Precisamente lo estuve comentando con el jefe de bomberos. Él sugirió que Patxot se habría dormido fumando y una chispa habría prendido en la colcha.

Las llamas habrían llegado después a los fardos y a los libros amontonados en los estantes.

—Eso significaría que el incendio se inició en la parte destinada a vivienda. Y por la rapidez con la que se propagó diría que necesitaba alimentarse de materia inflamable, como los libros del almacén.

—Suena lógico —admitió el joven, cauteloso—. Pero ¿cómo se explica que el desgraciado no se diera cuenta antes de que las llamas lo alcanzaran?

—Bien observado. Esto nos confirma que se trata de un incendio provocado, que se prendió en varios puntos a la vez, y que don Agustí ya estaba muerto cuando eso ocurrió.

—El cadáver está tan carbonizado que es imposible ver si existen señales de violencia. Habrá que esperar a la autopsia.

Dupin inspiró profundamente, en parte porque trataba de desvanecer la horrible impresión que le causaban esos detalles; en parte, para reconducir las reflexiones.

—Hay algo incuestionable —anunció, deslizando de nuevo sus abstracciones por el invisible escenario del crimen—:

el asesino conocía muy bien el lugar, sabía cómo acceder a él y las posibilidades de huir sin demasiadas complicaciones que añadir a una situación de por sí tensa y abrumadora.

Teixidor sacudió de nuevo la cabeza.

—Pero en el presente caso lo importante es el factor diferencial: el hecho de pegarle fuego al lugar del crimen —prosiguió Dupin—. El incendio suele ser una de las fórmulas usadas por los asesinos para ocultar indicios en el cuerpo de la víctima, o para disimular sus actividades en el escenario del crimen.

Josep Lluís Teixidor se echó atrás en la butaca, con cierto desaliento.

—Pero ¿por qué diantre no lo hizo las veces anteriores?

—Quizás en esta ocasión dejó algún tipo de rastro que necesitaba disimular.

La mirada de Dupin se encendió de repente.

—¡Claro! ¡El libro!

9

El reencuentro con sor Caterina fue cordial. Auguste Dupin constató que le hacía feliz verla de nuevo. No había sabido nada de ella desde que habían vuelto de la excursión a Poblet.

—Cualquier excusa me sirve para sacar los pies del hospital durante un rato —dijo la monja, con su sonrisa de aristócrata.

Había ido expresamente a llevarles la autopsia de don Agustí Patxot, por encargo de Pere Felip Monlau, que estaba fuera de la ciudad. El documento confirmaba la principal deducción de Dupin: el desgraciado librero ya estaba muerto cuando el incendio lo carbonizó. Lo habían apuñalado tantas veces que ni siquiera las quemaduras conseguían disimular algunas de las profundas heridas.

—Puñal, rosario, tratante de libros de ocasión —enumeró Dupin dando una profunda bocanada a su pipa—. No cabe duda: es nuestro asesino.

—Fray Vicenç —murmuró sor Caterina.

—Fray Vicenç —repitió Auguste Dupin, con cierto pesar—. Nuestro principal candidato. Pero no el único.

El silencio planeó sobre la salita del piso de la calle Baixa de Sant Pere. Los cafés y las infusiones se enfriaban, olvidados, sobre la mesita.

—Una cosa está clara: si queremos descubrir algo más, debemos movernos en el mismo terreno que los sospechosos —dijo Dupin, levantándose e iniciando cortos paseos por la estancia.

Sor Caterina y Josep Lluís Teixidor lo seguían con la vista. Se paró un momento ante ellos, los miró fijamente, con una sombra reflexiva en las pupilas, y reanudó los paseos sin rumbo.

—Existen varias coincidencias indiscutibles en todos estos homicidios. Y la más interesante es que la mayoría fueron asesinados en sus tiendas, o en el lugar donde guardaban los libros.

Durante unos minutos, el interior de la sala se contrajo en un silencio de cavilaciones ensimismadas.

Las de Dupin eran amplias y ambiciosas.

«Tiene que funcionar».

«Funcionará».

—Hay otro punto de coincidencia —dijo al cabo de unos instantes, retomando su deambular.

Se paró delante de Teixidor y lo miró fijamente.

—Como ya he planteado en otras ocasiones, es más que probable que los cuatro asesinados franquearan la entrada ellos mismos, al verdugo. Ninguno de ellos esperaba ningún daño de aquel hombre…

—Eso demuestra que lo conocían —apuntó Teixidor, sin mucho entusiasmo—. Ya habíamos llegado a esa conclusión.

—¡Lo conocían! Incluso es posible que concertaran una visita con él aquel día en las tiendas o en los domicilios.

—¿Y bien? —inquirió Teixidor.

Una enigmática sonrisa nacía en los labios del francés.

—Pues este es el caso: monsieur Pujol, en cuanto me vio interesado en determinadas obras, me pidió visitar mi biblioteca particular.

Sor Caterina, que había permanecido silenciosa y expectante, se sobresaltó. Dio una mirada circular. Clavó la vista en la pequeña estantería donde Dupin guardaba la docena de libros acumulados desde su llegada a Barcelona. Por último, sus ojos regresaron a él, calculadores. En los de Teixidor había apareci-do una cándida expresión de curiosidad.

—Le dije que era coleccionista de libros antiguos —prosi-guió Dupin—. Me pareció que era la única forma de despertar su interés y conseguir entrar en su establecimiento de la calle de l'Oli. En los Encantes, don Albert no se mostró muy intere-sado en mí como posible cliente. Por eso le dije que tenía una gran biblioteca de libros antiguos.

Teixidor no solo no entendía nada, sino que empezaba a impacientarse.

—¿Y de qué sirve invitarlo a ver una biblioteca que no existe?

—Está clarísimo —dijo entonces sor Caterina, con una mueca cómplice.

El policía la miró con asombro que se transformaba en eno-jo. Le molestaba la idea de que una mujer pudiera haber in-tuido algo que a él se le escapaba. Y le molestaba, de repente, aquel matiz de indulgencia y de excesiva pedagogía con la que Dupin solía barnizar sus explicaciones.

—Veamos, ¿qué es lo que está tan claro? —dijo con imper-tinencia.

—Lo que nuestro amigo quiere es reconstruir las circuns-tancias que coinciden en la mayoría de los asesinatos: una bi-blioteca, un bibliófilo y un cliente especialmente interesado en obras de temática religiosa…

Teixidor pestañeó un par de veces, antes de echarse atrás en el sillón. Ahora él también sonreía. Lanzó en dirección a sor Caterina un tímido vistazo de admiración. Y ella le guiñó un ojo. Dupin suspiró. Lástima que en vez de estar pasando en Barcelona todo aquello no estuviera ocurriendo en París. Porque allí disponía, en su casa lúgubre y vetusta del *faubourg* Saint-Germain, de todo lo que necesitaría. A falta de tenerlo, habría que inventarlo.

—Es preciso que me echen ustedes una mano —dijo después de la corta pausa, con una mueca de complacencia—. Tendrán que ayudarme a montar, en esta misma sala, una biblioteca de coleccionista con todas las obras de temática religiosa que podamos encontrar.

10

Fue sor Caterina quien les proporcionó el hombre clave. Ella no era bibliófila ni bibliómana, pero como Auguste Dupin ya sabía, le gustaba mucho leer. Y la biblioteca del hospital no contenía algunas de sus lecturas preferidas: los folletines del autor de moda, Charles Dickens; las aventuras de Walter Scott o Alexandre Dumas; los románticos dramas de Goethe, Schiller, Manzoni, con sus rebeldes trágicos buscando vida tras la vida y amor más allá del amor... Don Salvador Joan era su librero de cabecera. Por algunos céntimos le permitía coger novelas de la tienda y devolverlas después de leerlas.

Auguste Dupin no había tenido el placer de conocer a don Salvador Joan porque no tenía puesto en los Viejos Encantes. Cuando visitó su prestigioso establecimiento en la calle d'en Rauric convino que, aparte de las novelas que hacían tan feliz a sor Caterina, comerciaba con la clase de libros adecuada para su plan.

Don Salvador era un hombre que mediaba la treintena, con ese ademán despierto de comerciante catalán que a Dupin empezaba a serle familiar. Vestía con corrección una levita negra con botones forrados, pantalón ceñido de mezclilla, corbatín escocés y botines sin polainas. Llevaba el pelo, rojizo y lustroso, peinado con raya, y el bigote cuidadosamente rizado, en medio de una cara compartida por pecas y marcas de viruela. Mostraba cierto aire de despiste, la sonrisa franca y la costumbre de repetir todo lo que le decían.

Con delicadeza, entre sor Caterina y Dupin le contaron el plan. Y don Salvador, que estaba al corriente de los asesinatos de sus colegas, enseguida accedió a colaborar con ellos.

Era necesario que la instalación de una biblioteca en casa de Auguste Dupin fuera rápida. No podían permitirse perder ni un minuto más. El asesino podía volver a actuar en cualquier momento.

Dos chavales del albergue nocturno de Josep Lluís Teixidor fueron contratados por unas cuantas monedas y puestos al servicio del librero para ayudarlo en el traslado y montaje de las librerías. A doña Bea la corroía la intriga por la repentina actividad desplegada en sus dominios de la calle Baixa de Sant Pere, por lo general tan serenos. Estanterías arriba y abajo por la escalera, arrastrar de muebles, martillazos. ¿Qué locura había atacado ahora al ilustre *mensié*?

—Me he aficionado a los libros antiguos —fue la explicación que le dio Dupin.

Ella le lanzó una mirada de condescendencia. Aquello de los libros caía demasiado lejos de su comprensión. Nunca había podido entender —ni siquiera sabía leer— qué gracia podía encontrarle nadie a pasarse horas con la vista fija en aquellos garabatos que llenaban páginas y páginas. Mientras, Josep Lluís Teixidor y el agente Rierol se encargaban de realizar una discreta vigilancia en la librería de la calle de l'Oli, controlando la posible visita de fray Vicenç. La esperada aparición no se produjo, ni hubo ningún movimiento que diera mala espina. Al final del segundo día, cuando se terminaba la organización de la improvisada biblioteca, el *mosso* había descartado ya al librero. No se ajustaba a las expectativas. Su vida era llana, vulgar: los Encantes, la tienda —donde no entró ni un alma en aquel par de días—, un paseo algún atardecer. Dupin, enfrascado en su plan —su trampa, como lo llamaba— no invertía pensamientos en nada más. Mientras no se produjeran nuevas muertes, *pas de problème*.

Fueron dos días intensos.

La imprevista llegada de Charles Nodier resultó una bendición. Y él, por su parte, se sentía dichoso de haber vuelto a tiempo para la representación de aquel último acto de la tragedia iniciada por él mismo de manera involuntaria. Con su larga nariz borbónica, los labios finos y los párpados algo caídos, recordaba levemente la figura del petimetre *à la mode*. Había renunciado a barba y bigote y sus cabellos rizados y estudiadamente despeinados formaban una nebulosa sobre el rostro triangular, deslizándose en forma de patillas frondosas hasta más abajo de los pómulos. Solía vestir de negro, como aquel elegante levitón de viaje que ahora lucía, camisas blancas de tensos cuellos, chalecos de cachemira y chalinas de estirpe bohemia. Nunca faltaban el reloj, unido al ojal por una cadena de oro, y el bastón, que blandía con la soltura de un mariscal de campo. Realista ferviente, algo esnob y secretamente celoso de lo que no se compra con genio y talento, su amistad con el *petit aristocrate* le complacía sobremanera. Auguste Dupin lo presentó entusiasmado a sus colaboradores, Josep Lluís Teixidor y don Salvador Joan, mientras doña Bea, que andaba pululando a su alrededor, comiéndoselo con los ojos, se apresuraba a prepararle la habitación de los invitados.

—Tu patrona debe de estar cuidándote bien —le dijo a Dupin el impenitente casanova, guiñando un ojo a la mujer, la cual se ruborizó como una adolescente—. Te veo más llenito.

—¡Yo también me alegro de verte!

El segundo día, con la ayuda de los dos mozalbetes del albergue, los conjurados se dedicaron a acarrear pesadas cajas. Don Salvador Joan había hecho una selección de los ejemplares más atractivos de su establecimiento, los volúmenes más antiguos, los libros más valiosos. Los ordenaron por temas. En la estantería dedicada a las obras religiosas, el librero colocó algunas interesantes, pero no excesivamente. Y aún repartieron por todas partes, muy visibles, ejemplares destacables por su rareza o antigüedad. Sor Caterina contribuyó con algunas piezas eminentes de la biblioteca del hospital, y Charles Nodier, con otras extraordinarias, adquiridas en Portugal. Al atardecer dieron el trabajo por finalizado. Después de colocar en su sitio el último libro, contemplaron su obra. El librero, con orgullo profesional; Nodier, con algo de envidia; Teixidor, con entusiasmo; Dupin, con satisfacción. Le encantaba el nuevo aspecto de su nueva sala de estar.

—Gracias a todos —dijo—. No me habría sido posible hacerlo solo.

—Puedo asegurarle que en este momento posee usted una de las mejores bibliotecas de Barcelona —observó don Salvador.

—Creo que usted y yo haremos negocios. —Nodier examinaba con ojos codiciosos algunos ejemplares.

A las dos de la madrugada, instalado en su butaca favorita, Auguste Dupin contemplaba el decorado: estantes ordenados, libros encima de las mesas y mucho polvo flotando en el ambiente que el diligente plumero de una cada vez más irritada doña Bea no había sido capaz de erradicar. Teixidor y Nodier se habían ido a dormir, agotados, sin ganas de tertulias ni de coñacs. Pero a Auguste Dupin le resultaba imposible. Se sentía demasiado excitado. La efervescencia de los pensamientos, los planes, el cuidadoso listado de detalles constituían para su cuerpo y su cerebro drogas en estado puro. El asesino quizás dormía, pero él velaba. Y eso le daba ventaja.

Observando las bellas estanterías antiguas, llenas de todos aquellos ejemplares valiosos e interesantes que le hacían sentir como en casa, no pudo evitar pensar en Edgar.

«¡Cómo habría disfrutado con esta aventura!».

11

La berlina se adentró con los caballos al trote por la plaza de Palau. Tras cruzar el Portal de Mar pasó junto a la lóbrega plaza de toros del Torín, que, clausurada desde el estallido de las bullangas, se iba cubriendo de una pátina de polvo y roña. Unos metros más adelante se deslizó rozando los fosos malolientes de la Ciutadella. Convulsa de sombras, excepto por el faro que lucía en lo alto de la torre de Sant Joan, testigo perenne de que la ciudad era vigilada y de que cualquiera podía ir a parar a sus sórdidas mazmorras, a Dupin le había parecido, la primera vez que la había visto, el monumento más espantoso que habían podido concebir un tirano receloso y un lúgubre inquisidor.

Por un momento, todos aquellos pensamientos distrajeron su atención.

Quería tranquilizarse.

Tomar distancia.

¡Había sido todo tan rápido...!

Debían de ser apenas las once de la noche cuando el agente Rierol llamó imperioso a la puerta. Debía acompañarlo. Josep Lluís Teixidor solicitaba su presencia: se había encontrado un nuevo cadáver. Apuñalado. Dupin, que estaba a punto de acostarse, todavía fatigado por los trajines del día anterior, se apresuró a vestirse. Lamentó no poder contar con la compañía de Nodier: se había ido a cenar con unos conocidos y no tenía ni idea de dónde localizarlo.

El agente Rierol metió a Dupin en la berlina de alquiler que lo esperaba en la calle.

—¿Usted no viene? —preguntó el francés.

—Tengo que avisar al doctor Monlau.

Luego indicó al cochero el lugar al que debía llevar al pasajero.

—Al Canyet.

Auguste Dupin se sobresaltó.

Ahora la berlina se deslizaba por el paseo del Cementiri, bordeando la playa. El lamento de las olas sobre la arena se mezclaba con el ronroneo de las ruedas del coche. Una luna sucia rielaba apenas sobre el mar, con infinita melancolía, como si augurara los fuegos fatuos que la voz popular situaba en el paraje. El mito surgía de los crujidos de los ataúdes carcomidos bajo la tierra del cementerio del Poblenou, frente a cuya puerta neoclásica moría bruscamente el camino.

El coche enfiló sin detenerse el sendero que bordeaba el camposanto solitario, empantanado en medio de la nada. La necesidad de proteger a los vivos de los muertos era el motivo por el que desde principios de siglo se había implantado el decreto de trasladar fuera de las grandes ciudades los entierros, siempre insalubres. La medida no había sido bien acogida por los barceloneses. Odiaban enterrar a sus seres queridos en un paraje tan alejado y solitario que desde tiempo inmemorial conservaba una fea relación con la muerte sucia: a pocos metros del Canyet, el pudridero de animales donde también se enterraba a algunos ajusticiados y donde la Inquisición ejecutaba a sus herejes. Precisamente, *anar-se'n al Canyet* era una expresión popular para designar el acto de morir.

Al otro lado de los muros del cementerio y del caminillo que recorrían, se amontonaba un campamento de precarias barracas. A través de las puertas abiertas se veía arder alguna vela melancólica. Bultos negros tomaban el fresco en sillas de mimbre. Aquellos tristes habitantes del triste andurrial también despertaban el temor y la animadversión de la buena gente. Circulaban leyendas: por la noche abrían las tumbas recientes y despojaban a los difuntos de sus joyas. O lo que aún era peor: los utilizaban para fabricar fuets caseros que luego vendían en el mercado de la Boqueria.

Poco después de rebasar la necrópolis de las personas, el coche se detuvo frente a la de las bestias, cerca de la carretera que se dirigía al norte, hacia Mataró. Rodeado de *taulats* de cultivo y casas de labor, el Canyet estaba situado en un paraje pantanoso e insalubre, junto a una laguna de aguas estancadas. En días de viento, el hedor inmundo llegaba hasta las mismas murallas de la ciudad. Al anochecer, la laguna se convertía en el reino indiscutible de lobos y otras alimañas. Atraídas por la pestilencia de animales en descomposición, se aventuraban hasta la misma empalizada que bordeaba el horripilante paraje. Hurgaban en el suelo y se comían sin distinción la carroña de las bestias y los restos humanos.

En cuanto vio al guarda del Canyet, Auguste Dupin supo que algo realmente desagradable lo esperaba. José Carreras, alias *el Coix* —porque lo era, cojo—, constituía un extraño ejemplar de la raza humana. Tanto por el aspecto como por la indumentaria, consistente en una deforme chaqueta de tela de saco, unos anticuados pantalones rodilleros y un mandil de cuero negro que había conocido un buen trajín. Pequeño, oscuro, grasiento, aquella especie de Triboulet con barretina exhibía una narizota de pimiento y orejas de soplillo adornadas con aretes de indeciso metal. Los ojillos de lechón, incrustados en el rostro grotesco, habrían parecido crueles de no ser porque estaban llenos de lágrimas.

—Un… tío… muerto —tartamudeó.

A Auguste Dupin le desagradó que se refiriera a la víctima como «un tío muerto». Le pareció una falta de respeto.

En aquel momento Josep Lluís Teixidor se materializó entre las sombras. Una figura recia y a la vez evanescente. Dupin constató que andaba todavía un tanto envarado por la ciática.

—*Mesié* Dupin...

—¿Otra víctima de nuestro asesino?

—Allí, junto a la fosa de los caballos muertos.

«Aquí todo está muerto», pensó Dupin enojado.

Un lloroso hipido emergió de la destartalada boca del *Coix*.

—¡Que se quede aquí y que no toque nada!

La exclamación de Dupin sonó como el gruñido de alguna de las alimañas que debían de rondar por el paraje. Él mismo se sorprendió de su sonoridad.

«Es un gruñido de miedo; estoy asustado».

Justo entonces llegaba a la entrada del Canyet otra berlina de alquiler.

Pere Felip Monlau descendió de ella con un bostezo que, de alguna manera, tranquilizó a Dupin. Tras saludar a los presentes y despedir el coche, el médico se puso al frente de la comitiva. Iba zapateando en el suelo como si bailara una extraña danza tribal. Sus acompañantes lo observaron con sorpresa.

—Es por las ratas —explicó imperturbable—. Prefiero que nos oigan llegar.

Dupin se estremeció. A medida que avanzaban hacia la fosa de los caballos muertos creyó ver pequeñas sombras acompañándolos en cortejo.

El cuerpo se hallaba boca abajo en decúbito prono —como se apresuró a señalar Monlau—, desmadejado, como si lo hubieran arrojado desde las alturas. El luto clerical y el largo sombrero de teja que yacía a su lado traicionaron su identidad. Aun sin verle la cara, Auguste Dupin adivinó inmediatamente que se trataba de fray Vicenç, el esquivo exmonje de Poblet.

El hedor cáustico, agridulce, de la muerte los obligó a todos a taparse las narices con pañuelos.

—¡Vete a saber cuánto tiempo lleva ahí!

—Esa es precisamente una de las cuestiones más complicadas para la medicina forense —admitió Monlau, con gesto de desaliento—. Aunque algunos indicios pueden ayudar a establecer un… —dudó unos instantes— período más amplio de lo que nos gustaría…

Los signos que aparecían en los muertos con el paso de las horas constituían esos indicios: el *rigor mortis*, o rigidez cadavérica; el *livor mortis*, que consiste en la aparición de livideces debidas al cese de la actividad del corazón, y el *frigor mortis*, que supone que un cadáver pierde alrededor de un grado de calor por hora.

—Y el estado de putrefacción —remachó Monlau, con la falta de sensibilidad que suele caracterizar a todos aquellos que tratan a los difuntos de tú a tú.

Dupin se alejó unos pasos del círculo, las rodillas de mantequilla, carne sin hueso, confiando en que el espectáculo de su debilidad pasara desapercibido gracias a la mayor atracción que el espectáculo de la muerte descarnada suele provocar en los humanos. Exceptuándose a él y al desgraciado guarda del Canyet. Regresó a hurtadillas cuando, tras incorporarse de la posición inclinada sobre el muerto, Monlau procedió a dictaminar:

—Por su estado general diría que lleva aquí, como mínimo, un par de días.

—¡Es genial! —exclamó Teixidor con fervor.

—Es ciencia —replicó Dupin—, algo que la policía debería empezar a utilizar para investigar crímenes.

Mientras Monlau impartía su clase magistral, el investigador no había dejado de observar a su alrededor. Lo que él llamaba el *escenario del crimen*. Se trataba, sin duda, de un escenario inusual: fuera del ámbito libresco. Ni tienda, ni biblioteca ni almacén. Recordaba a los dos primeros: la tina de aceite y las aguas del puerto. ¿Una improvisación? Parecía un sitio demasiado alejado…

—Todos los crímenes se desarrollan, en realidad, en tres escenarios —explicó—: el de abordaje, el de consumación y el de abandono. Casi siempre se trata del mismo lugar, pero a veces de dos o hasta de tres sitios diferentes. Es evidente que estamos en el tercer escenario. Habría que deducir si el cadáver ha sido llevado hasta aquí por algún motivo especial. Tal vez porque el asesino no disponía de suficiente tiempo o de suficiente fuerza para llevarlo más lejos. Quizás porque es un buen lugar para esconderlo…

Auguste Dupin andaba de aquí para allá, en absoluta concentración, dejando fluir todas aquellas preguntas. El descubrimiento de la identidad de la víctima había dado al traste con todas las sospechas anteriores. Había que empezar de cero. Se quedó mirando al muerto, esperando que en su terrible mutismo le contara detalles de su asesinato. Tenía los párpados cerrados y, a pesar de las pavorosas heridas de arma blanca que creaban un mosaico de sangre sobre su ropa, parecía plácidamente dormido.

«¿Por qué aquí?».

Probablemente porque fue abordado en la cercana carretera de Mataró, cuando iba a su residencia o volvía de ella.

Probablemente alguien que lo sabía lo acechaba.

Probablemente alguien que conocía bien sus costumbres.

Tampoco le pasaba por alto que en aquel crimen se daban otras notables diferencias: el autor no había dejado ningún rosario ni se había llevado ningún libro, a tenor de los tres que se veían junto al cadáver. ¿Significaba eso que no se trataba del mismo asesino? ¿Significaba que alguien conocía el secreto del fraile, su identidad homicida, y había querido vengarse? ¿Vengar, tal vez, a alguna de sus víctimas?

Tras el análisis de Monlau, Josep Lluís Teixidor se inclinó sobre el cuerpo y hurgó con mano ligera entre sus ropas. Dupin se estremeció de nuevo. Cada vez que contemplaba aquel trámite se preguntaba cómo alguien podía soportar ser ladrón, manosear a diario las pertenencias de otras personas. El *mosso* se incorporó con una carterita de piel en la mano. Según la cédula personal, el difunto era un tal Àngel Cerdà, monje benedictino. Tras la sorpresa inicial, Auguste Dupin cayó en la cuenta de que, al tomar los hábitos, los novicios solían cambiarse el nombre de bautizo por otro que les inspirase alguna devoción especial. Siendo san Vicenç Ferrer un santo autóctono, debía de ser una elección frecuente. En cuanto a lo de «benedictino», recordó que, aunque los monjes de Poblet eran cistercienses, esta constituía, al fin y al cabo, una rama de la observancia benedictina. Si algo no le suscitaba duda alguna era que el rostro que se descomponía entre guedejas de canosos y apelmazados cabellos no era otro que el del cliente de don Albert Pujol, aquel con el que se había cruzado en un par de ocasiones. El fraile en el que había concentrado todas las sospechas. El sospechoso para el que había preparado una trampa tan cuidadosa en el salón de su casa.

—*Chien de vie!*

Dupin, Teixidor y Monlau regresaron junto al guarda del cementerio de animales, que seguía en la puerta, como le había ordenado Dupin. Se había calmado y había dejado de lloriquear. Fumaba una apestosa pipa de arcilla. José Carreras respondía sin dilema a la imagen que uno se haría del *tiragats* de Barcelona. Monlau había explicado que con este nombre se conocía al encargado de recoger bestias muertas por toda la ciudad. Las declaraciones del estrambótico personaje —cráneo escafocéfalo, personalidad *mattoide*, lo había definido Monlau tras un vistazo— no aportaron gran cosa a la indagación. Había descubierto el fiambre por la noche. No, no sabía cuánto tiempo llevaba allí. La última vez que se acercó a la fosa de los caballos había sido el jueves de la semana anterior. Porque los domingos no trabajaba. Sí, le gustaba el vino. Sí, le gustaba dormir. No, no había visto a nadie por las inmediaciones. No, no había oído absolutamente nada.

Nada de nada de nada.

Interrumpió el interrogatorio la llegada de la comitiva que iba a levantar el cadáver: el juez de guardia, el secretario, el escribano y el cirujano de la policía, acompañados por el agente Rierol.

Auguste Dupin se alegró de poder marcharse. No recordaba haber visitado un sitio tan espantoso en toda su vida. Claro que no era más que un cementerio, pero la especial calaña de los enterrados le producía una enorme desazón. Evocó los relatos terroríficos de Edgar; todo aquel imaginario de espectros, muertos, cementerios y caserones encantados que tanto le gustaba describir durante sus placenteras vigilias, iluminados apenas por una lámpara de aceite, fumando sus pipas de espuma, en la salita de su casa del *faubourg* Saint-Germain.

El bueno de Eddie… ¿Qué andaría haciendo, mientras él se paseaba por los rincones más góticos de aquella ciudad desconocida? Sintió un pinchazo en el estómago. Todavía le costaba reconciliarse con la idea de que ya no era la persona más importante en la vida del americano.

«¡Ni hablar! ¡Ahora no puedo estar por ti! Tengo que atrapar a un asesino despiadado que ya ha ocasionado media docena de muertos. No tengo tiempo para ocuparme de los vivos».

—¿Cómo cojones ha podido pasar? —la voz desabrida de Josep Lluís Teixidor atropelló sus reflexiones.

Estaba furioso y Auguste Dupin sintió como si lo acusara a él.

Tenía razón. Había sido lento, negligente. No había hecho caso de la intuición que lo había atenazado a todas horas: que estaba persiguiendo a un sospechoso equivocado. Un fantasma que ahora ya lo era a ciencia cierta. Todas sus teorías se habían ido al garete. Y eso le hacía sentir inseguro, indeciso.

Pere Felip Monlau puso la mano sobre el brazo del *mosso d'esquadra*, en un gesto de contención. Conocía lo suficiente el carácter del francés para saber cómo caerían aquellas palabras sobre su ánimo. Dupin se retrepó en el asiento, notando que la cabeza le daba vueltas, mientras el carruaje emprendía el regreso a la ciudad. El paraje era de una tristeza tan deprimente como sus pensamientos. A su lado se bamboleaban los tres libros que habían encontrado junto al desgraciado fraile. Apretó los labios. Un solo deseo, acuciante, impotente, llenaba sus sentidos. Huir. Ni siquiera regresar a París. Desaparecer en alguna isla remota en mitad de un océano remoto.

El cerebro se le embotaba y los ojos le escocían de cansancio. Se recostó un poco más entre los cojines. Y se durmió.

No despertó hasta que las ruedas chirriaron al frenar ante la puerta de su hogar barcelonés. Se sentía extenuado, fracasado y desdichado.

12

El calor inusual de la noche de mayo los obligó a abrir las ventanas. No soplaba ni un pelo de aire y el ambiente en la sala era denso, amargo. Charles Nodier, que había vuelto de su cena casi al mismo tiempo que ellos, estaba llenando copas de coñac cuando entró doña Bea con la taza humeante. Teixidor la había despertado para pedirle que le preparase a Dupin una infusión contra el acuciante dolor de cabeza.

—Tila, valeriana y salvia —gorjeó la mujer, como un boticario de receta magistral.

Tras agradecérselo, Dupin depositó la taza junto al coñac que Nodier le acababa de servir antes de sentarse frente a él con expresión ávida. Sabía que, por mucho que a Dupin le doliera la cabeza, y por mucho que fuera consciente de que debería acostarse, sería incapaz de hacerlo sin compartir antes un resumen de los hechos recientes.

Y sacar sus primeras conclusiones.

Nodier estaba impaciente por conocer los detalles. No dejaba de lamentar haberse perdido lo que llamaba «la aventura nocturna».

—No seas frívolo, Charles —lo reprendió Dupin con dureza—. Tenemos otro cadáver.

El amonestado disimuló su turbación examinando los libros depositados en la mesita. Eran los que se habían encontrado junto al difunto: El *Martirologi de Poblet*, la *Bíblia Valenciana* y el *Directorium Inquisitorum*. Todos ellos habían sido sustraídos a alguno de los libreros asesinados.

¿Por qué se hallaban en poder de fray Vicenç?

¿Y por qué este se paseaba de noche por un descampado acarreando aquellas valiosas y comprometedoras obras?

¿Qué relación existía con la Santa Inquisición? ¿Y con el monasterio de Poblet?

—Son dos pistas más enlazadas de lo que parece —dijo Josep Lluís Teixidor, pensativo—: era en Poblet donde se celebraban las juntas generales de El Ángel Exterminador.

Ninguno de sus dos interlocutores dijo nada. El interrogante en sus ojos era más que suficiente.

La ultraabsolutista Junta Apostólica El Ángel Exterminador estaba integrada por terratenientes, frailes, canónigos e incluso obispos y arzobispos. Su objetivo fundacional había sido acabar con los restos del liberalismo, derrocar al recién llegado Fernando VII —por excesivamente progresista—, proclamar rey a su hermano, Carlos María Isidro —mucho más fanático—, y unir para siempre trono y altar.

Y, por supuesto, restablecer la Inquisición.

Los tribunales de la Junta, ilegítimos y clandestinos, dictaban sentencias que eran ejecutadas por los afiliados, sometidos a obediencia y discreción por feroces juramentos. Tras la segunda restauración del absolutismo, una ola de crímenes espantosos había recorrido el país. Muchos de los asesinados eran antiguos oficiales y suboficiales del ejército constitucional. Alrededor de cinco mil liberales catalanes se habían apresurado a huir a Francia.

—Eso sí lo recuerdo. —Auguste Dupin interrumpió la narración de Teixidor—. En Perpiñán se establecieron familias enteras.

A las actividades terroristas de El Ángel Exterminador se añadieron entonces los intentos de complots políticos más rocambolescos. Los Mossos d'Esquadra destaparon las ramificaciones de una conspiración ultra en la que estaban implicados el hermano del rey, el ministro de Gracia y Justicia, y el obispo auxiliar de Santiago de Compostela. Y miembros del Santo Oficio. Y los monjes de Santa Maria de Poblet.

Auguste Dupin lanzó un silbido.

—Siempre vamos a parar al mismo sitio —sintetizó Charles Nodier.

—Y a la misma institución.

—La Inquisición —dijo Nodier.

—Poblet —dijo Teixidor, simultáneamente.

En lo que sí estuvieron ambos de acuerdo fue en que era hora de acostarse. Auguste Dupin, totalmente desvelado, permaneció en su butaca, mirando hacia las sombras de la calle, meditando.

El Ángel Exterminador. La Inquisición.

Recordó su intuición de días atrás cuando empezaba a conocer los detalles de los asesinatos: fanatismo.

¿Había sido el Àngel de Poblet, aquel Àngel Cerdà, un ángel exterminador?

No supo ni cómo se quedó dormido. Al despertarse, horas después, descubrió la taza de infusión todavía intacta en la mesita junto al sillón. En algún campanario repicaron siete campanas. Se levantó, tiró la infusión fría y se bebió el dedo de coñac que quedaba en la copa. Curiosamente se sentía descansado y fresco. Se desnudó, se cambió de ropa interior, se puso una camisa limpia y, envuelto en su ligero batín de seda, se instaló de nuevo en la butaca, junto a la ventana por donde se colaban ya el amanecer y un airecillo refrescante. Cogió uno de los libros del difunto fraile, amontonados sobre la mesita: el *Directorium Inquisitorum*. O sea que, al fin y al cabo, don Albert Pujol no mentía cuando un par de semanas atrás había denunciado que le habían atacado y le habían robado un libro.

Aquel libro. Una edición antigua: un infolio encuadernado en piel del año 1607.

Lo abrió con el debido respeto. Cinco minutos después navegaba absorto por sus páginas.

El *Directorium* fue uno de los primeros manuales para inquisidores de la triste historia de la institución. Incluso anterior al *Malleus Maleficarum*, aquel famoso compendio robado por el asesino al librero de los Viejos Encantes. Un código de procedimientos para investigar la brujería y las herejías. Un catálogo entero de prácticas mágicas: nigromancia, invocación a demonios y espíritus y composición de sortilegios: elaboración de ungüentos, incineración de animales muertos… Auguste Dupin dejó escapar su mirada por la ventana. Los primeros tímidos reflejos de sol hacían guiños, dorando el aire, salpicando las paredes. ¿Tendría alguna relación ese último encantamiento con el hecho de que fray Àngel-Vicenç hubiera sido hallado en el cementerio de animales?

La obra dividía la brujería en tres categorías. En la tercera, englobaba a aquellos que buscaban hacer un pacto con el diablo. De nuevo los ojos de Dupin se apartaron de las páginas, reflexivos. Recordaba haber leído que en la antigüedad hasta los religiosos buscaban la ayuda del Maligno para sus propios fines. En la misma Historia Sagrada se hablaba de ello: san Teófilo utilizó al diablo para conseguir un cargo eclesiástico. ¿Qué tenía de extraño, pues, que un pobre monje de Poblet, abrumado por la situación política del momento, intentara algún tipo de pacto demoníaco? Le parecía posible incluso al propio autor del manual, el teólogo gerundense Nicolau Eimeric, inquisidor general de Cataluña a mediados del siglo XIV. Y probablemente también se lo debía parecer al último representante del Tribunal del Santo Oficio apenas cinco años atrás.

La famosa y denostada Inquisición había ejercido su imperio de terror durante mucho tiempo. En Francia había sido abolida a principios de siglo. Y en España las Cortes de Cádiz habían seguido su ejemplo media docena de años más tarde. Pero luego, con el regreso al poder del Rey Felón, se había restablecido. La disolución definitiva no había llegado hasta el año anterior a las bullangas, cuando su hija, la Inocente Isabel, subió al trono bajo la regencia de su madre, María Cristina.

Dupin suspiró. ¿Tendría algo que ver el hecho de que fray Àngel-Vicenç hubiera sido hallado en el Canyet, donde se había alzado el «quemadero» en el que el Santo Oficio ajusticiaba a los herejes?

Se despertó de repente, asustado. No sabía en qué momento había vuelto a dormirse. Solo recordaba haber soñado que estaba atado al palo de una pira y que el guarda del Canyet, el inquietante José Carreras, se acercaba con una antorcha, dispuesto a prenderle fuego.

Un rayo de sol impertinente le quemaba los párpados a través de la ventana que habían dejado abierta la noche anterior.

13

Auguste Dupin apartó el plato del postre, sin tocarlo. Algo poco habitual en él. Se sentía desazonado. De nuevo había tenido que comer solo y, por algún motivo extraño, también poco habitual en él, que llevaba toda una vida definiéndose como un solitario, eso le había puesto de mal humor. Josep Lluís Teixidor se había ido a la comisaría, a redactar el parte sobre el asesinato del Canyet, y Charles Nodier no había podido eludir una reunión concertada días atrás con un colega de la flamante Biblioteca de la Universidad. El día anterior Dupin había convenido en acompañarlo, pero la mala noche pasada y el persistente dolor de cabeza le habían hecho cambiar de opinión.

Además, necesitaba reflexionar.

Los últimos acontecimientos lo desconcertaban. Nada tenía sentido.

Parecía evidente que el asesino de los libreros era fray Vicenç. Pero entonces, ¿quién lo había matado a él?

Los ojos de Dupin cayeron sobre la magnífica biblioteca preparada para cazar al monje que en pocas horas había pasado de presunto asesino a indiscutible asesinado.

—*Merde!*

La ira era como lava fundida avanzando por sus venas. Se ensañó con las pilas de libros que había estado consultando durante toda la mañana sobre la Inquisición, sus espantosas técnicas y sus autos de fe. El suelo quedó alfombrado de volúmenes esparcidos, tapas abiertas de par en par, hojas arrugadas. Parecía mentira que el gesto destructor hubiera partido de un amante de los libros. Se quedó un buen rato contemplando el desastre. Rabioso. Y avergonzado.

A cuatro patas por el suelo, empezó a recoger los libros con ademán de renuncia, de gastada paciencia. Los ordenó sobre la mesa y se dejó caer de nuevo en la butaca junto a la ventana.

Quizás el monje de Poblet era tan solo una víctima más del asesino…

Pero ¿por qué no le había robado los libros que llevaba?

¿Y por qué no había dejado junto a él el objeto que lo identificaba, el rosario?

Lo sobresalta el picaporte. La argolla de hierro, martilleando sobre la madera, llena la casa de pequeños ecos que se van desvaneciendo. Nodier no tiene llave y doña Bea debe de dormir también la siesta. Malhumorado, Dupin se arrastra hacia la entrada, tropezando con la mesita y derribando de nuevo la pila de libros.

—*Sacré!*

Los recoge y forma con ellos un rápido montón coronado por la obra adquirida días atrás en la librería de la calle de l'Oli. La mira con tristeza antes de dirigirse a la puerta. El reloj de cuco colgado junto a la ventana empieza a sonar. El pájaro de madera, impulsado por unos muelles metálicos, surge de detrás de las puertecitas que lo cobijan y pía cuatro aburridas notas. Dupin le dispara una mirada asesina.

Se queda de una pieza cuando ve en el rellano la figura desapacible de don Albert Pujol. El librero parece darse cuenta de la sorpresa.

—Habíamos quedado hoy para examinar su biblioteca, ¿no? —pregunta con aire de inseguridad.

Dupin no tarda en comprenderlo: don Albert todavía no sabe nada de la muerte de su cliente.

—¿Vengo en mal momento? —dice el librero con suavidad—. ¿Aún no ha llegado fray Vicenç?

Auguste Dupin abre la puerta de par en par.

Habrá que dar algunas explicaciones.

14

Auguste Dupin precedió a don Albert Pujol por el pasillo. Pensaba con rapidez. En cuanto había vuelto a ver al librero, un latigazo de dudas lo había sacudido. Las largas canas del hombre prematuramente envejecido, su traje arrugado y triste, la infinita seriedad de su expresión, le traían a la cabeza que en algún momento había sido su principal sospechoso, antes de que le tomara el relevo fray Vicenç.

Fray Vicenç, que ahora estaba muerto.

Pero don Albert parecía un hombre inteligente y cultivado. No un asesino.

¿Tenía un asesino algo que lo identificara? Él había conocido a más de uno, y pocos lo evidenciaban. Pero lo eran. Aun así, si se lo pidiera un tribunal, si le rogara que expusiera los motivos de sus sospechas, se sentiría incapaz de sostener que aquel infeliz podía ser un asesino.

En la puerta de la sala, que ahora llamaba biblioteca, Dupin se apartó, cediendo el paso; pero don Albert se detuvo en el umbral con ojos analíticos.

—¡Excelente! —musitó.

Dupin tuvo un sobresalto. ¿Era un excelente decorado, y no una auténtica biblioteca, lo que percibía la mirada del experto?

—Veo que es usted un gran coleccionista.

Dupin no pudo descubrir en aquella afirmación ni una sombra de ironía o de mala fe. Lástima que el público entusiasta no fuera aquel para el cual había sido preparada la pantomima. Se preguntó si el librero podría serle de ayuda. Si debería confesarle lo que se traía entre manos y de qué manera el asesinato de fray Vicenç había dado al traste con todas sus teorías. Por su relación con la víctima, por su posible conocimiento de El Ángel Exterminador, quizás podría suministrarle información que le permitiera iniciar otra vía de investigación…

Don Albert se adentró en la sala. Sus ojos no se apartaban de las hileras de libros ordenados en las estanterías. Al pasar junto a la mesita, se desviaron hacia el volumen de los *Furs e ordinacions*.

—¿Ya lo ha examinado? ¿Qué le parece?

—Si le soy sincero, todavía no he tenido tiempo. Un viaje inesperado alteró un poco mis planes: mi hermana se puso enferma. —Dupin no sabía por qué razón estaba siguiendo punto por punto el libreto tan cuidadosamente preparado para la visita de fray Vicenç.

Don Albert iba asintiendo, mientras se acercaba a las estanterías.

—Con todo, eso me ha ido bien —proseguía Dupin—. Me ha llegado a las manos un libro curioso. Una de esas obras teológicas en las que está usted tan interesado…

El librero se volvió hacia él, con un brillo en los ojos.

—Mi hermana guardaba algunos libros en su casa. —Dupin reanudó la pantomima—. Como tuve que velarla todo un día y me aburría, curioseé, por si podía leer algo, y me tropecé con esa obrita. Creo que tiene algún valor…

—¿Cómo se titula? —La impaciencia del librero se filtraba en su interrupción.

—Es… ¡Vaya, ahora no me sale el título! La tengo por ahí…

Dupin fingió revisar con la mirada las estanterías. Quería prolongar el momento para analizar un poco más la inesperada reacción del librero, que parecía excesivamente interesado. Recordó, entonces, que aún no le había mencionado la muerte de fray Vicenç y se desinfló. Sin duda, don Albert todavía esperaba hacer buenos negocios para su cliente.

—¿De qué va? —preguntó el librero, sin abandonar su impaciencia.

—Sobre el origen de la Tierra. La cuestiona como obra de Dios. Un libro un poco… herético, en mi opinión. Supongo que debió de estar prohibido. No tengo ni idea de cómo fue a parar a manos de mi hermana.

Don Albert pareció de nuevo muy interesado. Y, de repente, Auguste Dupin recuperó una vieja reflexión: si se atenía a lo que había visto en las estanterías ocultas de su tienda de libros, no eran obras religiosas, sino heréticas, las que parecía buscar para fray Vicenç. Pero… ¿un monje de Poblet coleccionando libros sacrílegos?

—Me he fijado en que hay bastante literatura sobre estos temas —dijo conduciendo la conversación hacia ese ámbito—. Obras digamos… heterodoxas. Usted ya me entiende.

Comprobó que los músculos faciales de don Albert se tensaban de nuevo un momento antes de relajarse.

—Es curioso —continuó Dupin, dando palos de ciego—: creía que eso eran cosas de otras épocas. Cuestionarse la existencia o el poder de Dios…

Don Albert sacudió la cabeza con una cierta vehemencia, pero sin hacer ningún comentario. Dupin acometió un último intento.

—Quiero decir que la religión ya no tiene la misma importancia que antes. Se cree cada vez menos en Dios y más en la ciencia…

—Siempre hay gente interesada en este tipo de obras —lo interrumpió el librero, aparentando una naturalidad que de nuevo le pareció forzada.

De repente, don Albert Pujol miró el reloj de cuco y, a continuación, a su interlocutor.

—Es extraño que fray Vicenç se retrase tanto.

Comprendiendo la asociación de ideas que había pasado por la mente del librero, Dupin lanzó un suspiro y se dispuso a contarle lo ocurrido la noche anterior. Buscó la forma de hacerlo con la mínima rudeza posible. Don Albert ya no miraba los libros. Sus ojos deslucidos lo estaban examinando con minuciosidad. Parecían dirigirle una incómoda pregunta que le hacía sentir un poco en falso.

—¿Puedo verlo?

Dupin experimentó una leve desorientación.

—Su libro —especificó don Albert.

—¡Por supuesto! —exclamó Auguste Dupin. No encontraba la manera de plantear la trágica situación.

Se acercó de forma maquinal a la estantería en la que don Salvador Joan había colocado las obras religiosas. Había hecho un buen trabajo, mezclando ejemplares con lomos de pergamino, medias encuadernaciones con volutas, pastas españolas y brillantes valencianas de tonos vivos. La biblioteca de un gran coleccionista.

Mientras rebuscaba entre los libros, Dupin intentó calmar su alterado espíritu. Notaba en la nuca el aliento ácido de don Albert, que parecía empeñado en no perder detalle de sus maniobras. Se giró blandiendo un pequeño ejemplar encuadernado en piel rojiza y letras doradas. El librero lo cogió, sin apartar la vista de los libros que Dupin había estado revolviendo, como si quisiera adivinar, por los lomos, de qué libros se trataba. Finalmente miró el que tenía entre las manos.

—*Teoria sagrada de la Terra*, de Burnet —leyó en voz alta las letras doradas de la cubierta—. Ya la conocía. Es una obra no muy antigua, de principios del siglo pasado. No tiene mucho valor: se conoce la existencia de varios ejemplares. Creo que incluso… algún colega de los Encantes tenía uno…

El corazón de Dupin se aceleró. Ahora solo faltaría que don Albert recordara quién poseía el libro. No había que olvidar que era un experto en ese tipo de obras y que sabría dónde encontrarlas. Solo faltaría que empezara a identificar los de los estantes como ejemplares salidos de Can Salvador Joan de la calle d'en Rauric, y que sospechara que había algo extraño en aquella colección.

«Estás delirando. ¿Te crees que todo el mundo es como tú, que siempre andas recelando de todo? Este hombre es un librero, no un investigador. No puede ir tan lejos en sus deducciones».

—¡Vaya! Cuánto lo siento, que no valga gran cosa —dijo, para llenar el vacío—. Es evidente que no entiendo mucho sobre este género. Lo mío son más bien las obras históricas.

—Claro, claro. —Los ojos del librero se escapaban de nuevo hacia los volúmenes que Dupin había revuelto—. Aun así, puede que tenga algún otro que me interese. Si me permite…

Sin esperar respuesta, don Albert lo apartó con una cierta rudeza y casi se precipitó sobre aquel estante. Con dedos nerviosos, empezó a rebuscar entre los libros. Por la mente de Dupin desfilaban imágenes de las bibliotecas de los libreros asesinados, las obras de temática religiosa removidas y desordenadas. Algo turbado, retrocedió un poco, no solo para obtener distancia física, sino también psicológica. Se volvió hacia la mesita de centro y cogió la pipa de una caja de madera.

—Busque, busque —dijo con tono que quería ser indiferente, mientras empezaba a llenarla de tabaco—. No sé si encontrará nada interesante…

Oía cómo el librero revolvía los libros, cómo los extraía de las estanterías y cómo leía a media voz los títulos. Sabía que, con toda probabilidad, no habría nada que pudiera desear. Le había pedido a don Salvador que le indicara cuáles de aquellas obras podían resultar más interesantes para abrir la conversación con fray Vicenç, y aquel le había asegurado que la *Teoria sagrada de la Terra* era la única con algo de valor. Que las demás no valían nada. Que lo entendiera, que él no se dedicaba ni mucho menos a aquella especialidad.

Al girarse hacia don Albert, con la pipa ya encendida en la boca, percibió que la agitación se había ido incrementando en sus gestos. Ahora devolvía los libros de cualquier manera a los estantes, después de examinarlos.

Don Albert remetió un libro más entre los otros y dejó caer los brazos a lo largo del cuerpo. Sin embargo, sus ojos no cejaban, en el afán de encontrar quién sabe qué. Recorrían con avidez las demás estanterías, nerviosos, expectantes. Dupin sintió que algo estaba a punto de suceder. Lo notó en el aire espeso que se respiraba en la estancia. De repente, don Albert se volvió y lo enfocó con aquellas pupilas inquietantes, que ahora miraban alteradas.

—Un libro… Estoy buscando un libro…

Dupin procura relajar la tensión que lo va oprimiendo por momentos, pero se da cuenta de que la misma tensión que embarga al librero le impedirá a este notar su propia inquietud.

—¿Qué libro?

—Un libro muy importante para mí.

Cuando pronuncia el título, la voz del librero estalla entre las cuatro paredes de la sala como un grito, como una advertencia, como una maldición divina que el Dios expectante de un pantocrátor románico, con la mano alzada y los dedos extendidos, arrojara sobre la humanidad. Auguste Dupin no puede disimular su sorpresa. No sabe muy bien qué ha estado esperando.

Don Albert interpreta la reacción a su manera.

—¿Lo tiene? —exclama. Sus ojos toman de repente una expresión terrible—. Seguro que lo tiene.

Dupin, sin salir de su sorpresa, lo mira, la pipa en la mano, buscando en su memoria. El título resuena en su cerebro. *De secretis resuscitatio.*

Don Albert avanza hacia él.

—¡Lo tiene! ¿Verdad? —insiste, como un eco. Ahora ya no pregunta. Ahora afirma. Los ojos enloquecidos. La respiración de una bestia. Igual de peligroso.

Dupin se queda petrificado. El cerebro no le transmite ningún mensaje. Solo acierta a musitar:

—No… Este no lo tengo.

La voz le sale temblorosa, asustada, porque sigue sin entender qué está pasando.

—¡Lo quiero inmediatamente! —grita don Albert.

Auguste Dupin siempre se ha vanagloriado de conocer la mentalidad de todo tipo de criminales. De saber que en el fondo de esa mentalidad se oculta siempre una pasión. Una obsesión. Un fanatismo. Y he aquí que acaba de descubrir el de este caso.

El asesino quiere conocer la fórmula para resucitar.

De repente, con un gesto rápido e imprevisto que el embotamiento de reflejos de Dupin no puede apreciar en todo su recorrido, la arrugada levita se entreabre y la mano del librero aparece blandiendo un arma. Un largo y puntiagudo puñal que no brilla a la luz porque la hoja es vieja y oxidada. En el guardamano y en la empuñadura, Dupin ve oro y gemas engastadas. Lo mira hipnotizado, mientras da un paso atrás, como si no se tratase de un arma mortífera, sino de un simple icono, una imagen del mal proyectada, inmóvil, silenciosa. Ha sido todo tan repentino que tarda unos instantes en comprender, empañado por la inesperada debilidad que precede al estallido del miedo.

—¡Fray Vicenç!

—¡Quiero ese libro! —La voz de fray Vicenç es un ladrido fanático.

En el mismo instante de proferirlo, se le unen dos ecos, creando un raro paralelismo de diferentes sonidos, una tonalidad extraña combinada y a la vez dispar. Suena, con dos golpes recios, la aldaba de hierro de la puerta. Y suena también la vidriera entornada de la sala, chirriando sobre sus goznes, abriéndose de par en par.

En el umbral, con ojos sorprendidos, recelosos, está su compañero de piso, Josep Lluís Teixidor.

15

Decretada la exclaustración y consumada la barbarie popular, a los monjes de Poblet no les quedó otro remedio que buscar nuevas vías de supervivencia. Muchos de ellos regresaron a sus pueblos natales o se integraron en iglesias parroquiales. Los más ancianos optaron por las clases de latín en las escuelas. Los más jóvenes tal vez se alistaron en las filas carlistas. O en las de los nacionales. Tanto daba.

Las obras de arte y las bibliotecas de los monasterios de Tarragona debían ser depositadas en la delegación de Hacienda de la capital de provincia, con el fin de revisarlas y clasificarlas. La labor fue encomendada a un vecino de Reus. Jacint Pla, de oficio antes tonelero y más tarde traficante de vino como el Grandet de Balzac, era un campesino fuerte, de estatura y obesidad excesivas, que se jactaba de militar en el partido liberal exaltado. En la comarca se le conocía con el apodo de Xafa-rucs, por el vicio que tenía de cargar demasiado sus burros. Metódicamente, Xafa-rucs se fue llevando de Poblet las cajas de libros preparadas por el hermano Vicenç y sus ayudantes. En un almacén de su propiedad, se complacía en exponer al público el botín bajo su custodia. Aunque quizás la palabra *custodia* no resultara la más indicada, porque había grandes cantidades de libros y documentos hacinados de cualquier manera en el interior de un antiguo lagar, estropeándose a causa de las goteras y de la humedad. Algunos fueron usados para encender la lumbre. Otros, vendidos a precio de saldo para reutilizar su pergamino en la fabricación de tambores y panderetas. Algunos otros corrieron una suerte más digna: no tardaron en presentarse los coleccionistas, dispuestos a pagar por los objetos y por los libros un dinero que el gobierno, por supuesto, jamás le daría a su ángel custodio. Por el camino de Reus a Tarragona todavía se desvaneció misteriosamente más de una caja. Otras permanecieron en el almacén, a la espera de que fray Vicenç las trasladara a Barcelona, a la tienda que tenía previsto abrir.

En aquellos azarosos meses, las leyendas de tesoros ocultos en Poblet estaban en su apogeo. A todas horas se oían golpes de pico en los rincones más inverosímiles del cascarón desportillado en el que se iba convirtiendo el monasterio. Aunque sabía a ciencia cierta que no quedaba nada en ningún sitio —los últimos hatillos de monedas los tenía a buen recaudo bajo una losa de su cuartucho del mesón local—, el hermano Vicenç se ofreció a indicarle a *Xafa-rucs* los posibles escondrijos —no le prometía nada— a cambio de libros y silencio.

La única obra que no pudo llevarse fue la única que realmente quería y que no había conseguido localizar.

El sarcófago de Pere el Cerimoniós no había dado más de sí, tras su última y desesperada exploración. Tampoco el panteón de los Aragó-Cardona, donde descansaban los restos del otro Pere bibliófilo: Pere Antoni d'Aragó.

Si en alguna de aquellas tumbas había habido algún libro, ya no estaba.

Bien mirado, haría casi quinientos años que *De secretis resuscitatio* habría sido escondido. Podían haber pasado tantas cosas...

Una vez instalado en Barcelona, fray Vicenç lo buscó en las colecciones tanto particulares como públicas, aprovechando las puertas que le abrían su tienda de libros de ocasión y su fama de experto. La biblioteca de Poblet no era la única que resguardaba de las impías manos del pueblo obras selectas, valiosas ediciones y preciosos manuscritos anteriores a la invención de la imprenta. En la capital del Principado fueron alrededor de ciento cuarenta mil volúmenes de los que la Junta de Intervención se incautó en conventos y monasterios. Entre ellos, más de veinte mil procedentes de la mayor biblioteca monacal de toda la ciudad: la de los dominicos. Este dato le resultaba a fray Vicenç especialmente interesante, porque Arnau de Vilanova se había distinguido, a lo largo de toda su medieval vida, por sus polémicas y enfrentamientos con esta orden, verdadera impulsora de la Inquisición. No era descabellado que *De secretis resuscitatio* fuera custodiado en su biblioteca de libros prohibidos, en Santa Caterina. Aunque el convento era de los que habían sido atacados durante las bullangas, el fuego no había conseguido vencerlo. Y dos años después, cuando las autoridades habían ordenado su derribo, la biblioteca había sido trasladada, casi por entero al convento de Sant Joan de Jerusalem, donde se almacenaban y catalogaban los libros que habían de constituir la Biblioteca de la Universidad y Provincia de Barcelona, esa misma a la que el malogrado Sergius Scalinger había donado todos sus libros.

Fray Vicenç también buscó la obra en la Biblioteca Episcopal del Seminario, un fondo bibliográfico en el que abundaban las obras antiguas de historia y de teología y libros en lengua catalana. Hasta ese momento, había sido la única biblioteca pública de la ciudad, y con el fin de preservar los ejemplares de mayor valor se utilizaba un método de lo más curioso: se sujetaban a las mesas de consulta con contundentes cadenas. Para evitar que salieran volando.

Tampoco en sus estanterías encontró *De secretis resuscitatio*. Si alguna vez había estado allí, ya había salido volando.

Entonces fray Vicenç empezó a matar.

16

La vista de la causa contra quien ya se conocía como «el llibreter assassí de Barcelona» se había iniciado a las ocho de la mañana.

La Real Audiencia estuvo atestada durante todo el día y los Mossos d'Esquadra tuvieron que impedir el acceso de más curiosos. Acechando desde la plaza la entrada y la salida del reo en grupos apiñados, los barceloneses comentaban los asesinatos como si de la crítica de una obra de teatro se tratase. Abriéndose paso a codazos, los vendedores de prensa pregonaban a voz en grito los principales detalles del caso, agitando los periódicos ante las narices de los eternos ociosos, de los jubilados y de las amas de casa.

En el interior de la Sala del Crimen los cinco jueces de corte, barbas, birretes y togas, escuchan y toman notas bajo el retrato de la reina-niña con la reina-madre, todo blondas y lazos de terciopelo. Al lado, el banco del oficial encargado de la defensa. Enfrente, la larga mesa sobre la que descansan las piezas de convicción: los libros robados, el puñal asesino, los rosarios. Ante el tribunal, el banquillo que ocupará el encausado. Detrás, una bancada donde se ve al cabo de los Mossos, don Josep Antoni Vidal, flanqueado por los agentes Teixidor y Rierol. En la segunda fila, los testigos de cargo —de descargo no hay— y algunas autoridades. Y hasta el fondo de la sala, hileras y más hileras de bancos y de sillas de distintos padres, asientos improvisados rescatados de todos los desvanes del Palacio de la

Diputación, donde se sienta un público deseoso de emociones fuertes.

Al entrar el procesado los murmullos se propagaron como el rumor del viento en un trigal. Y a medida que se iban desgranando los cargos, la voz del caballero fiscal quedaba ahogada una y otra vez, hasta el punto de haberse de conminar al público a guardar silencio bajo la amenaza de desalojar la sala.

Era sin duda el juicio más sensacional de los últimos tiempos.

La acusación no había tenido ninguna dificultad para demostrar que don Albert Pujol y fray Vicenç eran la misma persona. El cadáver que se había encontrado en el Canyet era el de quien la cédula personal decía que era: Àngel Cerdà, monje benedictino. El único en identificarlo falsamente como el antiguo monje cisterciense de Poblet había sido el propio don Albert, en un intento de desviar la atención, por si a Auguste Dupin se le ocurría ir a indagar al monasterio. El francés se lamentaba amargamente de no haber dudado ni un instante de la identidad del monje bibliotecario. Estaba tan convencido de que se trataba del cliente de don Albert que ni siquiera se le pasó por la cabeza —*quel idiot!*— pedirle a mosén Antoni Serret una descripción de su apariencia. Llamado a declarar, el párroco de l'Espluga de Francolí había reconocido al librero con absoluta seguridad.

A diferencia de lo que suele suceder con muchos terribles asesinos, nadie de cuantos lo conocían —excepto el bueno de mosén Serret— habría confesado que, en algún momento, no sospechara bajo la máscara templada del bibliotecario-librero el latido de una vida interior menos sosegada. Ahora la Justicia lo acusaba de perpetrar media docena de asesinatos a sangre fría, con premeditación, alevosía y nocturnidad. De ensañarse con las víctimas. De robarles. De prender fuego al almacén de don Agustí Patxot. De sustraer con deslealtad libros de la biblioteca de Poblet. De participar en el saqueo y en la destrucción irreparable de obras de arte patrimonio del Estado.

—¿Qué tiene que alegar el acusado?

El acusado no alegó nada. Se limitó a examinarse las manos, con aire indiferente, como si nada de aquello fuera con él.

—¿Sabe que se le inculpa a usted de diversos homicidios? —insistió el presidente del tribunal.

El otro siguió mudo. A pesar de su relativa juventud, a su alrededor se esparcía ese frío que desprenden los ancianos sin futuro.

—Llamo a declarar a don Auguste Dupin —gritó entonces el fiscal.

Dupin estaba sentado junto a Charles Nodier y Pere Felip Monlau en una de las primeras filas. Al entrar había podido saludar al socio de don Adelí Bonanova, Ignasi Ros, y al joven Joan Abat, el sobrino del desgraciado Jordi Rector. Detrás de él, al girarse para fisgar, descubrió a algunos de los libreros que había conocido en los Viejos Encantes. Poniéndose en pie, se abrió paso entre las rodillas de la fila. Don Albert Pujol observó su avance hacia el estrado con expresión ausente. Una vez acomodado en la butaca de los testigos, Dupin fue invitado a hablar. Todo el mundo en la sala sabía ya quién era aquel personaje de aspecto refinado y cuál había sido su papel en la resolución del caso.

—Este hombre —Auguste Dupin alargó contra el fraile un índice acusador— mató a seis personas para robarles. Primero les vendía libros de valor y, pasados unos días, las asesinaba y recuperaba las obras. Conmigo también lo intentó. Me invitó a su tienda de la calle de l'Oli y me vendió este libro.

Su dedo se desplazó hacia el *Furs e ordinacions* depositado junto a las otras pruebas.

—Una obra que ya había vendido una vez y recobrado después de matar a don Jordi Rector. No puede tratarse de ninguna otra. Estas piezas antiguas suelen ser ejemplares únicos. No es posible que el acusado tuviera dos de cada uno. Y menos aún del *Martirologi de Poblet* —volvió a señalar la mesa de las pruebas—, una obra que vendió a don Adelí Bonanova y que luego apareció con otros libros robados junto al cadáver de la última víctima, donde con toda seguridad los colocó para desviar las sospechas.

El acusado se removió un poco en el asiento.

—Don Albert, o fray Vicenç, como prefieran llamarlo, solo trataba con grandes expertos —prosiguió Dupin—. No hacía ningún esfuerzo por vender libros a la gente normal. Pude constatarlo cuando lo conocí en los Encantes.

Sentado en uno de los bancos del público don Salvador Joan asentía con la cabeza.

—Monsieur Pujol visitaba las bibliotecas de sus clientes en sus casas, tiendas o almacenes. Aquellos desdichados poco imaginaban a quién franqueaban la entrada. Primero revisaba los libros. Luego pedía una obra concreta, una obra extraña, según creo. A continuación, la exigía, amenazándolos. Y, por último, después de comprobar que no poseían el libro…, los mataba.

El silencio impregnó durante unos instantes la sala, después de aquellas últimas, rotundas, palabras. Todo el mundo tenía la vista fija en el mismo punto. El librero parecía algo más encogido en su asiento.

—¿Por qué? —le preguntó entonces uno de los jueces—. ¿Por qué los asesinaba si no tenían el libro que buscaba?

El silencio fue la única respuesta. Los ojos de fray Vicenç reflejaban ya ese aire ausente de los que van a morir pronto.

—Diría que para cerrarles la boca, para que no pudieran delatarlo —sugirió Dupin—. Para que no fueran a la policía a contar sus amenazas.

Un rumor de abejas comenzó a espesar el aire de la sala.

—¿No es cierto, monsieur Dupin, que el acusado también lo agredió a usted con este puñal? —intervino el fiscal rápidamente, señalándolo con el dedo.

El puñal. El famoso puñal de hoja larga y oxidada y mango dorado tachonado de gemas de colores.

Recuperada su dignidad real —si es que un arma puede tener alguna dignidad—, había sido depositado en la mesa de las pruebas sobre un cojín de terciopelo y puesto bajo la custodia de Joan Cortada, el cual, sentado en primera fila, no lo perdía de vista.

Recuperada su dignidad histórica, con la etiqueta numerada atada al mango con un cordelito parecía haber perdido toda su carga de horror.

Pero a pesar de los días transcurridos, a Dupin todavía le impresionaba evocar la imagen del librero abalanzándose sobre él. Inspiró profundamente.

—Seguramente es el mismo con el que mató a las otras víctimas —murmuró con voz blanda—. Lo podrán atestiguar las autopsias, las cuales describen la marca que deja al penetrar la carne...

Todo el público pareció estremecerse al unísono.

—Que sepa el acusado —dijo entonces el presidente del tribunal— que, si no está dispuesto a testificar en su propia defensa, esta sala dictaminará inmediatamente su culpabilidad. ¡Que se lo vaya planteando!

Y después de invitar a Auguste Dupin a abandonar el estrado, hizo sonar la campanilla de aviso y anunció:

—La vista queda aplazada hasta después del almuerzo.

17

Como todos los artistas, todos los egocéntricos y en general todos los asesinos, al final fray Vicenç se sintió en la necesidad de explicar el porqué y el cómo de sus actos. Viendo que el silencio no le eximiría de las inculpaciones, tal vez creyó que sus motivos lo justificarían. Reconoció todos los cargos e, inopinadamente, en contra de su habitual parquedad de palabras, se lanzó a largas explicaciones.

—Debía evitar a toda costa que quienes conocían la existencia del *De secretis resuscitatio* se fueran de la lengua o lo buscaran por su cuenta. Con los dos primeros… mmm… fallecidos… improvisé. Aproveché sitios poco concurridos… Después me di cuenta de que era más fácil actuar en sus propias tiendas o almacenes. Los apuñalaba, les daba la absolución *in extremis* y los remataba. Me siento muy triste por ellos. Los moribundos dan mucha pena. De ahí lo del rosario. Al primero, al estudiante, se lo encontré en el bolsillo y se me ocurrió que, si se lo ponía en el cuello, mientras se moría tendría la oportunidad de rezar, de arrepentirse de sus pecados y de ganar el cielo. Luego me pareció una buena práctica y yo mismo se los proporcionaba. Los libreros de lance no siempre son gente honesta y no quería cargar en mi conciencia que alguno de ellos cayera en el infierno. Al contrario de fray Àngel, con quien no fue necesario andarme con tantos remilgos, porque era un hombre santo que sin duda alcanzó la gloria por sus propios medios.

La sala flotaba sobre un silencio estupefacto.

Auguste Dupin sacudió la cabeza recordando, una vez más, la acertada teoría de sor Caterina.

«No estoy seguro de que ese hombre alcance a comprender su monstruosidad».

—Y no solo los asesinaba, les robaba libros —intervino el fiscal, en un extraño intento de escarchar el silencioso hielo que se instalaba en todos los corazones.

—¡Eso sí que no! —se apresuró a responder el acusado con vehemencia—. ¡Por quién me toma usted! ¿Acaso soy un ladrón? Es cierto que recuperaba los libros que les había vendido y que me llevaba algún otro que me pareciera interesante; pero los pagaba religiosamente. Siempre dejaba el importe sobre la mesa para que quien fuera que tuviera que beneficiarse lo encontrara todo en orden.

—Excepto en el caso de don Agustí Patxot —exclamó el fiscal, también con vehemencia—. ¿O acaso no fue usted el causante de su muerte y del incendio de su propiedad?

Fray Vicenç sacudió la cabeza, afirmando. Y durante unos instantes pareció poner en orden las ideas antes de lanzarse a narrar, con espantosa pasión, la aventura en el almacén del desgraciado Patxot.

—No me da miedo el fuego —explicó, con el tono de quien se atribuye una proeza—. Cuando se ha visto un incendio tan pavoroso como el de Poblet, cualquier hoguera parece de risa.

El brillo incendiario de sus ojos mostraba un infernal regocijo.

—Entrar fue fácil. Vi que el amigo Patxot había dejado una ventana entreabierta, sin duda a causa del calor sofocante de aquella noche, y comprendí que el cielo me brindaba una oportunidad. Necesitaba la *Bíblia Valenciana* para saber si su autor, un maldito hereje, había hecho alguna mención en el prólogo sobre *mi* libro. Fui a buscar una escalera, la apoyé contra el muro y subí hasta la ventana. Desde allí oía ya los ronquidos del bueno de Patxot. Entré en el almacén y lo registré hasta localizar la obra.

—Pero no se conformó con llevársela… —lo animó uno de los jueces.

—No podía dejarle con vida —explicó el antiguo monje de Poblet. Sus cejas se alzaron en una expresión que parecía buscar comprensión—. Al día siguiente habría descubierto la ausencia del libro y habría adivinado quién se lo había llevado. Le sorprendí durmiendo y aproveché para dejarlo seco a puñaladas. Una vez muerto, le prendí fuego a su cama.

El público permanecía en vilo. El silencio de engrudo fue roto por el propio acusado.

—Había que incendiar el almacén para que no se echase en falta la obra que todo el mundo vio adjudicarse a Patxot en la subasta. El fuego es una manera de lavar muy efectiva: parecería que el libro se había quemado. Y, lo que es más interesante: parecería que el propietario la había diñado accidentalmente. Tal vez por fumar en la cama.

La sonrisa lobuna sobrecogió hasta al más avezado *mosso d'esquadra*.

—Lo que no calculé fue que el humo me complicaría la huida.

Delirante y extraviado por los cruentos actos que acababa de llevar a cabo, el librero asesino había vuelto sobre sus pasos, cruzando las llamas como una salamandra. El suelo temblaba bajo sus pies. Las vigas sobre su cabeza. Las puertas se desprendían de sus goznes. Obstinado, desorientado, jadeando, corría en medio del incendio sin saber hacia dónde.

—Me fue imposible encontrar la ventana en la que estaba la escalera.

La sala entera contenía el aliento. Por unos instantes, la vívida narración había despertado en los oyentes una especie de extraña empatía con las aventuras y desventuras del criminal.

Todos y cada uno de ellos se veían a sí mismos corriendo desesperados, cercados por el fuego.

—Mis ropas comenzaron a arder. Empecé a toser por el humo. En la calle se oían ya los gritos de los vecinos y el repicar de las campanas… Por una escalera interior conseguí descender a la planta baja. Allí las llamas no estaban tan descontroladas. Pero no logré abrir ninguna puerta y las ventanas tenían rejas. Pensé que había llegado mi última hora. Y entonces me di cuenta de que el edificio se hallaba en pleno Call. Y recordé haber leído que todas aquellas casas del barrio judío medieval disponían de sótanos con pasadizos secretos que llevaban a otros sótanos, o a las antiguas cloacas romanas, incluso fuera de las murallas.

Una sonrisa de placer aleteó en los labios del fraile, tiritó en sus fosas nasales y se desvaneció.

—Fue por allí por donde me escabullí. Fíjese usted: me salvaron las galerías que aquella gente infiel había construido cientos de años atrás para escapar de las redadas de los cristianos justos.

En la Sala del Crimen flotaba un silencio hipnótico, fascinado.

—Habría sido un buen novelista —le susurró Charles Nodier a Auguste Dupin—. De historias de terror.

Dupin acarició abstraído el corbatín que nunca le había devuelto a Edgar y que aquella mañana se había puesto sin pensarlo siquiera. Le sorprendió darse cuenta de que durante aquellos últimos días tan agitados apenas se había acordado de Eddie. Desde el día del Canyet. Tuvo la impresión de que el dolor por la pérdida se iba calmando. La noche anterior la había dormido de un tirón. La primera desde su llegada a Barcelona. Su atención regresó a la sala cuando oyó al fiscal llamando al estrado al jefe de los Mossos de Barcelona, el metálico Josep Antoni Vidal. Oyéndolo declarar, cualquiera habría creído que todo el mérito de la resolución había de recaer sobre él. Estaba recitando los términos del atestado que el eficiente Josep Lluís Teixidor le había presentado el día en que, con la ayuda de Dupin y de Nodier, había reducido a fray Vicenç ante la falsa biblioteca de la salita. Las conclusiones finales las debía Vidal al interrogatorio al que sometió al «maldito gabacho» que no había dejado de meter la nariz en los asuntos policiales. Estas apreciaciones, naturalmente, no formaban parte de la declaración.

—Llevado por su obsesión, este hombre asesinaba a sus clientes sin misericordia —declamó con su clara dicción—. En su fanatismo, se negaba a aceptar que el libro que tanto codiciaba... —consultó sus papeles, antes de pronunciar cuidadosamente el título—: *De secretis resuscitatio*, probablemente había sido destruido muchos siglos atrás por algún otro monje de Poblet, un abad o un bibliotecario que habrían llegado a las mismas conclusiones que él, y que hicieron desaparecer una obra que consideraban demasiado peligrosa para la Iglesia católica.

—No hace tantos años de eso —se oyó de repente la voz de don Salvador Joan, surgiendo de entre el público.

—Señor fiscal —exclamó entonces el presidente—, haga subir a ese testigo al estrado. Parece tener información que nos interesa.

Tras acomodarse en la butaca de los testigos, don Salvador retomó las palabras que habían despertado la nueva sorpresa.

—Yo todavía lo vi, ese libro. Incluso lo tuve en mis manos.

18

—¡Usted! —La burbuja de furor estalló desde el interior de un cada vez más pálido fray Vicenç.

—Acabo de recordarlo ahora mismo. Hace mucho tiempo de eso. Yo tendría unos… trece o catorce años. Vengo de una familia de libreros de toda la vida. Mi padre lo fue. Y también mi abuelo —explicó don Salvador Joan—. Hará unos… veinte años, después del primer saqueo de Poblet, el de 1822, vino a parar a la tienda ese libro: *De secretis resuscitatio*. Mi abuelo todavía vivía. Lo leyó y quedó horrorizado del tema que trataba.

El gemido agonizante que surgió de los labios del librero asesino no inmutó a su colega.

—El caso es que mi abuelo no sabía qué hacer con él. Sin duda, era una pieza única, de valor incalculable, pero él mismo, buen cristiano como era, se dio cuenta de que se trataba de una obra muy peligrosa.

Y con la erudición de quien ha pasado su vida entre libros, don Salvador trazó algunas brillantes pinceladas biográficas del presunto autor de *De secretis resuscitatio*.

De Arnau de Vilanova no se sabía a ciencia cierta su origen. Los catalanes apostaban por alguna de sus Vilanova. Los franceses insistían en que había nacido en Montpellier, tal vez por el hecho de que a mediados del siglo XIII se había graduado en Medicina en esa ciudad, donde había pasado a ejercer de profesor. Siempre a la vera de los más poderosos, se le conocía como el «médico de reyes y papas», y se calculaba que había escrito alrededor de dos docenas de libros de medicina en latín y en catalán (jamás en francés ni en occitano).

Pero en aquellos tiempos la vida de un intelectual, de un científico, siempre estaba impregnada del poderoso incienso de la Iglesia católica.

O del azufre del infierno.

Como le tocó vivir en una época llena de conflictos religiosos, a menudo se le acusó de participar en ideologías heterodoxas. Beguinos, joaquinitas, cátaros, templarios... Arnau de Vilanova convivió con casi todos y de casi todos extrajo ideologías que lo inclinaron a ácidas polémicas. Llegó a anunciar el Apocalipsis y la llegada del anticristo, lo cual le valió ser encarcelado temporalmente por el papa. También se le supusieron conocimientos de alquimia y magia inspirados por el diablo, y se le atribuyeron un gran número de obras que a los estudiosos les ha costado tiempo y esfuerzo demostrar que eran apócrifas.

—Es casi seguro que el libro que buscaba con tanto empeño don... fray Vicenç no sea de Vilanova, aunque conste como tal —concluyó don Salvador Joan—. Es probable que se hallara en Montpellier. Y que fuera allí donde lo adquirió Pere Antoni d'Aragó.

Para los profanos que no sabían de qué hablaba, el experto librero explicó las circunstancias:

—Aproximadamente la mitad de los libros de la biblioteca de Poblet provenían del legado que dejó al monasterio el infante Pere Antoni d'Aragó.

En concreto, 4322 volúmenes. La desamortización de 1835 provocó la dispersión de la preciosa colección, y que muchos de los tomos se destruyeran o fueran a parar a manos de coleccionistas anónimos.

—Hoy en día son objeto de deseo para los bibliófilos, pero se cree que en estos momentos no existe más allá de una cuarta parte del lote original. Por cierto, el *Martirologi d'Usuard* era de esa colección. Es posible que también fuera adquirido en Montpellier…

Pere Antoni d'Aragó-Cardona-Córdoba, lugarteniente del conde-duque de Olivares durante la Guerra dels Segadors, estuvo encarcelado en la que había sido *commanderie* de los templarios de Montpellier. Precisamente donde había vivido Arnau de Vilanova. La relación del aristócrata con el Real Monasterio de Poblet se inició cuando, en su calidad de virrey de Nápoles, ordenó trasladar al panteón los restos de varios miembros de la realeza. Fue también por esa época cuando ordenó la construcción del mausoleo de los duques de Cardona en el mismo Poblet.

—Y fue en el sepulcro de Pere Antoni d'Aragó donde, por su expreso deseo, fue depositado a su muerte *De secretis resuscitatio*. Es posible que creyera que era imprescindible para que surtiera efecto el milagro que en él se explicaba: resucitar.

Un murmullo ahogado sacudió la concurrencia.

—Como ya he dicho, el libro llegó a manos de mi abuelo junto con otros que fueron sacados de Poblet en algún momento del primer abandono del monasterio. Y como no sabía qué hacer con una obra tan… peligrosa, decidió consultarlo con su hermano, monje benedictino en la abadía de Montserrat. Mi tío abuelo dijo que lo conocía. Que todo lo que contaba era una sarta de tonterías. Una *merda*, dijo textualmente. Me acuerdo porque me sorprendió escuchar esa palabra en sus labios…

—¿Y el libro? ¿Qué hizo con el libro? —El presidente del tribunal formuló con impaciencia la pregunta que todos los presentes hubieran querido gritar.

—¡El libro! —Don Salvador apretó los labios, de manera algo enigmática—. Mi tío abuelo estaba muy nervioso, con la obra en sus manos. Es como si todavía lo estuviera viendo…

Un gemido agudo interrumpió la declaración. Todo el mundo se volvió hacia el lugar de donde provenía. Todo el mundo, que había olvidado desde hacía un buen rato la presencia hermética y repulsiva del encausado. El gemido había surgido de sus labios pálidos. Parecía un hombre mortalmente enfermo, a punto de sucumbir, derrumbado en su asiento.

Tras una breve amonestación que no obtuvo respuesta, el juez inquirió de nuevo al declarante:

—¿Qué ocurrió con el libro?

Don Salvador Joan pareció tomar aliento, antes de proseguir.

—Mi tío abuelo dijo que más habría valido que aquello jamás se hubiera escrito. Que era diabólico.

—¿Y qué hizo con él? —casi gritó el fiscal.

Los labios de don Salvador esbozaron una nerviosa sonrisa.

—Era invierno. En casa teníamos encendida la estufa de leña. Mi tío abuelo levantó la tapa y arrojó el libro a su interior.

El grito de fray Vicenç resuena en la Sala del Crimen como el de un animal salvaje alcanzado por una bala. Todo el mundo se sobresalta. El librero se levanta con ferocidad del banquillo y se abalanza sobre el declarante con agilidad inaudita, rehuyendo por efecto de la sorpresa las manos de los *mossos* que lo custodian. Don Salvador Joan chilla también, aterrorizado, viéndoselo venir encima. Los guardias consiguen levantarse de sus asientos, disipado el desconcierto, e inician el movimiento de agarrar al encausado, antes de que este consiga agarrar al testigo.

No es necesario.

Con las manos crispadas en el aire, como el águila que se precipita sobre la inocente presa desde una gran altura, fray Vicenç lanza un segundo, sordo, rugido antes de desplomarse aparatosamente, con un angustiante crujido de huesos desparramados. Aún se agita unos instantes en el suelo, antes de quedarse quieto, rígido, grisáceo.

Pero ya el doctor Pere Felip Monlau se inclina sobre él.

—Lipotimia —se limita a declarar.

Enseguida procede a tender al librero sobre la espalda, le levanta las piernas con un par de cojines de los asientos y le afloja la ropa.

Todos los espectadores se han puesto de pie para no perder detalle del inesperado sainete. Los murmullos van aumentando de tono. El presidente agita con furia la campanilla.

—¡Silencio en la sala!

—No hay que preocuparse —se hace oír Monlau por encima del ronroneo de voces que no cesa, después de auscultar el ritmo cardíaco del postrado—. Dentro de un par de minutos volverá en sí.

Como queriendo demostrar la justeza del diagnóstico, el librero empieza a jadear, mientras su cuerpo de molusco se agita.

A partir de aquel momento el discurrir del sensacional juicio se aceleró.

El abogado del librero asesino intentó tibiamente que se le considerara afectado de enajenación mental y exento de responsabilidad criminal, y recomendó su reclusión en el manicomio. Pero el notable testimonio de Pere Felip Monlau dio al traste con el intento: el acusado no sufría demencia ni había cometido los crímenes en un intervalo de irracionalidad. No estaba loco y era absolutamente responsable de sus actos.

—Y en virtud de ello —declamó con solemnidad el fiscal— suplico a esta sala que declare al procesado fray Vicenç de Poblet, alias *Albert Pujol*, autor de los seis delitos de homicidio y robo, con los agravantes de premeditación, alevosía, ensañamiento y abuso de confianza, y que le condene a la pena capital con arreglo al artículo 323, capítulo 1, título 9, del Código Penal vigente.

19

El *chevalier* Auguste Dupin echó un último vistazo a la sala de lo que durante un tiempo había sido su hogar. Con nostalgia anticipada, observó las marcas que habían dejado en las paredes las estanterías de la falsa biblioteca. Josep Lluís Teixidor se haría cargo de los agujeros y de la capa de pintura. Su anunciado ascenso a cabo y el aumento de sueldo le permitirían conservar el piso en vez de regresar al desapacible albergue nocturno. Lo que el *mosso* no sabía era que Dupin se había comprometido con doña Bea a sufragar parte del alquiler del *astucieux garçon*. De esta manera, si alguna vez volvía a Barcelona tendría donde alojarse. Se sorprendió añorando ya a aquel joven que había terminado por convertirse en un amigo. Y aquella sonrisa suya, algo ingenua. Le divirtió inferir lo que Nodier estaría imaginando, cuando le contó sus tejemanejes.

—¿De verdad piensas volver algún día? —fue lo único que dijo, con prudencia, Nodier.

—¿Por qué no? Dejo aquí buenos amigos.

Don Salvador Joan se había ofrecido a buscarle comprador para *La Fee Triunfant*, que había reaparecido, oculto en una segunda hilera en la tienda del librero asesino. Y el día anterior Dupin se había presentado en el Hospital de la Santa Creu con un precioso ramo de flores y dos libros para sor Caterina. Al principio ella no quería aceptarlos, pero él se dio cuenta de que le complacía el detalle. Al besarle la mano la vio ruborizarse y se sintió algo triste. Pensó que la monja era la primera mujer que tenía por amiga. Prometió escribirle de vez en cuando. Quizás regresaría en otra ocasión, con más calma, para visitar a sus nuevos viejos amigos.

Aunque ya sabía que jamás regresaría. Jamás volvería a verlos.

Auguste Dupin suspiró y abandonó la salita y la casa.

Tras despedirse del agente Rierol y de doña Bea, que casi lloraba, cruzó la calle por última vez para reunirse con Charles Nodier. Juntos se alejaron paseando. La tarde caía melancólica sobre la ciudad.

Por primera vez en muchas semanas Dupin se sentía relajado. Había dormido casi diez horas seguidas. Plácidamente. Debería escribir a Edgar. Una larga carta para contarle aquella nueva aventura.

Y en aquel momento comprendió que la ausencia sería lo único que los vincularía para siempre. Eddie ya no le pertenecía. Podían escribirse. Contarse sus vidas. Pero esas vidas marchaban de manera irrevocable por distintos senderos. Intentó imaginar cómo sería su mundo si nunca se hubiera cruzado con él en aquella librería de la Rue Montmartre… Lo sacudió un pálpito. No se sentía preparado. ¿Qué haría con toda aquella soledad?

Haría redecorar la casa lúgubre y vetusta. Tal vez se regalaría muebles nuevos. Un par de cómodas butacas. Por si algún día Edgar volvía de visita…

Los atrapó el estruendo de los martillazos al cruzar la plaza del Pedró, cuando al fondo de la calle de Sant Antoni se veía ya la muralla.

Una buena propina había convencido al mayoral de la diligencia de Perpiñán de recogerlos en el último momento junto al portal, con las maletas y los baúles cargados ya en el portaequipajes. Para Dupin era de vital necesidad despedirse de Teixidor y de Monlau con cierta intimidad, lejos del agobiante espectáculo de quienes iban y venían y de quienes recibían y despedían en el patio de la terminal.

El martilleo lo sobresaltó. Cruzó una mirada con Nodier, que no comprendía su excitación. Dupin, a quien Teixidor se lo había contado el día anterior, le puso al corriente.

El patíbulo se levantaba extramuros, en el glacis del Portal de Sant Antoni, un espacio en el que cabían muchos espectadores. Porque era preciso que las ejecuciones fueran públicas, ejemplares. Consumada la sentencia por medio de garrote vil, el cadáver quedaba expuesto al público hasta la puesta del sol, momento en que era introducido en el ataúd que durante todo el tiempo había permanecido junto al cadalso, a la vista de los entusiastas ciudadanos que acudían en masa a contemplar el morboso espectáculo.

En el Portal de Sant Antoni, vestido con lienzos negros que anunciaban la ejecución, salieron a su encuentro Josep Lluís Teixidor y Pere Felip Monlau. Hubo apretones de manos, abrazos, buenos deseos, cariño, melancolía... Los martillos seguían resonando al otro lado de la muralla. Y entonces, como queriendo acompañar aquella percusión, el tintineo de campanillas se les fue acercando. Eran agitadas por las manos de dos niños de no más de una decena de años, los rostros circunspectos, como raramente los exhiben los críos, bajo unos estrafalarios sombreritos de chillón color rojo. Auguste Dupin se fijó en que sobre las camisas llevaban arreos con un aparatoso escudo de latón.

—*Un dineret per la Sang!* —canturreó uno de los niños, mientras el otro les acercaba un platillo con monedas—. Un dinerito para la sangre.

Tras constatar la misma sorpresa en los de su amigo Nodier, los ojos de Dupin se volvieron, interrogantes, hacia Teixidor. El chiquillo insistía:

—*Cinc centimets pel difunt!*

El *mosso d'esquadra* compuso en sus labios una media sonrisa azorada.

—La Cofradía de la Sangre.

Los miembros de la Reial Arxiconfraria de la Puríssima Sang de Nostre Senyor Jesucrist, establecida en Barcelona trescientos años atrás, tenían por misión los auxilios espirituales de los sentenciados durante las horas que estaban en capilla. Y sus hijos recorrían la ciudad recolectando limosnas para celebrar misas por el alma del condenado y abonar los gastos del entierro. A la hora señalada, los cofrades se encasquetaban el negro capirote de la muerte y en tétrica procesión trajinaban el Santo Cristo de la Hermandad, cubierto con un velo negro, hasta el pie del cadalso.

—*C'est magnifique!* —exclamó Nodier. El tacto le era tan extraño como la hipocresía.

Dupin le disparó una mirada de advertencia. Josep Lluís Teixidor estaba observando al curioso gabacho con el ceño algo fruncido.

—Charles es un romántico impenitente —se apresuró a aclarar Dupin.

El chocar estrepitoso de las ruedas sobre la calzada, los gritos de los zagales arrastrando el tiro y el restallar del látigo anunciaron de manera oportuna la diligencia de Perpiñán. Enseguida se vio llegar la bamboleante caja de charol granate con los faroles encendidos oscilando a lado y lado. El anochecer se apropiaba con paso imperceptible de las calles. Sobre el cupé, el cochero tiraba de las riendas para frenar el trote descansado de los caballos.

Antes de poner el pie en la escalerilla, Dupin se volvió una vez más para saludar a sus amigos y dirigir alrededor una mirada contagiada de distancia futura. Se introdujo en el coche y se dejó caer en el asiento.

Charles Nodier dormía ya, incluso antes de que la diligencia arrancara de nuevo.

Con las rodillas tapadas por la manta de viaje y embozado en su capa hasta la nariz, Auguste Dupin se esforzó por ver el exterior a través del cristal no muy limpio de la ventanilla, intentando perforar las sombras con aquellos ojos inquisitivos que solían perforar misterios. Contemplada desde cierta distancia, con la escasa iluminación que destellaba por encima de ella, Barcelona tenía un aspecto vagamente misterioso, inquietante. Parecía un enorme y siniestro convento de clausura ceñido sin piedad por las murallas que se obstinaban en retener su belleza arcaica. Recordó con una sonrisa las reivindicaciones de Pere Felip Monlau, sus osadas profecías:

—Dentro de cinco años no quedará ni sombra de estas murallas.

Serían catorce.

La noche huele a jazmines.

El carruaje emprende un trote largo por el llano barcelonés, sus páramos, sus arboledas, sus campos de cultivo salpicados por masías en cuyas ventanas brillan amables luces, todo tan distinto a la apretujada red urbana con su bosque de chimeneas del otro lado de la muralla. Dupin rememora la primera vez que la vislumbró desde el mar, meses atrás. Empieza a añorarla. Barcelona se le ha metido un poco en la sangre. La antigua capital de la antigua tierra de su madre tenía, por fuerza, que ser un poco suya.

Mientras se va alejando, no puede arrancarse de la cabeza el fúnebre martilleo, mezclado con el estribillo que canturreaban al toque de la campanita aquellas infelices criaturas incitadas desde la infancia a convivir con la muerte más atroz y violenta.

—¡Cinco centimitos para el difunto!

Le persigue la sensación de oír un goteo de sangre que cae.

La muerte siempre busca sumergirse en las profundidades de la tierra.

O tal vez es el sonido de los pasos del asesino alejándose.

El eco de voces de muerte en los Viejos Encantes.

Luego, el silencio.

La nada.

El *chevalier* Auguste Dupin se ha quedado profundamente dormido en el asiento de terciopelo de violento color sangre.